W0287098

A.N.G.E.

Du même auteur
chez le même éditeur

Déjà parus

Les Chevaliers d'Émeraude
Tome 1 : *Le Feu dans le ciel*
Tome 2 : *Les Dragons de l'Empereur Noir*
Tome 3 : *Piège au Royaume des Ombres*
Tome 4 : *La Princesse rebelle*
Tome 5 : *L'Île des Lézards*
Tome 6 : *Le Journal d'Onyx*
Tome 7 : *L'Enlèvement*
Tome 8 : *Les Dieux déchus*
Tome 9 : *L'Héritage de Danalieth*
Tome 10 : *Représailles*
Tome 11 : *La Justice céleste*
Tome 12 : *Irianeth*

Les Héritiers d'Enkidiev
Tome 1 : *Renaissance*
Tome 2 : *Nouveau monde*
Tome 3 : *Les Dieux ailés*
Tome 4 : *Le Sanctuaire*
Tome 5 : *Abussos*
Tome 6 : *Nemeroff*

Les Ailes d'Alexanne
Tome 1 : *4 h 44*
Tome 2 : *Mikal*
Tome 3 : *Le Faucheur*
Tome 4 : *Sara-Anne*
Tome 5 : *Spirales*
Tome 6 : *Sirènes*

ANNE ROBILLARD

A.N.G.E.

7. Absinthium

Michel LAFON POCHE

© Wellan Inc., 2010. Tous droits réservés.
© Éditions Michel Lafon, 2013,
pour tous les pays francophones à l'exception du Canada,
© Michel Lafon Poche, 2017, pour la présente édition
118, avenue Achille-Peretti– CS 70024
92521 Neuilly-sur-Seine Cedex

www.lire-en-serie.com

...001

Quelques instants après le terrible tremblement de terre qui avait secoué Jérusalem avec une violence inouïe, d'autres secousses achevèrent la destruction des maisons et des immeubles fortement endommagés. Bien agrippé à la flèche d'une église sur le point de tomber, car les répliques s'intensifiaient, Asmodeus se nourrissait de ce chaos. Les humains poussaient des cris de terreur ou de douleur en courant entre les crevasses et les incendies, cherchant un endroit sûr où ils pourraient échapper à l'effondrement des structures chancelantes. D'autres gémissaient en tentant de libérer des êtres chers emprisonnés sous les débris. Les femmes pleuraient et les chiens hurlaient. Bientôt, les sirènes des véhicules d'urgence s'ajoutèrent à cette cacophonie étourdissante.

Asmodeus, dont les écailles bleues luisaient sous les rayons du soleil, promenait son regard reptilien sur ce pays où il avait l'intention d'installer tous les démons de l'enfer. Il poussa un grognement de déplaisir lorsqu'il aperçut soudain, dans la fumée qui envahissait de plus en plus le quartier, Képhas et Yahuda marchant à sa rencontre. Le Shesha descendit de son perchoir à la manière d'une araignée et se planta au milieu de la rue, bien décidé à se débarrasser une fois pour toutes de ces casse-pieds. La posture de provocation de leur adversaire n'impressionna nullement les deux Témoins.

– Donnez-moi volontairement vos pouvoirs et je vous promets une mort rapide, les menaça Asmodeus.

– Ces dons nous viennent de Dieu, alors c'est à lui qu'il faut les demander, rétorqua Yahuda.

– Mais ce n'est pas lui qui les utilise, Témoin.

Doté d'un esprit plus inquisiteur que son compatriote, Képhas désirait surtout savoir si ce démon pouvait avoir semé toute cette dévastation.

– Oui, c'est moi, se rengorgea le Shesha. Et la famine, aussi. Je suis devenu suffisamment puissant pour changer le sort de toute une planète !

– Nous n'avons plus le choix, Képhas. Nous devons l'arrêter.

– Croyez-vous vraiment que deux apôtres qui s'accrochent désespérément à leur apparence humaine m'empêcheront de devenir le maître du monde ?

Des survivants du séisme commencèrent à s'attrouper derrière les Témoins. Ils se figèrent de peur à la vue de la créature qui ressemblait à un homme, mais qui avait la peau d'un serpent.

– Donnez-moi vos pouvoirs, maintenant ! hurla Asmodeus.

Ayant reconnu les apôtres et voyant qu'ils étaient aux prises avec l'un de leurs ennemis, les hommes et les femmes se ressaisirent et ramassèrent des pierres qu'ils se mirent à lancer au démon. Ce dernier fit aussitôt apparaître des filaments lumineux entre ses doigts et les projeta sur ses assaillants. Yahuda réagit le premier. Il leva vivement la main et dévia les charges d'Asmodeus qui heurtèrent les maisons avoisinantes. Sournois, le reptilien en profita pour diriger sa prochaine attaque sur le Témoin lui-même. Une substance blanche, semblable au fil dont les araignées tissent leurs toiles, sortit de sa bouche et s'enroula à la manière d'un fouet autour des chevilles de Yahuda. Comme un caméléon, Asmodeus ramena à lui sa proie. L'apôtre tomba sur le dos et fut traîné dans les fragments de briques et dans la poussière.

Képhas fonça sur le démon pour lui faire lâcher son ami, tandis que la pluie de projectiles et les invectives des croyants augmentaient. Faisant appel à la terrible énergie divine qui lui permettait d'anéantir ses ennemis, Képhas fit tomber la foudre du ciel. Asmodeus ne fit qu'un pas de côté. L'éclair manqua le reptilien de peu et se dispersa dans le sol. Le Shesha enroula l'épais fil autour de sa main pour libérer sa langue et éclata d'un grand rire. Il avait volé un si grand nombre de facultés surnaturelles à ses semblables qu'il arrivait maintenant à anticiper les gestes de Képhas.

– Que t'arrive-t-il, Témoin ? le piqua Asmodeus. As-tu perdu tes réflexes ? Ou est-ce ton Dieu qui t'abandonne ?

À ses pieds, Yahuda se débattit de plus belle pour se dégager. Képhas, lui, conservait son calme, étudiant la situation pour délivrer son compatriote sans qu'il ne lui soit fait aucun mal. Ce dernier ne possédait pas vraiment de corps. Il avait la capacité de se rendre solide, mais pas de reproduire en lui les principales fonctions biologiques des humains. Le démon ne pouvait donc pas lui dévorer les entrailles ou le vider de son sang, puisqu'il n'en avait pas. Képhas redoutait davantage qu'il lui prenne son essence divine, comme il avait dérobé à d'autres reptiliens leurs pouvoirs maléfiques.

– Ne crains rien, Yahuda, tenta de le rassurer son ami. Aucun serviteur de Satan ne peut nous corrompre.

– Je ne sers personne ! hurla Asmodeus.

Képhas visa le long filament blanchâtre, mais sa foudre ne parvint pas à le sectionner, puisque le Shesha avait tout juste eu le temps de le déplacer avant qu'elle atteigne le sol. « Je n'ai jamais affronté un ennemi de sa trempe », songea l'apôtre. Pourtant, il ne lui avait pas semblé aussi terrible lorsqu'il était tombé sur lui en sortant de la station de radio, quelques mois plus tôt.

– Satan ignore donc que tu ravages ce domaine qu'il compte s'approprier, répliqua Képhas.

– Il ne régnera jamais sur la Terre !

Pendant que son compatriote attisait la colère du Shesha, Yahuda en profita pour s'attaquer à ses liens. Un homme lui lança un couteau. L'apôtre eut beau scier la substance avec insistance, elle demeurait collée à ses jambes. Découragé, il se mit à prier.

– Ce n'est pourtant pas ce que disent les prophéties, poursuivit Képhas.

– Elles se trompent ! Satan sera tué durant son combat contre l'Archange, car il n'est qu'un Naas sans cervelle qui se donne de l'importance ! Il est encore en vie seulement parce qu'il se cache derrière ses troupes !

Il n'était pas inhabituel de voir ces créatures se déchirer entre elles, mais plus rare qu'elles s'en prennent à leur maître pourtant sans pitié.

– Il s'emparera du corps d'un puissant démon et mettra le monde à feu et à sang, l'avertit Képhas.

– Non ! se fâcha le Shesha.

– Il sera tué sur la place publique, mais il se relèvera, encore plus fort qu'avant.

– Rien de tout cela ne se produira !

– Un seul homme peut anéantir Satan, et ce sera…

– Le Fils de Dieu ! tonna une voix qui résonna dans tout le quartier.

Les survivants du tremblement de terre s'éparpillèrent en hâte tandis qu'un tourbillon de lumière éclatante se formait derrière Képhas. Toutefois, ce ne fut pas Jeshua qui en sortit. Ce n'était pas encore son tour d'entrer en scène. Un ange portant une tunique étincelante, les ailes déployées derrière son dos, marcha jusqu'à l'apôtre.

– Vous ne pouviez pas choisir un meilleur moment pour me rendre visite, lui chuchota Képhas.

– Je réponds aux prières de Yahuda.

Asmodeus avait courbé le dos et plié les jambes, prêt à fuir devant cette alliance céleste.

– Habituellement, j'exorcise les entités qui prennent possession des humains, poursuivit Reiyel.

Le reptilien se mit à grogner comme un chien à qui on essaie d'enlever son os.

– Libère cet homme ou tu goûteras à la justice du Père ! le menaça l'ange.

– Vous êtes tous des minables !

– Par les pouvoirs qui m'ont été donnés…

Avant que Reiyel termine sa phrase, le Shesha détala comme un lapin dans les ruines des maisons sur sa droite. Au grand étonnement de Képhas, l'ange ne le poursuivit pas. Il referma plutôt ses ailes, qui disparurent instantanément dans son dos, et se pencha sur Yahuda.

– En te dématérialisant, sans doute te débarrasseras-tu de ces liens, lui conseilla-t-il.

– J'ai essayé plusieurs fois, mais on dirait qu'ils renferment un mauvais sort, expliqua l'apôtre.

Képhas s'accroupit lui aussi près de son ami. Il ne savait pas comment l'aider. Reiyel passa la main au-dessus de l'épais ruban gluant.

– Ce n'est pas de la matière, découvrit-il. C'est plutôt l'agglutination de centaines de petites créatures maléfiques…

Une lueur dorée apparut au creux des paumes de l'ange. Pour éviter son contact, le fil blanchâtre se mit à se tortiller et finit même par relâcher les chevilles de l'apôtre.

– C'est votre dernière chance de retourner en enfer, les avertit Reiyel.

L'étrange fil d'araignée s'enfonça dans la terre en sifflant comme un serpent.

– Je n'ai jamais rien vu de tel, avoua l'ange en aidant Yahuda à se lever.

– Depuis quand les démons possèdent-ils d'aussi puissants pouvoirs ? explosa le Témoin.

– Nous n'en savons rien.

– Nous devons faire quelque chose ! réclama Yahuda.

– Informez les justes qu'ils doivent fuir ces terres le plus rapidement possible. Je m'occupe des démons.

L'ange les serra tous les deux dans ses bras avec tristesse et disparut.

– Les gens qui ont peur et qui ont tout perdu, même s'ils sont d'une grande droiture, ne nous écouteront pas, maugréa Yahuda.

– Est-ce l'attaque d'Asmodeus qui provoque ta colère ?

Le visage impassible de Képhas calma aussitôt son compatriote.

– Je suis désolé, s'excusa-t-il. Lorsque je me sens impuissant, mon ancienne personnalité reprend le dessus.

– J'ai connu des épisodes semblables, moi aussi.

Yahuda promena son regard sur la destruction qui les entourait.

– Que suggères-tu ? demanda-t-il.

– Je crois que la meilleure façon de poursuivre notre mission, c'est de venir en aide aux sinistrés. Ils nous écouteront lorsque nous les aurons soignés et nourris.

– D'autres miracles, c'est cela ?

– Nous avons reçu ce don du Père et tu sais ce qu'il pense de ceux qui n'utilisent pas leurs talents. Commençons donc par ce quartier. Il en a bien besoin.

Ils se tournèrent en même temps vers un immeuble de plusieurs étages qui s'était écroulé sur le côté. Sur sa façade éventrée, on pouvait voir les nombreux logements que les locataires tentaient de quitter avant la prochaine réplique.

– Allons-y, décida Yahuda.

Les Témoins traversèrent la rue crevassée et commencèrent, d'un seul mouvement de la main, par éteindre l'incendie qui ravageait les maisons voisines.

...002

Utilisant toute sa force physique, Asgad Ben-Adnah souleva la lourde poutre qui s'était écrasée sur les premiers bancs de la section du Temple de Salomon, où il venait de se marier. Déterminé à sauver le jeune homme emprisonné sous les débris, il n'entendit pas se déchirer la manche de son beau veston. À deux pas de lui, encore sous le choc d'avoir vu s'effondrer une grande partie du toit de l'édifice, Océane Orléans observait le travail de son nouveau mari plutôt que de l'aider. Derrière lui, plusieurs de leurs invités avaient été blessés par l'écroulement du balcon. L'orgue gisait en morceaux sur la dalle.

Non loin, Andromède soignait le bras de Benhayil. Les larmes qui coulaient sur le visage du secrétaire révélaient ses souffrances. Toutefois, Océane ne semblait être qu'un témoin de cette tragédie, comme si elle flottait au-dessus de ce cauchemar. Elle n'éprouvait absolument rien. « Je vais me réveiller d'un instant à l'autre, dans mon lit », songea-t-elle.

Un pan du mur s'affaissa à sa droite, la ramenant brutalement à la réalité. « Merde, je ne rêve pas... » comprit-elle. Elle ressentit une cuisante douleur au bras gauche et baissa les yeux. D'une entaille de quelques centimètres s'échappait un flot de sang. Elle arracha un morceau de sa robe et s'en servit pour panser sa blessure. De toute façon, la jeune femme avait sérieusement abîmé sa tenue en tentant d'échapper au tireur caché à l'autre bout de la salle, puis dans l'écrasement de la structure.

Occupée à comprendre ce qui s'était passé, elle ne vit même pas Ahriman se matérialiser près d'Asgad.

– Laissez-moi vous aider, Excellence, offrit le Faux Prophète.

Grâce à ses pouvoirs, il hissa le madrier suffisamment haut pour que l'entrepreneur arrive à tirer Antinous hors de danger. Le jeune Grec avait été assommé dans l'effondrement. Asgad lui tapota les joues pour le ramener à lui, mais en vain. Ahriman laissa retomber son fardeau et se pencha sur le blessé.

– Faites quelque chose ! lui intima l'empereur Hadrien réincarné, qui ne voulait pas perdre son amant une seconde fois.

Le reptilien posa la main sur le front d'Antinous. Au bout de quelques secondes, celui-ci battit des paupières.

– J'immolerai une centaine de taureaux pour montrer aux dieux ma reconnaissance ! s'exclama Asgad, fou de joie.

– Cette pratique n'est plus tellement à la mode, lui rappela Ahriman.

L'entrepreneur serra son jeune ami contre sa poitrine, oubliant tout à fait sa nouvelle épouse. De toute façon, Océane ne se préoccupait pas davantage de lui. Ayant relevé le bas de sa longue robe, elle se dirigeait vers la sortie en évitant les débris qui jonchaient l'allée centrale. Des bras et des jambes dépassaient des larges poutres empilées, là où les invités n'avaient pas eu la présence d'esprit de courir vers la porte en même temps que les autres. Océane se rappela qu'il s'agissait de personnalités importantes du monde de la politique, du cinéma et des sports. En l'espace de quelques secondes, le Moyen-Orient venait de changer de visage à tout jamais…

La jeune femme s'approcha des restes du balcon d'où étaient partis les coups de feu, s'attendant à y découvrir le cadavre d'Adielle Tobias, la directrice locale de l'ANGE qui avait reçu la mission de tuer l'Antéchrist. Elle n'y trouva que celui du chef de la police qui était grimpé sur la plate-forme pour l'arrêter. Alors, qui avait tiré ? « C'était peut-être une diversion », pensa Océane en levant la tête vers le trou béant dans le plafond. Adielle avait la réputation de ne reculer devant rien pour s'acquitter de ses missions. Avait-elle lancé un missile sur le temple ?

Océane poursuivit sa route vers les portes qui pendaient lamentablement sur leurs ferrures. La plupart des invités paniqués avaient réussi à fuir, mais d'autres, moins chanceux, avaient été piétinés à mort dans le vestibule. Les soldats qui surveillaient la sortie avaient subi le même sort. Avec prudence, l'agente fantôme enjamba les cadavres et se figea en mettant le pied dehors.

– Doux Jésus… s'étrangla-t-elle.

Elle n'avait jamais oublié les effroyables images qui avaient circulé après le Ravissement, tandis que des avions avaient plongé vers le sol sans pilote et que des voitures en avaient embouti d'autres ou avaient défoncé des devantures de maisons et de boutiques en fauchant d'innombrables piétons. Le panorama qui s'offrait à elle était apocalyptique. Aussi loin qu'elle pouvait voir, les immeubles n'étaient plus que des amas de pierres. Le feu consumait le quartier de l'autre côté des murailles. Comment pourrait-elle s'échapper avec ces flammes qui bloquaient l'entrée la plus proche ? Elle apercevait des gens effrayés courant entre les fentes profondes qui s'étaient ouvertes au milieu des rues. Tout ce qu'on entendait, c'étaient des pleurs, des cris et de lointaines sirènes.

– Avons-nous été bombardés ? murmura Océane, très inquiète.

La terre se mit alors à trembler sous ses pieds et elle s'accrocha au cadre de la large porte. Des morceaux de plâtre tombèrent de chaque côté d'elle et elle protégea sa tête avec un bras.

– Ou est-ce un tremblement de terre ?

Au milieu d'un vacarme étourdissant, une rafale se mit à souffler dans la grande cour, créant des tourbillons de poussière, forçant la jeune femme à plisser les yeux. « Il est bien trop tôt pour la fin du monde », songea-t-elle.

– Madame ! l'appela une voix masculine.

Elle entrouvrit à peine les paupières et vit les silhouettes de plusieurs soldats qui arrivaient au pas de course.

– Êtes-vous la seule survivante ?

– Non ! Enfin, je ne l'étais pas jusqu'à cette secousse.

– Allez chercher les autres, ordonna l'officier à ses hommes.

Océane les sentit passer près d'elle, car elle ne voyait pas grand-chose dans la petite tempête de sable.

– Comment êtes-vous venus jusqu'ici ? voulut-elle savoir.

– En hélicoptère.

– Sommes-nous en guerre ?

– Non, madame. La terre a tremblé partout à Jérusalem.

L'émetteur-récepteur portatif accroché au collet de l'officier émit un son aigu.

– Colonel Hayim, nous avons trouvé monsieur Ben-Adnah, lui signala l'un des soldats.

– Madame, surtout, ne bougez pas. Vous ne risquez rien sous ce solide cadre de métal. Nous allons tous vous transporter en lieu sûr.

Dès que le militaire se fut élancé dans les ruines de l'édifice, Océane souleva une fois de plus sa longue robe et prit la fuite. Elle brava la chaleur de l'incendie à quelques pas seulement d'elle et courut le long d'une crevasse, à la recherche d'un abri. Elle savait que sa mère possédait d'étranges pouvoirs et qu'elle réussirait à s'en sortir. Dès qu'elle apprendrait que sa fille avait disparu, Andromède, qui était venue pour assister au mariage de la jeune femme, retournerait certainement au Québec.

Océane longea les maisons en flammes, consciente que la fumée masquait son vêtement immaculé, un peu trop facile à repérer, même du haut des airs. Comme elle l'avait appris à Alert Bay, elle s'efforça de ne pas former de plans dans son esprit. Son seul souci devait être de se soustraire à l'Anantas qu'elle venait d'épouser et à son épouvantable médecin. Une fois hors de leur portée, elle pourrait réfléchir à la prochaine étape.

Elle couvrit sa bouche avec sa manche et accéléra le pas. En fait, elle courait en direction opposée à celle que prenaient les survivants. Elle atteignit une grande rue où la circulation s'était arrêtée. Les gens fuyaient sur les trottoirs, comme s'ils étaient poursuivis par un monstre géant. Ils avaient abandonné leurs véhicules devant une énorme fissure qui avait séparé le boulevard en deux. Hors d'haleine, Océane décida de s'abriter dans un autobus déserté. Elle s'assit sur le plancher pour qu'on ne la voie pas à travers les fenêtres.

« La base de l'ANGE est à environ une demi-heure d'ici, à pied », se rappela-t-elle. Elle savait comment y pénétrer, mais quel genre d'accueil lui réserverait-on ? Les agents fantômes n'étaient pas véritablement des membres de l'Agence. « Que ferai-je si la base de Jérusalem a aussi été détruite ? » Il lui faudrait sortir du pays sans être détectée… dans une robe de mariée !

– Pourquoi l'avoir épousé si vous ne désirez pas partager sa vie ? demanda une voix derrière elle.

Océane fit volte-face. Au fond de l'autobus, Ahriman l'observait, assis sur un banc, les mains appuyées sur une canne en argent.

– Pourquoi prétendre être son médecin si vous êtes le bras droit de Satan ? rétorqua-t-elle.

– Vous devriez me craindre au lieu de m'insulter.

La jeune femme se retourna et s'élança vers la sortie. Elle s'arrêta net en arrivant nez à nez avec Ahriman ! Elle jeta un coup d'œil vers l'arrière de l'autobus, mais il n'était plus sur le banc.

– Surprise ? lui dit le vil personnage en esquissant un sourire maléfique.

Océane se mit à reculer, cherchant une autre issue.

– Mon rôle auprès de l'homme qui habite actuellement le corps de mon maître est de le rendre heureux jusqu'à ce que celui-ci le réclame.

S'appuyant sur sa canne, le Faux Prophète avança vers sa proie. Sans le perdre des yeux, l'ancienne espionne continuait de mettre un pied derrière l'autre, sans paniquer. Elle avait besoin de toute sa tête pour se sortir de ce mauvais pas.

– Or, pour une raison que je ne comprends pas, il refuse de vous faire arrêter pour espionnage.

Océane pivota sur ses talons et courut jusqu'à la sortie de secours, au fond de l'autobus. Elle tourna la poignée, poussa la porte et sauta dans la rue. Encore une fois, le reptilien se planta devant elle.

– Mais comment…

– Vous m'avez pourtant déjà vu à l'œuvre, à Montréal. Vous devriez savoir que je possède des pouvoirs qui échappent à la compréhension des misérables mortels.

– Laissez-moi passer ! se fâcha la jeune femme.

Ahriman lui tendit la main. Océane sentit des liens invisibles lui entourer la taille et la tirer lentement vers le démon. Elle poussa un cri de rage et se débattit en vain. Elle se retrouva face à face avec l'ignoble serviteur du Mal.

– Si vous ne commencez pas à vous comporter comme une épouse exemplaire, je me montrerai moins clément, la prochaine fois.

– Je ne réagis pas très bien à la menace !

Il baissa brusquement la main, libérant Océane. Elle s'aperçut alors, avec découragement, qu'elle était revenue devant le temple. Les soldats conduisaient justement Andromède, Benhayil, Asgad et Antinous hors du bâtiment en ruines. Ils étaient tous couverts de poussière et de sang.

– Par ici, leur dit l'officier.

Un homme prit doucement le bras de la nouvelle mariée et l'incita à suivre le groupe. Non loin, un énorme hélicoptère militaire les attendait. Les soldats les aidèrent à grimper dans l'appareil et les attachèrent à leur siège.

– J'imagine que la réception est à l'eau, soupira Andromède.

– Ce n'est vraiment pas le moment de faire de l'humour, maman, grommela Océane, fâchée de n'avoir pas réussi à s'échapper.

Assis près du pilote, Asgad ne pouvait pas les entendre. On avait placé un casque d'écoute sur ses oreilles pour que les dirigeants de l'armée israélienne puissent lui brosser un tableau de la situation. L'homme d'affaires ordonna tout de même aux soldats de le conduire à sa villa. Du haut des airs, Asgad découvrit avec tristesse que sa propriété avait été lourdement endommagée. Son toit s'était effondré. Il indiqua au pilote de poursuivre sa route. En survolant le Temple de Salomon, Asgad constata que ses structures principales étaient intactes. Pas une seule pierre ne s'était détachée de ses murailles ou de ses tours. Seule une partie du toit avait cédé.

– Le séisme a-t-il touché toute la ville ? demanda Asgad dans le petit micro.

– Tout le pays a été secoué, répondit le soldat dans le casque d'écoute de l'entrepreneur. Nous ne pouvons malheureusement pas vous accueillir à la base souterraine, pour l'instant, car son entrée est obstruée. Pendant que nous la dégageons, vous pourrez vous abriter à l'aéroport militaire.

Asgad se souvint alors que, jadis, lorsqu'il régnait sur son empire, plusieurs de ses provinces avaient été dévastées par les forces de la nature. À cette époque, on apaisait la colère des dieux par des sacrifices... Il était perdu dans ses pensées lorsque l'hélicoptère se posa sur la piste. D'autres soldats vinrent à sa rencontre.

– Nous allons conduire votre famille dans des quartiers temporaires pendant que vous vous entretiendrez avec le général Ovadia, lui expliqua l'un d'eux.

– Un petit instant ! s'opposa Océane. Je suis sa femme, alors je reste avec lui.

– Vas-y, ma petite chérie, l'encouragea Andromède. Je m'occupe des garçons.

À bout de forces, Benhayil et Antinous se laissèrent entraîner par la Pléiadienne à la suite des soldats.

– Vous ne désirez pas vous changer ? s'étonna le militaire en contemplant la robe déchirée d'Océane.

Pour toute réponse, la jeune femme glissa ses doigts entre ceux de son mari. Asgad interpréta son geste comme un besoin urgent d'être rassurée et la colla contre lui. Son apparence n'était pas tellement plus reluisante, de toute façon.

– Allons-y, fit-il à l'intention de l'officier.

Trottinant à côté d'Asgad, Océane se rendit compte qu'elle ne portait plus de chaussures ! « Cendrillon, elle, n'en a perdu qu'une seule... » songea-t-elle. Ils entrèrent au poste de communications, qui ressemblait beaucoup à la salle des Renseignements stratégiques de l'ANGE. Des hommes et des femmes en uniforme surveillaient des écrans d'ordinateur et écoutaient les nouvelles en provenance de partout.

– Le phénomène semble être mondial, déclara alors le général.

– Commencez par m'expliquer ce que vous entendez par « phénomène », exigea Asgad.

« J'allais justement lui poser la même question », pensa Océane. Elle avait étudié la géologie à l'Agence et elle concevait mal qu'un tremblement de terre puisse avoir secoué toute la planète d'un seul coup.

– Jusqu'à présent, tous les pays que nous avons réussi à contacter ont subi de violents séismes. Plus étonnant encore, ils ont tous eu lieu au même moment.

– Mais comment est-ce possible ? laissa échapper Océane.

Puisqu'il était prince Dracos, Ovadia avait déjà capté l'essence reptilienne du couple, même s'il ne parvenait pas encore à identifier leur race. D'ailleurs, presque tous les grands chefs de ce monde étaient reliés entre eux par leur sang bleu.

– Nos savants se penchent déjà sur ce mystère, assura-t-il.

– Pour que toutes les plaques tectoniques se mettent à bouger en même temps, il ne peut y avoir que deux possibilités, réfléchit Océane à voix haute.

– Vous vous y connaissez ? demanda le général.

– Ma femme est architecte, expliqua Asgad.

– Ou bien le centre de la Terre est sur le point d'exploser, ou bien une puissance cosmique agit sur notre planète comme un aimant.

– Beaucoup de nos laboratoires ont été démolis. Il nous faudra des semaines pour déterminer la cause exacte de cette activité sismique.

« Si c'est la fin du monde, nous allons peut-être manquer de temps », s'inquiéta silencieusement Océane. Asgad voulut savoir précisément ce qui se passait dans les pays membres de l'Union eurasiatique. Les soldats ne purent lui offrir qu'un rapport préliminaire, car toutes ces nations tentaient toujours de rétablir leurs communications avec le monde extérieur. Océane écoutait leurs propos tout en promenant son regard sur les différents écrans, parfaitement capable d'interpréter elle-même ce qu'elle y voyait.

– Les morts se comptent par milliers, leur dit le général, en guise de conclusion.

« Au moins, après le Ravissement, nous n'avons eu aucun corps à enterrer », nota l'ex-agente. Elle suivit son mari jusqu'aux quartiers qu'on leur avait aménagés d'urgence à la base militaire. Ce n'était pas le grand luxe, mais c'était néanmoins confortable. Andromède avait déjà mis Benhayil et Antinous au lit, après avoir guéri leurs blessures. Elle était assise devant le téléviseur et écoutait les nouvelles de CNN dans une langue étrangère.

– Tu y comprends quelque chose ? s'étonna Océane.

– Je parle plusieurs langues, ma chérie.

La jeune femme voulut s'asseoir près d'elle, mais Andromède l'arrêta d'un geste de la main.

– Je pense qu'une douche s'impose, et vite !

Océane soupira avec agacement et poursuivit sa route jusqu'à la salle de bains. En s'apercevant dans le miroir, elle comprit aussitôt ce que sa mère essayait de lui dire. Ses cheveux étaient défaits et tellement couverts de poussière qu'ils la faisaient ressembler à une vieille dame. Sa robe blanche était déchirée et tachée de sang et d'autres matières qu'elle préféra ne pas tenter d'identifier.

À sa grande surprise, sur une tablette, près de la douche, elle trouva des vêtements en provenance de la villa. Andromède était-elle allée les chercher ? « N'y a-t-il rien d'impossible pour elle ? » s'étonna Océane en se déshabillant. Elle passa un long moment sous l'eau chaude, puis se vêtit. Elle essora avec la serviette ses cheveux redevenus noirs, secoua la tête et s'admira dans le miroir.

– Ça, c'est moi !

Lorsqu'elle retourna dans la petite pièce qui leur servait de salon, Asgad était installé près d'Andromède. Il s'était lavé, lui aussi. Continuant de jouer le jeu, Océane s'assit près de lui, comme une épouse se devait de le faire.

– Qu'avez-vous appris de nouveau ? s'informa-t-elle.

– La dévastation est planétaire, répondit tristement Andromède.

Océane regarda les images de Jérusalem captées par des hélicoptères, puis celles d'autres villes d'Israël. Elle aurait bien voulu discuter de la théorie de la fin du monde avec sa mère, mais en présence d'Asgad ?

– J'imagine que nous saurons bientôt ce qui s'est passé, murmura-t-elle en appuyant la tête sur l'épaule de son mari.

Curieusement, ce dernier garda le silence.

...003

Le Québec n'avait pas été épargné par le tremblement de terre, même s'il se trouvait à quatre-vingt-quinze pour cent sur le Bouclier canadien, une immense formation rocheuse en forme de « U », partant de l'Arctique et s'étendant jusque dans le nord de l'État de New York. La terre n'y avait donc pas craqué comme ailleurs sur la planète, mais la forte secousse ainsi que ses répliques avaient tout de même démoli plusieurs bâtiments n'ayant pas été conçus pour résister à des chocs d'une telle magnitude.

Située sur la rive sud du fleuve Saint-Laurent, qui était devenu un petit lac après l'explosion du centre-ville de Montréal, la nouvelle base de l'ANGE avait été fortement éprouvée. Construite à l'épreuve de tous les cataclysmes, elle n'avait pas été écrasée par les fortes pressions, mais ses structures de communication en surface avaient toutes été endommagées. Elle possédait évidemment des systèmes d'urgence, mais encore fallait-il les mettre en marche.

Dans la salle des Renseignements stratégiques, où presque tout le personnel avait réussi à se rendre lorsque le séisme s'était déclenché, Vincent, Pascalina, Aodhan, Mélissa, Shane et Jonah s'affairaient sur les différents claviers afin de rétablir autant de blocs de transmission que possible. Derrière eux, Cédric Orléans faisait les cent pas. Même s'il était un loup solitaire, il n'aimait pas être coupé du reste du monde.

– Avez-vous repris contact avec Cassiopée ? demanda-t-il pour la énième fois.

– Pas encore, Cédric, répondit Vincent sans se fâcher, mais ça ne saurait tarder. Je suis certain que, de son côté, elle essaie aussi de réparer ses systèmes.

– Pourquoi parles-tu toujours de cet ordinateur comme s'il était vivant ? se hérissa Mélissa.

– Parce que je lui ai donné une personnalité, évidemment.

Cédric marcha jusqu'à la porte qui donnait sur le long couloir de la base, mais elle refusa encore une fois de s'ouvrir. Les agents n'eurent pas besoin de voir son geste pour sentir la nervosité de leur directeur. Ils poursuivirent plutôt leur travail d'encodage informatique sans dire un mot.

– VINCENT ? l'appela enfin l'ordinateur central.

– Je suis vraiment content d'entendre ta voix, Cass. Es-tu fonctionnelle ?

– À SOIXANTE-QUINZE POUR CENT.

– Est-ce suffisant pour ouvrir cette porte ? s'impatienta Cédric.

– LE PROTOCOLE DE SÉCURITÉ QUATRE-VINGT-UN NE ME LE PERMET PAS.

Shane se tourna vers ses collègues en arquant les sourcils.

– Quelqu'un se souvient-il de ce protocole ? s'enquit-il.

– VOUS POUVEZ VOUS ADRESSER DIRECTEMENT À MOI, MONSIEUR O'NEILL.

– Mille pardons, madame Cassiopée.

Vincent avait déjà tapé la question sur le clavier devant lui.

– Aucune porte ne peut être ouverte si les conditions extérieures risquent de mettre la vie d'un être humain en danger, lut-il à l'écran.

Les agents échangèrent des regards inquiets.

– Qu'y a-t-il dans le corridor ? voulut savoir Cédric.

– UNE PARTIE DU PLAFOND A CÉDÉ ET DES DÉBRIS L'ENCOMBRENT. TANT QUE DURERONT LES RÉPLIQUES, JE NE POURRAI LAISSER SORTIR PERSONNE.

– Le docteur Lawson, son patient, les membres de la sécurité et les mécaniciens ne se sont pas rendus au point de rendez-vous, lui apprit le directeur. J'ai besoin de savoir où ils sont.

– LA PLUPART DES CAMÉRAS SONT HORS CIRCUIT.

– Alors faites quelque chose pour les restaurer ! se fâcha Cédric.

– C'est justement là-dessus que nous travaillons, chef, assura Jonah.

Aodhan lui décocha un regard mécontent, car il insistait pour que les jeunes observent l'étiquette.

– VOUS AVEZ BESOIN DE CAFÉINE, MONSIEUR ORLÉANS.

– Mais le percolateur se trouve dans la salle de Formation, leur rappela Shane, donc de l'autre côté de la porte.

– Quand aurai-je un visuel du corridor ? persista Cédric.

– D'une minute à l'autre, affirma Vincent qui tapotait fiévreusement sur son clavier.

Pendant qu'Aodhan attendait l'apparition d'images sur les écrans, il observait son directeur. Pourquoi était-il si pressé de sortir de la salle ?

– LES CAMÉRAS SONT MAINTENANT OPÉRATIONNELLES.

Cédric revint se poster derrière ses agents et étudia un à un les moniteurs sur le mur. Cassiopée avait dit vrai. Le long couloir était obstrué, ce qui coupait l'accès à la moitié des portes, dont celles du garage et de la section médicale. Cette dernière ainsi que les Laboratoires et les diverses salles n'avaient pas subi de dommages. Il vit les mécaniciens et les agents de Glenn Hudson pousser des brouettes remplies de gravats jusqu'au fond du garage, où ils les déchargeaient.

– Ils sont en train de dégager le couloir ! s'exclama joyeusement Jonah.

Cette nouvelle aurait dû réjouir Cédric, mais son visage demeurait angoissé, car il n'apercevait Athénaïs et Damalis nulle part.

– Est-ce la totalité des caméras ? demanda-t-il.

– OUI, MONSIEUR ORLÉANS.

En général, les reptiliens n'éprouvaient aucune émotion, mais Cédric ressentit une grande tristesse à la pensée que le médecin et le Naga aient pu périr pendant le séisme. Une réplique secoua une fois de plus la base de Montréal, à Longueuil.

– Magnitude cinq, les informa Mélissa.

« Il faudra renforcer ce plafond dès que le corridor aura été déblayé », songea le directeur, qui se préoccupait surtout de la survie de son équipe.

– Les communications avec l'extérieur sont-elles rétablies ? voulut-il savoir.

– Seulement avec la division canadienne, répondit Aodhan.

– Je veux savoir ce qui se passe dans toutes les autres bases.

Les jeunes agents poussèrent des soupirs de découragement, car aucun de leurs efforts ne semblait jamais satisfaire Cédric.

– Allez, les enfants, remuez-vous ! les encouragea Vincent.

– IL EST AUSSI TRÈS URGENT DE VÉRIFIER LES CONDUITS D'AÉRATION, ajouta Cassiopée.

Lorsque sa route avait été coupée par l'effondrement du plafond, Glenn Hudson avait tenté de communiquer avec son directeur, sans succès. Craignant que celui-ci ait été enseveli avec son équipe, il avait aussitôt organisé leur sauvetage. Les garages de l'ANGE contenaient plusieurs outils et véhicules qui avaient servi à la récente construction de la base. Hudson avait divisé les membres de la sécurité ainsi que les mécaniciens en équipes qui se relayaient afin de pelleter les débris, les déposer dans les brouettes et les décharger à un endroit du garage où ils pourraient plus tard être ramenés à la surface.

Couverts de sueur, tous creusaient aussi rapidement qu'ils le pouvaient, car ils n'étaient pas sans savoir que, privés d'oxygène, les agents ne pourraient pas survivre très longtemps.

– Doux Jésus ! s'exclama une mécanicienne.

Hudson se précipita pour voir ce qu'elle avait découvert. Il vit alors le pied d'une femme qui avait perdu sa chaussure.

– Dépêchez-vous ! hurla le chef de la sécurité en arrachant une pelle à l'un des mécaniciens.

Ils ne mirent que quelques minutes à déterrer un individu, à quatre pattes sur le plancher. Le pied appartenait à la femme qui se trouvait sous lui. Hudson enleva la dernière couche de poussière sur le dos de l'homme et recula en sortant son revolver de sa gaine. Ce n'était pas un être humain qui se trouvait là, mais une créature couverte d'écailles vertes.

– Reculez, ordonna-t-il aux sauveteurs.

Le reptilien se secoua à la manière d'un chien et s'assit sur les fesses. Hudson aperçut alors Athénaïs Lawson couchée sur le dos, à demi enfouie dans les débris. Elle se mit à tousser violemment, puis à respirer à pleins poumons. Personne n'osa bouger pour lui venir en aide, car les yeux bleus striés d'une pupille verticale de son assaillant étaient plantés dans ceux des membres de l'ANGE.

– Si vous comprenez ce que je dis, redressez-vous très, très lentement, lui intima le chef de la sécurité.

Au lieu de faire ce qu'on lui demandait, le Naga saisit la femme médecin par la taille pour la sortir de son cercueil de gravats.

– Ne la touchez pas ! hurla Hudson.

Heureusement pour le reptilien, Athénaïs revint à elle. En apercevant tous les canons de revolver pointés sur elle, elle protégea de son propre corps celui de son patient.

– Ne tirez pas, supplia-t-elle, d'une voix enrouée.

– Éloignez-vous de cette créature, docteur Lawson.

– Ce n'est pas ce que vous croyez. Cet homme m'a sauvé la vie.

– Cet homme ? répéta Hudson, incrédule.

– Ce n'est pas un ennemi, mais un allié. Baissez vos armes.

Aucun des membres de la sécurité n'osa bouger. Hudson avait lu les rapports sur les reptiliens qui s'étaient introduits dans les bases d'Alert Bay et de Toronto. Dans les deux cas, ces derniers s'étaient montrés belliqueux et avaient dû être abattus.

– Où sommes-nous ? demanda alors Athénaïs, qui se rappelait vaguement les événements qui avaient suivi sa fuite de la section médicale.

– Dans le couloir qui mène aux Renseignements stratégiques. Nous ne savons pas si Cédric et ceux qui ont réussi à atteindre le point de rendez-vous sont toujours vivants.

Saisissant l'urgence de la situation, Damalis pivota vers les débris et se mit à creuser avec ses puissantes griffes, rejetant des fragments de matériaux derrière lui. Les mécaniciens et les agents les évitèrent habilement.

– Ne restez pas là à rien faire ! s'exclama la femme médecin. Aidez-le !

Après un court moment d'hésitation, Hudson et son équipe se mirent de la partie. Ils découvrirent alors, avec soulagement, que seule cette section du plafond avait cédé. Ce n'était donc pas tout le corridor qui avait été enseveli.

– Allez chercher des poutres de soutien ! ordonna Hudson aux mécaniciens. Il faut empêcher un nouvel éboulement.

Aux Renseignements stratégiques, Cédric continuait de tourner en rond, incapable de tenir en place. Ses agents avaient réussi à rétablir plusieurs des circuits et il pourrait bientôt s'entretenir avec ses homologues dans les autres pays.

Mélissa fut la première à lever les yeux sur l'écran qui montrait le couloir. Elle vit l'équipe de sécurité se frayer un chemin dans l'amas de débris et courir vers la porte de la salle.

– Monsieur Orléans ! s'exclama-t-elle.

Cédric vint aussitôt se placer derrière sa chaise et regarda l'écran qu'elle lui pointait du doigt.

– MONSIEUR HUDSON ET… commença Cassiopée.

– Ouvrez cette satanée porte ! ordonna le directeur.

– JE DOIS D'ABORD M'ASSURER QUE LES CONDITIONS EXTÉRIEURES SONT…

– Faites ce que je vous demande ou vous irez au recyclage !

Vincent tapa rapidement les mots « tout de suite, Cass » sur son clavier pour éviter le pire. La porte chuinta, mais le premier qu'ils aperçurent n'était pas le chef de la sécurité. C'était un Naga barbouillé de plâtre.

– Damalis ? voulut s'assurer Cédric en s'avançant prudemment.

Le reptilien ne fit que deux pas et s'écroula sur le plancher. Athénaïs se précipita vers lui en même temps que le directeur de la base. Ils eurent à peine le temps de le retourner sur le dos qu'il reprenait son apparence humaine. La femme médecin colla l'oreille contre son cœur.

– Le ciel soit loué, il est vivant, laissa-t-elle échapper dans un soupir de soulagement.

– Où étiez-vous ? la questionna Cédric.

– Je ne me rappelle plus très bien. Il faut le transporter tout de suite à l'infirmerie.

Les membres de la sécurité s'en chargèrent. Au lieu de demeurer à son poste, Cédric les suivit jusqu'à la section médicale. Les hommes déposèrent Damalis sur son lit et reculèrent pour attendre les ordres de leur chef.

– Nous avons tenté de nous rendre à la salle de contrôle, se souvint alors Athénaïs en lavant son patient. Il y a eu un bruit terrible qui ressemblait à un craquement, puis tout est devenu noir. Ce n'est que lorsque vos hommes nous ont déterrés que j'ai compris que nous avions été ensevelis dans le couloir.

– Comment avez-vous réussi à survivre ?

– Lorsqu'il adopte sa forme reptilienne, Damalis semble doué d'une force bien plus grande que la nôtre. Il m'a protégée de son corps.

Les Nagas étaient donc moins égocentriques que la plupart des autres races de reptiliens qui n'auraient pensé qu'à sauver leur propre peau.

– A-t-il aggravé son état ?

– Étrangement, ses deux corps ne semblent pas complètement reliés entre eux. Cet homme est un véritable mystère pour moi. Certaines drogues que je lui administre sous son aspect humain ont un effet sur sa physiologie reptilienne, mais pas d'autres. C'est à n'y rien comprendre.

Cédric se pinça les lèvres pour ne pas lui avouer ce qu'il savait à ce sujet.

– Je ne suis pas en train de mourir… murmura le patient.

– Vous avez reçu plusieurs kilos de débris sur le dos, lui apprit Athénaïs.

– MONSIEUR ORLÉANS, VOTRE PRÉSENCE EST REQUISE AUX RENSEIGNEMENTS STRATÉGIQUES.

Cédric se réjouit de constater que les systèmes de communication interne avaient enfin été remis en état. Il salua le Naga et son médecin et revint sur ses pas. Les mécaniciens étaient en train de fixer des poutres de métal dans le corridor pour empêcher les sections de chaque côté du trou de céder à leur tour pendant les répliques.

– Qu'y a-t-il ? demanda le directeur en revenant parmi ses agents.

– Notre antenne semble avoir tenu le coup, l'informa Vincent. Nous arrivons à capter des bulletins de nouvelles en provenance d'un peu partout dans le monde. Il y a encore des pays dont nous ne savons rien, mais c'est sans doute parce qu'ils ont subi plus de dommages et que la réparation de leurs moyens de communication nécessitera beaucoup de temps.

Cédric se planta derrière Shane, car ce dernier travaillait au poste qui commandait l'écran géant, au milieu de tous les autres. Même si les agents ne comprenaient pas toutes les langues parlées sur la Terre, les images diffusées de tous les coins du monde étaient éloquentes. Le séisme semblait n'avoir épargné personne. Partout, on retrouvait les mêmes scènes de désolation.

– L'Antéchrist est-il responsable de toute cette dévastation ? voulut savoir Shane.

– Non, affirma Vincent. Il s'écoulera encore quelque temps avant qu'il se mette à tout détruire. Je l'ai lu dans la Bible.

– Il ne lui restera pas grand-chose à démolir, fit remarquer Jonah.

– Suis-je en mesure de parler aux autres bases ? demanda Cédric.

– Celles de l'Amérique du Nord, pour l'instant, répondit Mélissa.

Elle posa les doigts sur son clavier pour entrer la séquence de communication, mais reçut un violent choc électrique qui la fit bondir sur sa chaise.

– Mélissa, est-ce que ça va ? s'alarma Vincent en quittant son poste.

L'informaticien s'empressa de frictionner les doigts meurtris de la jeune agente.

– Cassiopée, qu'est-ce que c'était ? s'enquit le directeur qui ne voulait surtout pas que les Brasskins en profitent pour saboter sa base.

– UNE PETITE SURCHARGE, RIEN DE GRAVE, MONSIEUR ORLÉANS.

– Pourquoi suis-je la seule à l'avoir sentie ? gémit Mélissa.

Le silence de l'ordinateur aurait pourtant dû leur faire comprendre qu'il n'appréciait pas les attentions de Vincent à l'égard de la jeune femme. Shane vint prendre sa place devant le clavier. Il approcha prudemment l'index des touches, mais l'étrange phénomène ne se reproduisit pas.

– À qui désirez-vous parler ? demanda-t-il à son directeur.

– Commençons par Kevin Lucas, puis, si c'est possible, à Gustaf Ekdahl.

– Tout de suite, capitaine.

Shane serra immédiatement les dents en se rappelant le sermon qu'Aodhan avait fait aux trois jeunes recrues de Montréal. Il évita sciemment le regard de l'Amérindien et entra plutôt la requête de son patron.

– C'est mon rôle d'assurer les communications, leur rappela Cassiopée, sur un ton cassant.

– Vous avez déjà fort à faire avec tous ces circuits à rétablir, s'excusa Shane.

– Ignorez-vous que mon cerveau est multifonctionnel, monsieur O'Neill ?

– Mais non ! J'essaie simplement d'être gentil !

– Cass, c'est assez, chuchota Vincent.

Les agents ne perçurent pas le murmure de l'informaticien, mais l'ordinateur central en saisit parfaitement la signification. Vincent se promit aussi d'avoir une bonne conversation avec sa création, dès que la base serait redevenue entièrement opérationnelle.

...004

Lorsque la terre cessa de trembler, Thierry, Cindy, Darrell et Neil sortirent de la falaise dans laquelle ils s'étaient réfugiés. Quelques colonnes du temple creusé dans le roc s'étaient écroulées, mais l'accès aux chambres intérieures n'était pas obstrué. La fontaine, au milieu de la grande place, ne semblait pas avoir été endommagée non plus.

– Les soldats ont-ils décidé de nous bombarder ? demanda Darrell en levant les yeux vers le ciel.

– Non, affirma Thierry. La secousse provenait des entrailles de la Terre. À mon avis, c'est un phénomène tout à fait naturel.

– C'est une drôle de coïncidence, tout de même, maugréa Neil.

– J'espère que le séisme n'a pas fait fuir les tribus qui nous fournissent de la nourriture, ajouta Darrell.

– Il n'y a qu'une seule façon de le savoir, indiqua leur maître. Grimpons là-haut.

Pour ne pas risquer une chute mortelle, les hommes Nagas s'enfoncèrent de nouveau dans le roc afin de passer par l'intérieur de la montagne. En voulant les imiter, Cindy se cogna le nez à la paroi.

– Pourquoi ai-je été capable de le faire à mon arrivée ici ? s'exclama-t-elle. Pourquoi suis-je incapable de recommencer maintenant ?

Une main sortit du mur rocheux, lui saisit le bras et l'attira dans la falaise. Elle s'aperçut rapidement que, même si elle avait su comment modifier la densité de son corps, elle ignorait comment s'orienter dans ce monde obscur et n'aurait jamais été en mesure de suivre les garçons vers le sommet. Elle ne savait pas lequel des Nagas avait eu pitié d'elle, mais elle s'accrocha fermement à sa main pour ne pas errer dans le roc jusqu'à ce qu'un archéologue l'excave des centaines d'années plus tard !

Elle découvrit, en prenant sa première bouffée d'air, que Darrell était son bon Samaritain. Il lâcha sa main et rejoignit Neil, perché sur le côté est de la falaise. Quant à Thierry, il observait la situation à l'ouest.

– Que voyez-vous ? s'enquit la jeune femme en rejoignant les jumeaux.

– La géographie a pas mal changé, répondit Darrell.

Cindy constata en effet que la terre était crevassée un peu partout et que la route qui menait à Jéricho était coupée par une profonde faille. Toutefois, les villages les plus proches ne semblaient pas avoir été touchés.

– Personne ne tente de s'enfuir, remarqua Neil. C'est bon signe.

Une réplique faillit balancer les deux frères dans le vide. Cindy eut tout juste le temps de les agripper par leur tunique et de les tirer vers l'arrière. Ils se retrouvèrent tous les trois sur leurs fesses dans la poussière.

– Excellents réflexes, la félicita Darrell.

– J'ai agi sans même réfléchir, s'étonna Cindy.

– C'est justement parce qu'ils suivent leur instinct que les *varans* sont efficaces, commenta Thierry.

– J'ai encore beaucoup de mal à accepter qu'une femme puisse devenir un exécuteur de Dracos, grommela Neil en se levant.

– Ce n'est pas parce qu'il n'y en a jamais eu que c'est impossible, lui fit remarquer le maître.

Les jeunes vinrent se poster de chaque côté de lui.

– Je me demande jusqu'où s'étendent les ravages, murmura Thierry, songeur.

– Nous pouvons aller nous en informer, suggéra Darrell.

– Allez-y et soyez prudents, juste au cas où ce serait un piège que nous tend l'armée. Cindy, tu restes ici.

– Pourquoi ce sont toujours eux qui font les trucs intéressants ? se plaignit-elle.

– Parce qu'ils savent se servir de leur sabre, expliqua Thierry tandis que ses protégés plongeaient dans le roc.

Il s'assit en tailleur sur la pierre chaude, continuant de surveiller le désert. N'ayant rien de mieux à faire, Cindy l'imita. Elle l'observa pendant de longues minutes avant de lui demander à quoi il pensait.

– J'essaie de démêler mes souvenirs de ceux de Silvère.

– Ce ne doit pas être facile.

– Non… Surtout que je n'ai pas eu une vie aussi riche que la sienne. Ma propre mémoire est submergée par celle de Silvère. Il a voyagé partout dans le monde et il a beaucoup lu. Son savoir est immense.

– Mais il est mort et, toi, tu es vivant. Ce savoir est maintenant le tien.

Un sourire se dessina sur les lèvres du traqueur, car Cindy avait raison.

– Ton mentor connaissait-il l'avenir ? demanda la jeune femme. Savait-il que ces événements se produiraient ?

– Il est étrange que tu me le demandes, parce que c'est justement à cela que je songeais. Le vieux sage possédait une connaissance approfondie des textes sacrés. Apparemment, la Bible n'est pas le seul ouvrage à mentionner la fin des temps. Plusieurs civilisations la prédisent depuis des siècles.

– Plus j'en entends parler, plus j'ai peur.

– Tu n'as aucune raison d'avoir peur. La planète ne va pas exploser, comme le prétendent certains hurluberlus, mais nous allons certainement devoir changer notre façon de vivre.

– Mais si les gens continuent de mourir à ce rythme-là, il ne restera plus personne sur la Terre.

– Ceux qui survivront auront la chance de repartir de zéro.

– C'est vraiment ce que croyait Silvère ?

Thierry fronça les sourcils. Il ne s'était jamais arrêté lui-même à penser à l'Apocalypse. Il avait plutôt passé sa vie à étudier les arts martiaux, ainsi que les différentes cultures du monde, et à maîtriser plusieurs langues. Ce qu'il ressentait maintenant par rapport à ces événements ne faisait pas partie de ses propres croyances.

– Il était persuadé que de nombreuses calamités s'abattraient sur les hommes avant la fin, répondit-il finalement. Ces catastrophes sont censées mettre leur foi à l'épreuve. Les méritants seront sauvés, tandis que ceux qui se tourneront vers l'obscurité périront.

– Où se situent les Nagas, là-dedans ?

– J'ignore leur destin collectif. Pour ma part, je continuerai à tuer autant de rois et de princes Dracos que je le pourrai jusqu'à mon dernier souffle. De cette façon, les humains qui auront résisté aux grands bouleversements pourront vivre en paix.

– Et qu'adviendra-t-il de moi ?

Le *varan* tourna lentement la tête vers elle.

– Qu'aimerais-tu faire, une fois que la paix sera rétablie ?

– J'aimerais retrouver Cael ou reprendre ma vie d'avant, mais je me doute bien que ni l'une ni l'autre de ces éventualités n'est envisageable. Cael a disparu et mon agence n'aura plus de raison d'exister, s'il n'y a plus de méchants.

– Les nouvelles communautés auront besoin de solides piliers pour demeurer saines.

– Il est vrai que je pourrais devenir enseignante ou infirmière… ou je pourrais, moi aussi, exterminer les reptiliens qui sont responsables de la propagation du mal sur la Terre.

– Cela exigerait un long entraînement. À moins que tu ne trouves un mentor en Israël, il serait préférable que tu fasses autre chose. Maintenant que les jumeaux sont prêts à chasser, je vais partir seul.

– Si je ne trouve pas de mentor… s'étrangla Cindy, paniquée.

– Tu n'auras qu'à demander l'hospitalité à l'un des villages de la région, où tu attendras que tout soit accompli.

– La vie est toujours si simple pour les garçons.

Elle s'approcha de Thierry, s'agenouilla dans son dos et jeta ses bras autour de sa poitrine.

– Cindy, ne fais pas ça, la supplia-t-il.

– J'ai seulement besoin d'être rassurée.

– C'est tout ce que tu ressens ?

– J'ai peur…

Il voulait bien sûr l'apaiser, mais les pulsions, qu'il refoulait de son mieux, commençaient à le faire souffrir.

– Rappelle-toi ce que je t'ai expliqué au sujet des femmes Nagas.

– Tu m'as dit que j'étais la seule.

– Et comment l'avons-nous découvert ?

– Oh…

Elle recula sur ses genoux, et il constata que son geste avait été purement inconscient.

– Je ne suis pas différent de Cael, ajouta Thierry. Tout comme lui, j'éprouve une très forte attirance pour une femelle de ma race.

– Pourtant, Océane n'est pas Naga.

– Ça, c'est un autre mystère que je n'ai pas encore élucidé, malgré tout le savoir de mon mentor.

– Tu me trouves donc irrésistible, toi aussi ? balbutia Cindy.

– C'est une question d'hormones, j'imagine.

– Alors, merci, c'est flatteur.

Thierry ne voyait pas comment, mais il préféra éviter le sujet.

– Il commence à faire très chaud, dit-il plutôt. Retournons à l'ombre.

– Tu vas devoir prendre ma main pour me ramener en bas, car je ne maîtrise pas encore le passage à travers le roc.

Le Naga se fit violence et glissa ses doigts entre les siens. Cindy se sentit s'enliser dans la matière froide, une sensation qu'elle aimait de moins en moins. Quelques minutes plus tard, ils émergèrent dans la cour du vieux temple encore plus dégradé par le séisme. Thierry lâcha la main de Cindy et alla se désaltérer à la fontaine. Elle attendit qu'il ait fini de boire et en fit autant, puis le suivit à l'intérieur, dans l'une des pièces dont les murs paraissaient encore solides.

Il s'adossa à la paroi la plus éloignée, heureux de retrouver un peu de fraîcheur. Cindy s'assit en tailleur à quelques pas de lui et observa ses traits. « Les Nagas sont-ils tous aussi beaux que Darrell, Neil et Thierry ? » se demanda-t-elle.

– Ton attirance pour Océane était-elle purement physique, ou est-ce que tu as éprouvé de l'amour pour elle ? demanda la jeune femme.

Le *varan* n'ouvrit qu'un œil.

– Je le demande par pure curiosité, ajouta aussitôt Cindy.

– Je me pose la même question tous les jours, révéla-t-il.

– Les Nagas peuvent-ils avoir des enfants ?

Autrefois, Thierry l'ignorait complètement, mais la réponse lui parvint instantanément de la mémoire de son maître.

– Dans leurs manipulations génétiques des embryons obtenus du croisement de Dracos et de Pléiadiens, ces derniers se sont assurés que les Nagas ne pourraient pas se reproduire, récita-t-il, comme s'il lisait une encyclopédie.

– Comme les mulets, quoi ?

La comparaison était juste, mais elle blessa tout de même l'amour-propre du traqueur.

– Nous n'avons été conçus que pour remplir une seule fonction, lui rappela-t-il.

– Tuer... Je trouve que c'est vraiment injuste de mettre un enfant au monde en lui infligeant un tel destin.

Une réplique secoua la région, détruisant la partie la plus affaiblie du temple. Cindy poussa un cri de terreur et se jeta dans les bras du Naga. Thierry sentit son sang bouillir dans ses veines. « C'est la compagne de Cael », se répéta-il intérieurement plusieurs fois.

– Je déteste les tremblements de terre, maugréa la jeune femme.

Elle releva la tête et se retrouva nez à nez avec son protecteur. Elle vit alors ses pupilles rondes s'allonger jusqu'à devenir deux fentes verticales.

– Pourquoi es-tu en train de te métamorphoser ? s'étonna Cindy.

– C'est à cause de toi... et je n'y peux rien.

– Les yeux de reptiliens sont beaucoup moins effrayants lorsqu'ils sont bleus, remarqua-t-elle, en toute innocence.

Elle sentit, elle aussi, un irrépressible désir naître dans ses entrailles.

– Je commence à comprendre ce que tu essayais de m'expliquer sur la falaise, avoua-t-elle. On dirait que ça me prend plus de temps que toi à...

Les lèvres de Thierry se collèrent sur les siennes. Elle poussa un cri de surprise, mais ne se débattit pas. Ils échangèrent d'interminables baisers sans se rendre compte que leur corps se couvrait de petites écailles vertes. Ils s'arrachèrent mutuellement leur manteau et leur tunique et laissèrent libre cours à leur passion.

– Je sais maintenant pourquoi tu ne veux pas m'emmener avec toi pour terminer ma formation, chuchota-t-elle dans son oreille, après l'amour.

– Ce serait trop dangereux pour nous deux.

– Si je rencontre un autre Naga en cherchant ma propre place dans la vie, est-ce qu'il m'arrivera la même chose ?

– Je l'ignore, Cindy.

Elle resta dans ses bras un long moment, après avoir repris sa forme humaine.

– Lorsque l'Antéchrist sera mort et que Jésus aura jugé tout le monde, même si nous ne pouvons pas avoir de bébés, est-ce que je pourrai partager ta vie ?

– Rien ne prouve que je serai encore vivant. Et que fais-tu de Cael, là-dedans ?

– On lui a tranché la tête la première fois qu'il a tenté d'accomplir sa mission et, puisqu'il agit de la même façon maintenant, je pense qu'il va subir le même sort.

– Et Océlus ?

– Il préfère prêcher à Jérusalem…

– On dirait que tu es incapable de t'attacher à quelqu'un.

– N'est-ce pas normal tant qu'on n'a pas trouvé l'âme sœur ?

Silvère ne croyait pas à l'amour… Pour lui, c'était une émotion inutile qui déconcentrait les Nagas et qui pouvait leur faire perdre la vie.

Ils dormirent quelques heures, allèrent se baigner dans la fontaine et enfilèrent leurs vêtements. Au coucher du soleil, les jumeaux n'étaient toujours pas rentrés. Cindy et Thierry mangèrent leurs dernières provisions en savourant l'arrivée de la fraîcheur de la nuit. C'est alors que l'ancienne espionne se rappela qu'elle possédait une autre façon de s'informer de l'état du monde.

– Vincent ! s'exclama-t-elle.

Le *varan* lui adressa un regard interrogateur.

– Il travaille pour l'ANGE et il m'a laissé une façon de le joindre en tout temps, expliqua Cindy.

Elle détacha le pendentif de son cou et appuya sur chacun des petits diamants incrustés dans le « O ».

– Cindy ? éclata la voix de l'informaticien.

– Oui, c'est moi.

– Dieu soit loué, tu es vivante !

– Nous avons été pas mal secoués par un gros tremblement de terre. Il était tellement intense que je suis sûre qu'il était de magnitude huit ou plus.

– Neuf virgule neuf, pour être exact.

– L'épicentre se situait-il entre Jérusalem et Jéricho ?

– Personne n'a été capable de l'établir avec certitude, répondit Vincent, mais personnellement, je pense que le séisme est parti du centre de la Terre.

– Comme un volcan ? Nous n'avons pourtant pas vu d'éruption, même en nous postant au sommet d'une falaise.

– C'est toute la planète qui a été touchée, Cindy.

Pour mieux entendre Vincent, Thierry s'approcha davantage de la jeune femme, malgré le charme qu'elle exerçait sur lui.

– Qu'est-ce que tu dis ? bredouilla-t-elle.

– Le séisme a frappé tous les pays de la planète exactement au même moment.

– Cela va à l'encontre de ce qu'on nous a enseigné à Alert Bay…

– Oublie tout ce que tu sais. Nous venons d'entrer dans une ère nouvelle où il nous faudra réviser tous les traités scientifiques. Où es-tu ?

– Je suis dans le désert.

– As-tu signalé ta position à la base de Jérusalem ?

– Je n'ai plus de montre pour communiquer avec eux, depuis que j'ai remis ma démission. J'ai réussi à échapper à l'armée et je me suis réfugiée dans les montagnes.

– As-tu besoin d'aide ?

– Non. J'ai toute l'aide dont j'ai besoin, affirma-t-elle en plantant son regard dans celui de Thierry. Est-ce que la Bible annonce d'autres catastrophes ?

– Malheureusement, oui. Ça ne fait que commencer.

– Ah… Comment vont les autres ?

– J'ai vu sur Internet que Yannick et Océlus soignent les rescapés à Jérusalem. Quant à Océane, je n'ai encore aucune confirmation, mais il y a une rumeur selon laquelle elle se serait mariée dans un temple qui se serait effondré quelques secondes plus tard.

Pour ne pas entendre le reste de cette nouvelle, Thierry s'éloigna considérablement de Cindy. Il dégaina son katana et se mit à réchauffer ses muscles, de l'autre côté de la fontaine.

– Est-elle morte ? s'étrangla Cindy en pâlissant.

– Non. Enfin, c'est ce que j'ai lu. Je te le ferai savoir quand je serai vraiment sûr de ce que j'avance, d'accord ? En attendant, tâche de rester en vie.

– Je te le promets, Vincent.

Elle mit fin à la communication et alla s'asseoir sur le bord de la fontaine en essayant de se convaincre qu'Océane avait su se débrouiller pour défier la mort.

...005

Pelotonnée au fond de sa cellule, ses bras protégeant sa tête, Adielle Tobias attendait que le sol cesse de trembler. Elle n'en était pas à son premier séisme. L'Israël était souvent ébranlé par de petites secousses. Elle avait appris comment réagir lorsque sa base se situait dans la zone sismique, mais dans une grotte sous la terre, elle se demandait si elle finirait par être ensevelie.

La directrice de la base de Jérusalem ne savait pas très bien ce qui lui était arrivé. Son dernier souvenir remontait au temple où elle s'était cachée pour tirer sur Asgad Ben-Adnah. Au moment où elle l'avait eu dans sa mire, elle avait commencé à appuyer sur la détente, mais quelqu'un s'était emparé d'elle par-derrière. Pourtant, la vétérane de l'armée israélienne avait l'ouïe aussi fine que celle d'un chat. Elle n'avait entendu personne grimper l'escalier jusqu'au balcon où trônait l'orgue. Une main s'était plaquée sur sa bouche et l'autre bras lui avait enserré le torse à la manière d'un étau. Sa formation en arts martiaux ne lui avait été d'aucun secours. Elle avait à peine tenté de se débattre qu'elle était transportée dans un univers qu'elle ne pouvait même pas décrire.

Son ravisseur l'avait abandonnée dans la petite caverne où elle se trouvait toujours, dans l'obscurité. Comme elle avait appris à le faire à Alert Bay, Adielle avait minutieusement étudié son environnement. Il ne s'agissait pas d'une formation rocheuse naturelle, comme il y en avait un peu partout dans le désert. Elle pouvait sentir sous ses doigts les coups de pics qui avaient marqué la surface du roc. Une fois certaine qu'elle était seule, elle avait tenté de joindre sa base, mais sa montre avait refusé de fonctionner. Pourtant, ses mécanismes de communication étaient censés remplir leur rôle dans n'importe quelles conditions climatiques, même sur la Lune !

Lorsque les yeux de la directrice se furent habitués à l'absence de lumière, elle aperçut une faible lueur de l'autre côté des barreaux de sa prison. Elle s'approcha prudemment et étira son cou pour voir d'où elle provenait. Une silhouette bloqua soudain la source lumineuse, faisant reculer la prisonnière.

– Vous n'avez pas le droit de me retenir contre mon gré, l'avertit Adielle.

– Qui êtes-vous ? demanda une voix gutturale.

– Je pourrais vous demander la même chose.

La lueur à l'extérieur de la cellule s'intensifia et Adielle sursauta en constatant que ce qu'elle avait cru être un homme était, en fait, une créature recouverte de petites écailles dorées.

– Je suis Ancef.

– Très beau déguisement, le complimenta la directrice, surtout pour se rassurer elle-même.

– Tous les humains qui voient un reptilien pour la première fois sont plus terrorisés que vous.

Persuadée qu'elle avait affaire à un farceur, Adielle s'approcha des barreaux. La lumière devint encore plus forte, ce qui lui permit de voir les pupilles verticales des yeux dorés de son interlocuteur et sa petite tête en forme de cobra.

– Je n'ai pas l'intention de vous prouver que je dis la vérité, poursuivit le reptilien.

Tandis qu'il articulait chaque mot avec difficulté, Adielle remarqua ses dents acérées. Même à Hollywood, on ne confectionnait pas de costumes aussi réussis.

– Maintenant, c'est à votre tour de vous identifier.

– Je suis Adielle Tobias, directrice d'une agence qui veille sur les habitants de cette planète.

– Dans ce cas, vous n'avez pas fait du très bon travail.

– C'est ce qu'on dirait, en effet. Je n'arrive pas à m'expliquer que nous n'ayons jamais mis la main sur des kidnappeurs tels que vous.

– Vos méthodes et vos équipements sont trop primitifs.

Les bases de l'ANGE employaient pourtant une technologie hautement sophistiquée.

– Je vous ordonne de me laisser partir, lâcha Adielle.

– Tout comme vous, ceux de ma race tiennent à ce que ce monde vive en harmonie.

– Alors, vous ne faites pas du bon travail, vous non plus, si on considère qu'il y a des guerres partout depuis des milliers d'années.

– Vous alliez tuer un humain dont les plans sont d'instaurer une paix durable au Moyen-Orient.

– Asgad Ben-Adnah ? s'exclama la directrice, incrédule. Cet homme va bientôt devenir le pire tyran que la Terre aura connu !

– Il a fait signer de nombreuses trêves entre des pays qui ne cherchaient qu'à s'entredéchirer.

– Pour endormir notre vigilance. Ne connaissez-vous donc pas les prophéties ?

– Ce ne sont que des mots. Nous préférons juger les humains d'après leurs actes. Nous ne pouvions pas vous laisser abattre le chef de l'Union eurasiatique.

– Qu'allez-vous faire de moi ?

– Nous vous livrerons à la police.

– Autrement dit, vous avez décidé de servir le monstre qui mettra Jérusalem à feu et à sang ?

– C'est votre opinion.

Il se retourna et fit quelques pas dans le tunnel.

– Si vous êtes vraiment un reptilien, de quelle race êtes-vous ?

– Je suis un Brasskins.

La lumière s'amenuisa tandis qu'il s'éloignait. « Où ai-je entendu ce nom ? » tenta de se rappeler Adielle. Elle s'assit sur le sol et se mit à réfléchir. « Dans un rapport en provenance de Toronto... » se souvint-elle. Cédric Orléans prétendait avoir été attaqué par un Brasskins. « Et je n'ai même pas cherché à savoir ce que c'était », se reprocha-t-elle.

S'ils avaient agressé Cédric tandis qu'il était directeur intérimaire et qu'ils l'avaient surprise durant une mission ultrasecrète, ces soi-disant reptiliens étaient vraiment très forts. « Comment vais-je sortir d'ici avant qu'ils me traînent devant Ben-Adnah ? » se demanda Adielle. Elle marcha à quatre pattes jusqu'aux barreaux et testa leur solidité. Ils étaient en acier et l'espace entre eux était trop étroit pour qu'elle puisse s'y faufiler, malgré ses talents de contorsionniste.

« Je pourrais aussi leur filer entre les doigts lorsqu'ils ouvriront cette grille », se dit-elle. Puis elle se rappela l'étonnante force physique de celui qui l'avait enlevée alors qu'elle était dans le temple. Le suicide était évidemment hors de question. Elle devait survivre à cette terrifiante aventure, même si ce n'était que pour prévenir l'Agence que ces Brasskins représentaient une véritable menace.

Pendant que la directrice de l'ANGE réfléchissait à son évasion, Ancef avait tranquillement poursuivi sa route dans le labyrinthe de galeries creusées des siècles auparavant par les Dracos, lorsque les Pléiadiens les avaient refoulés sous terre. Heureusement pour les Brasskins, les descendants de ces terribles géants blonds n'étaient plus que l'ombre d'eux-mêmes. Lorsque les pôles magnétiques de la Terre s'étaient inversés, dix mille ans plus tôt, ces extraterrestres avaient perdu une partie de leur densité corporelle. À leur tour, les Pléiadiens avaient dû se réfugier dans les montagnes pour survivre. Incapables de venir directement en aide aux humains, ils avaient créé les Nagas. Toutefois, puisqu'il n'y avait qu'une centaine de ces hybrides sur toute la planète et que leur rôle consistait à exterminer les Dracos les plus belliqueux, les Brasskins ne se souciaient guère d'eux.

Ancef atteignit finalement une grande caverne où était détenu quelqu'un d'encore plus dangereux que la directrice. Une dizaine de Brasskins surveillaient un homme attaché au mur par les poignets et par les chevilles. Ils l'avaient capturé dans le désert, sur la route qui menait à Jéricho. Il prétendait être un homme saint. Pourtant, Ancef et ses semblables l'avaient vu se battre comme un Naga en utilisant l'arme de prédilection de ces assassins.

– La femme répète la même chose que toi, laissa tomber Ancef en s'immobilisant devant Cael Madden.

– Évidemment, puisque je vous ai dit la vérité, répondit calmement le prophète. Le politicien d'Israël deviendra bientôt le personnage le plus sanguinaire de toute l'histoire de l'humanité. Il est encore temps de l'arrêter avant qu'il nous détruise tous.

Les reptiliens dorés échangèrent quelques sifflements stridents.

– Je suis ici pour préparer le retour du Fils de Dieu, poursuivit Cael qui ne savait plus comment convaincre ses bourreaux de son identité sans user de violence. Vous êtes en train de m'empêcher d'accomplir ma mission.

– Beaucoup d'hommes sont morts sur la route de Jéricho à cause de toi, gronda un autre Brasskins.

– Je ne les ai pas tués.

– Qui étaient les deux hommes qui portaient aussi des épées ?

– Je ne les connais pas.

– Pourquoi te rendais-tu à Jéricho ? Qu'espérais-tu y trouver ?

– Peu importe le nombre de fois que vous me poserez ces questions, les réponses demeureront les mêmes. Je m'appelle Cael Madden et c'est Dieu qui m'a demandé de revenir en Terre sainte pour ouvrir les yeux et le cœur de ses enfants. Laissez-moi partir ou vous en subirez les conséquences.

– Nous ne pouvons rien faire avant le retour d'Iarek.

Madden n'était pas un homme violent, mais il savait se battre, car cela faisait partie de l'entraînement réservé aux membres de sa caste. Il avait juré à ses maîtres de ne jamais tuer personne, mais il n'hésiterait pas à blesser quiconque l'empêcherait de s'enfuir. Ces Brasskins étaient sur le point de l'apprendre à leurs dépens.

C'est alors qu'il entendit des murmures familiers dans ses oreilles. Il ferma les yeux et se mit en transe, comme on le lui avait enseigné. Dieu lui parla, comme il le faisait régulièrement. Lorsqu'il revint finalement à lui, tous les Brasskins se trouvaient à quelques centimètres de son visage et l'examinaient avec curiosité, comme s'ils se demandaient s'il était mort.

– Iarek ne viendra pas, leur annonça le prophète. La Terre a aussi tremblé en Amérique et les avions ne peuvent pas décoller.

– Comment le sais-tu ? se méfia Ancef.

– Dieu vient de me l'apprendre.

Les Brasskins se consultèrent pendant un moment. Madden ne les pressa pas. Il était tout à fait normal qu'ils ne le croient pas.

– Son véritable nom est Sergei Bradac, poursuivit-il.

Les reptiliens se redressèrent comme s'ils avaient été piqués par tout un essaim d'abeilles.

– Tu ne peux pas savoir cela à moins d'être un espion, répliqua Ancef.

– Je ne suis pas un espion, je suis un messager de Dieu. De quelle façon pourrais-je vous en convaincre ?

Un autre Brasskins surgit alors du mur rocheux et adopta sa forme humaine. Cael n'avait jamais rencontré Hans Drukker, le bras droit d'Iarek.

– Il dit vrai au sujet de l'Amérique, les informa le soi-disant journaliste. Le tremblement de terre a été ressenti sur toute la planète.

– Comment connaît-il le véritable nom d'Iarek ? voulut savoir Ancef.

– Ça, c'est un mystère.

– Seulement pour vous, leur fit remarquer Cael. Vous ne pouvez rien cacher à Dieu.

– Pourrait-il te dire comment nous nous appelons dans ton monde ? le défia Ancef.

Madden n'aimait pas jouer au voyant pour un public de sots, mais il devait se libérer afin de poursuivre le travail qu'on lui avait confié. Il ferma donc les yeux une seconde fois et demanda à Dieu de lui venir en aide. Lorsqu'il les rouvrit, plusieurs minutes plus tard, il se tourna vers le Brasskins à sa gauche.

– Surtout, ne bougez pas, car il m'a donné vos noms dans cet ordre, les avertit Madden. Alors, voici ce qu'il m'a dit : Robin Stern, James Hertman, John Eckart, Keith Walker, Moira Payne, Arlene Short, Edwin Davis, Dennis Hayes, Elizabeth Jastram, Wilbur Rakison, Alexandre Cerklev et Hans Drukker.

– Vous avez une mémoire prodigieuse, monsieur Madden, le félicita Ancef.

Le prophète soupira avec découragement.

– Que fait-on ? demanda l'un des Brasskins à Drukker.

– Nous attendons Iarek. Ce sont les ordres.

Cael en vint donc à la conclusion qu'il devrait se sortir lui-même de cette impasse. Il attendit tout de même l'heure où les reptiliens s'assoupissaient. Il n'en restait alors que deux dans la même pièce que lui, qui se relayaient toutes les quatre heures. Dès que ses gardiens cessèrent de regarder dans sa direction, Madden se transforma en reptilien d'un vert plus pâle que les Nagas et brisa facilement ses liens. Il assomma sans délai le Brasskins le plus proche, puis étouffa le second en lui comprimant la gorge avec ses mains. Ni l'un ni l'autre n'eut le temps de prévenir ses congénères.

Madden reprit sa forme humaine, s'empara de l'un des cristaux lumineux dont se servaient les Brasskins pour s'éclairer et prit la fuite dans le tunnel.

– Eh ! l'appela alors une voix féminine.

Cael s'arrêta net et aperçut le visage d'Adielle entre les barreaux de sa prison.

– Vous êtes le prophète ! s'exclama-t-elle.

– Mais que faites-vous ici, mademoiselle Tobias ?

– Comment savez-vous mon nom ? s'étonna l'agente, car ils ne s'étaient jamais rencontrés.

– Je connais toutes les brebis du père.

– Moi, une de ses brebis ? Permettez-moi d'en douter, car mon métier m'a appelée à tuer des hommes.

– Le regrettez-vous ?

– Parfois, oui. Mais ceux que j'ai éliminés étaient pour la plupart des ennemis du peuple. J'allais justement abattre l'Antéchrist avant que des monstres couverts d'écailles m'emmènent ici.

– Les Brasskins...

Ils entendirent alors des sifflements aigus.

– Ils ont découvert que je me suis évadé, soupira Cael.

Il passa à travers les barreaux comme s'ils n'avaient pas été là.

– Mais… s'étrangla la directrice, stupéfaite.

Sans lui fournir la moindre explication, Madden l'entoura de ses bras et la poussa dans le mur de roc. Transie jusqu'à la moelle, Adielle n'osa pas prononcer un seul mot. Elle pouvait encore percevoir les cris stridents de ses ravisseurs, mais ils lui semblaient lointains. « Restez bien accrochée à moi », fit une voix dans sa tête. Elle ne voyait rien, ne sentait rien, sinon un froid glacial qui traversait ses vêtements. Elle perçut un mouvement devant elle, comme si on la poussait plus loin. Cette sensation lui sembla durer une éternité, puis, elle se retrouva à l'air libre. Le vent tiède de la nuit balaya son visage bleui et elle n'arriva même pas à ouvrir la bouche pour demander à Madden ce qui s'était passé, tellement elle avait froid.

Le prophète la souleva dans ses bras, comme si elle avait été une jeune mariée, et se transforma en une créature couverte d'écailles, mais qui ressemblait plus à un homme que les Brasskins dorés. Il se mit à courir dans le désert, pour s'éloigner de l'endroit où ils avaient été retenus prisonniers, et ne s'arrêta qu'aux premières lueurs de l'aube, lorsqu'il découvrit de vieilles ruines, au milieu de nulle part. Adielle s'était endormie contre lui et il la déposa sur le sol avec beaucoup de douceur. S'assurant qu'elle ne risquait rien à cet endroit, Madden poursuivit sa route jusqu'à l'oasis la plus proche pour aller chercher de la nourriture et de l'eau.

Lorsqu'elle se réveilla, Adielle constata avec soulagement que sa circulation sanguine était redevenue normale et que ses pieds n'étaient plus glacés. Un feu brûlait à deux pas d'elle et, de l'autre côté, le prophète l'observait.

– Que s'est-il passé ? demanda-t-elle.

Elle fut aussitôt assaillie par un terrible mal de tête qui lui crispa le visage.

– En général, les humains s'évanouissent lorsqu'ils séjournent trop longtemps dans le roc, lui dit Cael en s'approchant d'elle. Vous êtes drôlement résistante.

Il plaça les mains sur les tempes d'Adielle et fit disparaître instantanément la douleur.

– Je vous ai apporté à manger, car nos geôliers ont oublié que nous ne consommons pas de roc, ajouta-t-il.

– Ils se nourrissent de roc ? répéta-t-elle, étonnée.

– Seulement les Brasskins. Les autres reptiliens ont des régimes alimentaires variés.

– Qui êtes-vous vraiment ? Où sommes-nous ? Comment sommes-nous arrivés jusqu'ici ?

– Je vous ai transportée aussi loin que je le pouvais de leur repaire, mais la partie n'est pas gagnée. Ces créatures se déplacent sous terre. Fort heureusement pour nous, leur odorat laisse à désirer. Ils doivent donc se servir de leurs yeux et de leurs informateurs pour retrouver ceux qu'ils cherchent.

– Revenons en arrière, si vous le voulez bien.

– Oui, bien sûr.

Il lui tendit des dattes et des figues ainsi qu'une gourde d'eau.

– Qui êtes-vous vraiment et que faisiez-vous chez les Brasskins ? voulut savoir Adielle.

– Je m'appelle Cael Madden, serviteur de Dieu. Ces reptiliens m'ont fait prisonnier sur la route de Jéricho, alors que je tentais de me rendre au Jourdain avec plusieurs centaines de personnes.

– Ils vous ont enlevé devant tous ces témoins ?

– Mieux encore, devant toute l'armée israélienne, qui cherchait, elle aussi, à m'arrêter.

– Vous devez être un homme redoutable.

– On craint toujours celui qui détient la vérité.

– Vous ne semblez pas du tout ébranlé par votre récente captivité.

– Ce n'est pas la première fois que ça m'arrive.

Adielle mangea sa ration de fruits en réfléchissant aux derniers événements.

– Je vous ai vu traverser des barreaux d'acier, puis vous m'avez enfoncée dans le mur ! se rappela-t-elle.

– Les vrais prophètes sont capables d'accomplir des miracles, vous savez.

Son sourire moqueur la détendit aussitôt.

– L'important, c'était d'échapper aux griffes des Brasskins, ajouta-t-il.

Cet homme avait un charme certain. « Pas étonnant que les foules se ruent pour l'écouter », constata Adielle.

– Ce que vous me racontez dépasse l'entendement, avoua-t-elle.

– Au lieu de chercher à comprendre, concentrez-vous plutôt sur votre survie. Ce soir, il nous faut manger, boire et dormir, car nous avons une longue route devant nous, demain.

– Où allons-nous ?

– Au Jourdain, évidemment.

Sur ces mots, il s'allongea sur le sol et ferma les yeux. Adielle aurait eu des centaines d'autres questions à lui poser, mais elle décida d'attendre le lendemain.

...006

Satan avait demandé à Ahriman de s'assurer qu'aucun mal ne soit fait au corps qu'il entendait posséder dès qu'il aurait vaincu Michel et ses soldats de lumière dans les cieux. Le Faux Prophète s'acquittait fort bien de sa mission, mais, par moments, il prenait congé de son protégé afin de régler ses comptes avec d'autres démons. Ahriman détestait la concurrence, et tous ceux qui avaient tenté de lui ravir son titre l'avaient chèrement payé. Depuis quelque temps, Asmodeus traînait son nom dans la boue. Pis encore, il avait trouvé la façon de voler les pouvoirs de ses semblables. Comment un simple Shesha en était-il arrivé là ? Il était important de l'arrêter avant que d'autres reptiliens se mettent à l'imiter.

Debout sur l'un des murs d'un immeuble à logements qui ne s'était pas effondré lors du tremblement de terre et de ses nombreuses répliques, Ahriman parcourait la cité du regard. Il n'était pas certain d'y repérer son rival, car la dernière fois qu'ils s'étaient affrontés, le truand s'était établi sur une île dans la Méditerranée. « Où se cache-t-il, cette fois ? » La ville allait bientôt être réduite en cendres, car le feu n'épargnait rien. Les postes d'essence explosaient ainsi que les voitures abandonnées dans les rues. S'il s'était terré dans une maison, Asmodeus allait certainement être obligé de se trouver un autre abri.

Les Orphis et les Anantas étaient les seuls reptiliens possédant de réels pouvoirs surnaturels. Les Nagas ne pouvaient que traverser la matière solide. Même Satan, qui était un Naas, n'avait pour toutes armes que son intelligence et sa perfidie. Ses facultés particulières n'étaient pas aussi étendues qu'on le racontait. C'était pour cette raison qu'il voulait s'emparer du corps d'un Anantas à sa prochaine incarnation et qu'il avait choisi un bras droit capable de faire des miracles. Ahriman pouvait créer des boules de feu mortelles, se déplacer dans l'espace et disparaître quand bon lui semblait. Il était aussi capable d'effacer la mémoire de toute créature, de guérir les blessures et de ressusciter les morts. Toutefois, ses pouvoirs ne rayonnaient pas à plus de quelques kilomètres autour de lui. Si Asmodeus se trouvait au-delà de cette frontière, il ne pourrait pas le dépister.

C'est alors qu'il vit arriver ce qui ressembla d'abord à une grosse chauve-souris. Lorsqu'elle se rapprocha davantage et qu'elle se posa plus loin sur les ruines de l'édifice, Ahriman reconnut alors le jeune Phénex.

– Je ne t'ai pourtant pas appelé, remarqua Ahriman.

– Nous nous inquiétons des échos que nous renvoie la surface.

– Quelqu'un fait trembler la terre.

– Asmodeus ?

– C'est ce que je crois. Trouve-le pour moi, Phénex.

Le Naas ouvrit ses ailes noires et s'envola. Habituellement, les démons attendaient la tombée de la nuit pour se risquer dans le ciel, mais avec tous les événements qui bouleversaient Jérusalem, le reptilien ne prit aucune précaution. Les humains étaient bien trop occupés à secourir leurs proches emprisonnés sous les décombres et à se protéger des répliques. Des immeubles continuaient de s'écrouler partout dans la ville et le feu gagnait de plus en plus de terrain. Ni la poussière ni la fumée ne gênaient l'odorat particulièrement fin de Phénex. Il connaissait l'odeur d'Asmodeus et il pourrait la reconnaître entre toutes celles qui lui parvenaient du sol.

Les Naas étaient d'excellents chiens de chasse pour les races supérieures, mais farouchement indépendants, et ils ne servaient pas n'importe qui. Comme tous les reptiliens nés dans les profondeurs de la terre, Phénex avait été repoussé par ses parents dès que sa mère avait eu une autre couvée. Obligé de se débrouiller seul pour manger, il était remonté des cavernes et avait appris les stratégies de survie. Plus intelligent que la plupart des représentants de sa race, le jeune Naas avait vite compris qui fréquenter et qui éviter en enfer. Il s'était longtemps contenté des restes des victimes que ramenaient les reptiliens plus âgés, mais il rêvait maintenant de tuer lui-même sa nourriture.

Phénex avait toujours cru que les Naas se situaient très bas dans la hiérarchie reptilienne, jusqu'à ce qu'un aîné lui révèle que Satan en était un, lui aussi. Cette découverte l'avait rendu plus audacieux. Si le chef de tous les démons avait réussi à s'élever aussi haut, lui aussi y parviendrait. Il suffisait de servir le bon maître. Comme tous les autres habitants de l'enfer, Phénex avait écouté les interminables sermons d'Asmodeus qui en avait assez de recevoir des ordres d'Ahriman. Il était vrai que le bras droit du Prince des Ténèbres s'absentait de plus en plus souvent de son domaine, mais certains disaient que ce dernier lui avait confié une importante mission dans le monde des humains. Le jeune reptilien avait assez facilement choisi son camp.

Depuis que Phénex était au service d'Ahriman, les autres démons lui montraient plus de respect. C'était la deuxième fois qu'il pistait Asmodeus à sa demande, et il savait fort bien qu'à chacune de ses réussites, il grimpait d'un cran dans son estime. Peut-être se rendrait-il jusqu'à Satan lui-même ?

Phénex s'agrippa à un poteau de téléphone et huma l'air. Il capta une odeur de Shesha, mais aussi de Naas et de Cécrops. Au sol, les humains couraient dans les rues. D'autres tournaient en rond en pleurant. Il aurait été si facile de foncer dans la foule et de cueillir son repas... mais avant, il devait achever son travail et prouver à Ahriman qu'il était digne de confiance. Il tourna lentement la tête, cherchant à identifier la source des émanations reptiliennes.

Une créature ailée le frôla et alla s'accrocher aux briques d'un mur qui était sur le point de s'écrouler. C'était un autre Naas, plus âgé que lui. Phénex demeura parfaitement immobile pour éviter de le provoquer. Il y avait pourtant suffisamment de proies pour tout l'enfer dans cette ville jetée dans le chaos. Pourquoi ce reptilien le regardait-il avec autant de défi ?

– Qui es-tu ? lui demanda l'inconnu en lui montrant ses dents pointues.

– Je suis Phénex. Pourquoi es-tu ici en plein jour ?

– Je pourrais te poser la même question.

– Je chasse.

– Qui sers-tu ?

Phénex comprit tout de suite qu'il était en danger. Puisque ce Naas n'avait pas été recruté par Ahriman, il était très certainement sous les ordres d'Asmodeus.

– Qui sers-tu ? répéta le reptilien, sur un ton plus menaçant.

– Personne, choisit de mentir Phénex.

– Je ne te crois pas.

– Identifie-toi.

– Je suis Mosni...

Phénex savait se battre. Il l'avait appris en enfer. Toutefois, il ne désirait pas abîmer ses ailes fragiles, car, contrairement aux plumes des oiseaux, les membranes en pointe dans son dos ne repoussaient pas.

– Ces humains ne sont pas pour toi, poursuivit l'aîné.

– Je ne fais que les observer.

Voyant que le Naas ne bougeait pas, Phénex comprit que sa seule option était la fuite. Au lieu de s'envoler vers le ciel, où il aurait été une cible facile, il choisit plutôt de piquer vers le sol, au milieu des gens paniqués. En slalomant entrc lcs voitures et les humains, il éviterait les griffes de son rival.

– Je ne désire pas empiéter sur ton territoire, affirma le plus jeune.

Il n'avait pas terminé sa phrase qu'il plongeait dans la rue. Il vola en rase-mottes, zigzaguant entre les survivants qui poussaient des cris de terreur. Plus expérimenté, Mosni choisit de demeurer au-dessus de lui jusqu'à ce qu'il arrive en terrain découvert. Phénex ne le vit pas, mais sentit sa présence. Il planta ses griffes dans la terre, les utilisant comme un pivot pour effectuer une demi-rotation, puis s'élança en direction opposée. Se défiler était souvent la meilleure façon de rester en vie. Il fonça dans la fenêtre d'un immeuble penché sur le côté et se laissa tomber sur le plancher incliné en reprenant sa forme humaine. Sans perdre une seconde, il arracha la couverture sur un lit et s'en enveloppa. Puis, il sauta d'un étage à l'autre jusqu'à ce qu'il arrive dans la rue. L'odeur du Naas était encore très présente autour de lui.

Phénex se mêla aux piétons affolés et courut jusqu'à la fontaine, où des femmes remplissaient toutes sortes de contenants. Il s'arrêta derrière elles et observa la rue. C'est alors qu'il vit Asmodeus, qui avait aussi adopté son apparence humaine. Vêtu d'un pantalon ample cousu de chaînes, de bottes militaires et d'un blouson de cuir noir, il déambulait au milieu des rescapés sans la moindre inquiétude. Son tee-shirt était couvert de sang et Phénex se doutait bien qu'il ne s'agissait pas du sien. Le Shesha était d'un calme insolent au milieu de l'hystérie.

Il reprochait à Ahriman de se désintéresser des siens en vivant comme les humains, mais il péchait de la même façon. Il le critiquait aussi pour ses interminables absences de l'enfer et, pourtant, on ne l'y voyait jamais, lui non plus. Le jeune Naas n'arrivait tout simplement pas à comprendre comment Asmodeus pensait réussir à supplanter le bras droit de Satan en commettant les mêmes erreurs que lui…

L'atterrissage brutal de Mosni dans la fontaine dispersa les femmes qui s'enfuirent en hurlant. Le premier moment de surprise passé, Phénex jeta sa couverture sur son congénère, se transforma en reptilien et fila au-dessus des maisons en feu. Il venait à peine de traverser les flammes qu'un violent choc l'envoya s'écraser sur le toit d'un bâtiment. Mosni se posa derrière lui en émettant des sifflements rageurs. Phénex se retourna, toujours accroupi. Plutôt que d'attendre l'attaque de l'aîné, il bondit sur ce dernier, visant sa gorge.

Si Mosni était plus âgé et plus lourd, son jeune rival était par contre beaucoup plus rapide. Les deux reptiliens roulèrent en se griffant et en se mordant, les ailes repliées dans leur dos pour éviter qu'elles soient déchirées durant le combat. Phénex sentit les crocs de Mosni s'enfoncer dans son épaule. Au lieu de céder à la peur et à la douleur, il se concentra sur son environnement. Lorsqu'ils arrivèrent enfin au bord de la toiture, il planta ses griffes dans une poutre en bois pourri et souleva brusquement et avec force son bassin pour projeter son adversaire dans le vide. Pas question de s'attarder pour voir si Mosni s'était cassé le cou sur le pavé ou s'il avait eu le temps d'ouvrir ses ailes ! Phénex s'envola en sens contraire, retournant en toute hâte vers son maître.

...007

La majorité des systèmes informatiques de la base de Montréal, à Longueuil, étaient de nouveau fonctionnels. Cédric ne calculait plus les heures qu'il venait de passer en visioconférence avec les directeurs canadiens, américains et nord-américain pour s'enquérir de leur situation. La seule installation qu'il n'arrivait pas encore à contacter était celle de Christopher Shanks, à Alert Bay. Heureusement, le directeur de la base de Vancouver avait pris les choses en main et lui avait envoyé des secours.

– ACCÈS AUTORISÉ AU GARAGE, lui annonça Cassiopée.

Cédric se redressa sur son fauteuil, profondément inquiet, car tout son personnel était à l'intérieur de la base, même Sigtryg, qui avait réussi à y revenir, malgré la confusion qui régnait à la surface.

– De qui s'agit-il ?

– DE MADAME MITHRI ZACHARIAH.

– Mithri ?

– Quelqu'un l'escorte-t-il jusqu'ici ?

– OUI, MONSIEUR.

Cédric se posta devant le petit miroir accroché près de sa bibliothèque et refit son nœud de cravate avant de sortir de son bureau.

Lorsqu'il avait aperçu la grande dame sur l'un des écrans de surveillance des Renseignements stratégiques, Aodhan s'était empressé d'aller à sa rencontre. Elle descendait la rampe à pied en tirant sa petite valise derrière elle. Elle n'avait sans doute pas pu utiliser l'accès par l'université, car l'établissement avait été fermé, compte tenu de la situation.

– Vous venez camper chez nous ? demanda l'Amérindien en la délestant de son bagage.

– J'ai rencontré tous ceux que je voulais voir sur la côte est du Canada et je m'apprêtais à rentrer chez moi, lorsque mon hôtel, à Montréal, a tremblé sur ses fondations. Puisque les avions ne décolleront pas avant des semaines, me voilà. Comment allez-vous, monsieur Loup Blanc ?

– Nous commençons tous à manquer de sommeil, mais nous tenons le coup. Pourquoi êtes-vous sans transport ?

– Seul un hélicoptère aurait pu atteindre votre base, et je ne désirais pas en indiquer l'emplacement à la racaille.

– Vous n'avez pas marché jusqu'ici, tout de même.

– Non. J'ai trouvé un jeune chauffeur de taxi plutôt audacieux qui a réussi à se faufiler au milieu du chaos dans lequel la ville est plongée. Heureusement que le séisme n'a pas détruit tous les ponts, sinon il aurait fallu que je trouve un bateau.

Aodhan l'accompagna à la salle des Renseignements stratégiques, où l'attendait Cédric et ses agents.

– Bonjour, Mithri, la salua le directeur.

Elle n'eut pas le temps de répondre que Vincent bondissait de son siège pour aller planter un baiser sur sa joue.

– Quel accueil chaleureux ! s'exclama Mithri en riant.

– C'est pour vous remercier de m'avoir transféré à Montréal.

Les joues rouges de timidité, l'informaticien retourna s'asseoir à son poste de travail. Cédric avait arqué les sourcils, surpris de la soudaine audace de son agent. Mithri s'approcha du directeur en jetant un coup d'œil à la quarantaine de moniteurs qui tapissaient le mur.

– C'est encore plus terrible lorsqu'on voit toute cette dévastation de ses propres yeux, constata-t-elle.

– Je suis soulagé de constater que vous n'avez pas été blessée, lui dit Cédric.

– Tout comme vous tous, j'ai appris à me tirer d'affaires en toutes circonstances. A-t-on des nouvelles des autres bases ?

– ELLES N'ONT PAS TOUTES RÉUSSI À RÉPARER LEURS SYSTÈMES DE COMMUNICATION, répondit l'ordinateur avant que les humains puissent ouvrir la bouche. SOYEZ LA BIENVENUE À LONGUEUIL, MADAME ZACHARIAH.

– Celles qui y sont parvenues ont-elles cherché à vous contacter ?

– MONSIEUR ORLÉANS S'EST FAIT UN DEVOIR DE S'INFORMER TOUT DE SUITE DE LA SITUATION DES BASES DE L'AMÉRIQUE DU NORD.

– Et celle de Genève ?

– ELLE NE RÉPOND TOUJOURS PAS.

– De toute ma vie, je n'ai jamais assisté à un phénomène d'une telle ampleur, avoua la grande dame de l'ANGE. J'imagine que nous ne connaissons pas encore le nombre des victimes.

Cédric voulut répondre, mais Cassiopée le devança, une fois de plus.

– SEULS QUELQUES PAYS ONT AVANCÉ DES CHIFFRES ET ILS SONT ÉNORMES.

– Cassiopée, laisse les directeurs se parler et reviens travailler avec nous, exigea Vincent.

– Oui, Vincent. N'hésitez pas à vous adresser à moi, si vous avez quelque question que ce soit, madame Zachariah.

– Cassiopée… siffla l'informaticien entre les dents.

Mithri avait travaillé dans plusieurs bases à travers le monde depuis que l'ANGE l'avait recrutée et elle avait assisté à bien des progrès scientifiques, mais cet ordinateur qui conversait librement avec les humains la fascinait.

– Je crois qu'il y aura autant de pertes que lors du Ravissement, lui dit Cédric en la sortant de sa rêverie.

– Sauf que, cette fois-ci, il y aura des millions de corps à enterrer ou à brûler, fit remarquer Jonah.

– Bien que le sort de l'humanité me préoccupe beaucoup, j'aimerais, d'abord et avant tout, que vous me brossiez un tableau complet de la situation de toutes nos bases.

– Oui, bien sûr, acquiesça Cédric, sans lui dire qu'ils y travaillaient tous d'arrache-pied depuis plusieurs heures.

– Sait-on ce qui a provoqué les tremblements de terre ?

– Pas encore, répondit Aodhan qui effectuait justement des recherches en ce sens. Je peux cependant affirmer, après avoir capté des nouvelles en provenance des quatre coins du monde, que toute la planète a été touchée.

– Les plaques tectoniques ne sont pas censées bouger toutes en même temps, s'étonna Mithri. C'est scientifiquement impossible.

– On dirait que la Terre vient de se secouer comme un chien mouillé, commenta Mélissa qui travaillait à ce dossier avec Aodhan.

– Ou qu'elle essaie de se débarrasser de ses puces, ajouta Jonah.

– Nous, en l'occurrence, fit remarquer Shane.

– L'image est crue, mais juste, approuva la grande dame.

– Vincent, la plupart des systèmes sont-ils opérationnels ? demanda Cédric.

– À quatre-vingt-dix pour cent.

– Tiendront-ils le coup si tu retournes t'asseoir devant la Bible ?

Pendant la situation de crise, le jeune savant avait complètement oublié le rôle que lui avaient confié les *malachims !*

– Cassiopée pourra s'occuper de tout problème éventuel, affirma-t-il. Je serai dans les Laboratoires.

– C'est très apprécié, Vincent, le remercia la grande dame. Ce que tu y apprendras pourrait nous épargner bien des recherches.

– Je vous tiens au courant.

L'informaticien quitta les Renseignements stratégiques d'un pas rapide. Mélissa le suivit des yeux, mais ne trouva aucun prétexte qui lui aurait permis de l'accompagner.

– MONSIEUR ORLÉANS, VOUS AVEZ UNE COMMUNICATION URGENTE DE LA PART DE MONSIEUR EKDAHL.

– Nous la prendrons dans le bureau, décida Cédric.

Il fit signe à Mithri de passer devant lui et disparut avec elle derrière la porte métallique.

– Vous rendez-vous compte de la chance que nous avons ? lâcha Shane. Il y a des bases de l'ANGE qui ne connaissent pas le visage de la directrice internationale et, nous, nous l'avons vue deux fois depuis que nous sommes sortis d'Alert Bay !

– Je ne sais pas si c'est une bonne nouvelle, étant donné qu'elle se rend surtout dans les bases où il y a des problèmes, le fit déchanter Jonah.

– Rabat-joie.

– Il ne sert à rien que nous nous penchions tous les deux sur les nouvelles mondiales. L'un de nous devrait poursuivre ce travail pendant que l'autre se concentre sur les bases de l'ANGE.

– Il n'y a qu'une façon de décider qui fait quoi.

Shane sortit une pièce de monnaie de sa poche.

– Pile, tu choisis, et face, c'est moi, annonça-t-il.

Shane lança la pièce dans les airs et la laissa tomber sur le plancher.

– Tu viens d'hériter des bases, mon cher, déclara-t-il.

Aodhan leur jeta un coup d'œil découragé. Ses efforts pour en faire des agents sérieux ne portaient tout simplement pas ses fruits. Il reporta son attention sur son propre écran, en s'efforçant de ne pas se laisser distraire par leurs pitreries.

– Doit-on considérer toutes les possibilités ? lui demanda alors Mélissa.

– Je préférerais expliquer scientifiquement ce séisme à l'échelle de la planète, mais si nous ne trouvons rien, nous examinerons les autres théories, à condition qu'elles ne tirent pas leur source de la pure fantaisie.

– Je suis d'accord.

Elle fit glisser sa chaise jusqu'à l'ordinateur auquel travaillait l'Amérindien.

– J'ai commencé par examiner la source usuelle des tremblements de terre, souligna-t-il. Comme tu l'as sûrement appris, toi aussi, la lithosphère est morcelée en plaques dérivant lentement sur l'asthénosphère. Les failles, où ces plaques se touchent, constituent des points de faiblesse qui donnent lieu à des séismes.

– Jusque-là, je suis d'accord, confirma Mélissa.

– Les ondes sismiques sont enregistrées à plusieurs endroits du globe par des sismographes. Selon les données préliminaires que l'ANGE a pu compiler, tous ces appareils ont capté de l'activité exactement au même moment.

– Ce qui ne s'est jamais produit auparavant.

– Pis encore, la terre a tremblé dans des milliers de lieux où il n'y a aucune faille connue.

Mélissa plissa le front en réfléchissant profondément.

– À moins que les plaques tectoniques se soient fragmentées et présentent beaucoup plus de failles que nous l'avons d'abord cru, supposa-t-elle.

– C'est une théorie intéressante qu'il nous faudra éventuellement vérifier. Mais, en ce moment, j'essaie de comprendre pourquoi elles ont toutes libéré de l'énergie en même temps.

– Une soudaine activité du noyau interne de la Terre ?

– Là aussi, nous nous retrouvons devant une impasse, l'arrêta Aodhan, car les quelques renseignements que j'ai réussi à rassembler indiquent qu'il s'agissait partout de séismes intermédiaires.

– Qui sont donc survenus à quelques centaines de kilomètres seulement à l'intérieur de la planète.

– Par conséquent, une poussée centrifuge en provenance du noyau est hautement improbable.

– S'il n'est pas question d'un phénomène interne, il nous faut commencer à chercher ailleurs, conclut Mélissa.

– La Terre est peut-être en train de traverser un puissant champ gravitationnel, comme dans les séries télévisées de science-fiction, suggéra Shane.

Aodhan entra la question dans l'ordinateur au moyen du clavier.

– Il serait beaucoup plus simple de me poser directement la question, annonça Cassiopée.

– Nous ne voulons surtout pas vous distraire du travail que vous a confié Vincent, répliqua l'Amérindien.

– Vous savez pourtant que j'ai été créée pour mener plusieurs tâches à la fois.

– Dans ce cas, dites-moi si des instruments de mesure ici, ou dans l'espace, enregistrent actuellement un champ d'énergie quelconque.

L'ordinateur central se tut pendant quelques minutes, le temps qu'il fallait pour recueillir toutes les données disponibles.

– La majorité des observatoires astronomiques ont été endommagés, mais ceux qui continuent de fonctionner n'enregistrent rien de particulier. Les satellites, quant à eux, n'ont pas cessé de nous fournir de l'information, même si la plupart des centres, au sol, sont dans l'incapacité de les recevoir.

– Et que captent-ils ? s'impatienta Jonah.

– Il n'y a aucune activité solaire ou stellaire significative.

– Est-ce enfin le moment où nous pouvons commencer à lancer nos théories les plus folles ? demanda Shane.

Aodhan haussa les épaules, sachant très bien qu'il ne pourrait pas les en empêcher.

– Certains sites, sur Internet, parlent d'un alignement de la Terre avec le centre de la galaxie, proposa Jonah. Pourrait-il s'être déjà produit ?

– Il n'y a aucune information à ce sujet dans nos bases de données.

– Essayez autre chose, les mit au défi Mélissa.

– Le calendrier des Mayas se termine très bientôt et certains archéologues prétendent qu'il annonce la fin du monde, déclara très sérieusement Shane.

– Des spécialistes qui étudient les civilisations précolombiennes de l'Amérique centrale ont une opinion différente. Selon eux, ce calendrier est cyclique. En d'autres mots, lorsqu'on arrive à la dernière date, on recommence à la première, tout simplement.

– Il n'y a vraiment aucune façon de gagner avec elle ! s'exclama Shane.

– La Terre a peut-être été expulsée de son orbite sans que nous le sachions, proposa Jonah.

Mélissa se cacha le visage dans les mains, découragée d'entendre autant de sottises.

– LA FORCE D'ATTRACTION QUE LE SOLEIL EXERCE SUR UNE PLANÈTE LA MAINTIENT EN ORBITE. PLUS LES MASSES SONT PROCHES L'UNE DE L'AUTRE, PLUS LA FORCE QUI LES ATTIRE EST INTENSE. MÊME L'IMPACT DE L'ASTÉROÏDE QUI A CAUSÉ L'EXTINCTION DES DINOSAURES N'A PAS RÉUSSI À MODIFIER L'ORBITE DE LA TERRE.

– Le soleil est sur le point d'éclater ! s'exclama Jonah, comme s'il avait enfin trouvé la réponse.

L'ordinateur garda le silence quelques secondes, ce qui fit penser au jeune agent qu'il avait raison.

– LES SATELLITES N'ENREGISTRENT AUCUNE AUGMENTATION DE L'ACTIVITÉ SOLAIRE.

– Les pôles sont en train de s'inverser ? tenta Shane.

– LE DÉPLACEMENT DES PÔLES MAGNÉTIQUES, ET NON GÉOGRAPHIQUES, S'EST PRODUIT À PLUSIEURS REPRISES DANS LE PASSÉ SANS PROVOQUER DE SÉISMES.

– Ça y est, je l'ai ! s'écria Shane. La mystérieuse planète Nibiru est en train de s'approcher de la Terre et sa gravité provoque tous ces bouleversements.

– IL S'AGIT D'UNE THÉORIE QUI SE FONDE SUR UNE FAUSSE INTERPRÉTATION DES TEXTES SUMÉRIENS. SI UNE TELLE PLANÈTE EXISTAIT, ELLE AURAIT DEPUIS LONGTEMPS ÉTÉ DÉCOUVERTE. OR, IL N'Y A RIEN À CE SUJET, NI DANS LES DONNÉES DE L'ANGE, NI DANS CELLES DES OBSERVATOIRES.

– Dans ce cas, comment expliquez-vous tous ces séismes ? lui demanda Jonah.

– UNE ÉTRANGE ÉNERGIE EST À L'ŒUVRE SUR TOUTE LA SURFACE DU GLOBE, COMME AU JOUR DU RAVISSEMENT.

Aodhan sursauta.

– Quelle est la composition de cette énergie ? voulut-il savoir.

– Je n'ai pas encore réussi à le déterminer.

– Ce qui ne nous laisse plus que la Bible, devina Mélissa.

Elle quitta son poste et marcha jusqu'à la porte, mais celle-ci refusa de s'ouvrir.

– Cassiopée, ouvrez la porte, ordonna-t-elle.

L'ordinateur ne réagit pas.

– Y a-t-il un autre protocole dont on ne nous a pas parlé ? voulut savoir Aodhan.

La porte métallique s'ouvrit sans que Cassiopée explique son premier refus. Mélissa n'attendit pas qu'elle change d'avis et fila aux Laboratoires. Vincent était accoudé devant la vieille Bible, attendant qu'elle lui révèle d'autres secrets.

– As-tu découvert quelque chose ? demanda la jeune femme en s'asseyant près de lui.

– Rien du tout, soupira-t-il.

Mélissa lui caressa la nuque pour le réconforter.

– Il n'existe pas une formule magique pour l'inciter à se livrer ?

– S'il y en a une, les anges ont oublié de me la confier, répondit Vincent avec un demi-sourire.

– Vincent, est-ce que je te plais ?

Le jeune savant fit pivoter sa chaise vers elle, les yeux écarquillés derrière ses lunettes.

– Je suis désolée, je n'aurais pas dû te demander ça tandis que la planète est en train d'exploser.

Au lieu de lui faire des reproches, Vincent l'attira dans ses bras et l'embrassa. Le premier instant de surprise passé, Mélissa le serra davantage contre elle. Les Laboratoires furent alors plongés dans l'obscurité la plus totale.

– Un ordinateur peut-il être jaloux d'une humaine ? chuchota la jeune femme dans l'oreille de Vincent.

– Quoi ? s'étonna-t-il.

– Chaque fois que je t'accorde un peu d'attention, il se produit un dysfonctionnement dans nos systèmes.

– Cassiopée, rétablis immédiatement le courant dans les Laboratoires, ordonna l'informaticien.

Les néons s'allumèrent ainsi que tous les écrans.

– Quelle est la cause de cette panne ?

– UNE ÉTINCELLE INDÉSIRABLE, MAIS JE FERAI EN SORTE DE L'ÉTEINDRE.

Les lèvres de Mélissa formèrent le mot « moi » sur un ton interrogatif, mais Vincent y répondit par un autre baiser, au risque de se faire électrocuter en même temps que la jeune femme.

Pendant ce temps, dans le bureau de Cédric, après une longue discussion avec le directeur nord-américain, Mithri et Cédric réfléchissaient sur les derniers événements. Toutefois, au lieu de chercher la cause des curieux bouleversements géologiques, ils se préoccupaient davantage du sort de l'Agence.

– Où irez-vous si la base de Genève a été détruite ? demanda le directeur.

– Je peux diriger nos troupes à partir de n'importe laquelle de nos installations, Cédric. Ce qui me trouble, c'est que nous ne puissions rien faire pour empêcher le Mal de se répandre sur la Terre.

– Le Mal ? Êtes-vous en train de me dire que cette destruction est orchestrée par Satan ? A-t-il déjà pris possession du corps de Ben-Adnah ?

– Non… Il est toujours là-haut à mener la vie dure aux Archanges.

– Le Faux Prophète, donc ?

– Il est mêlé à ces événements, d'une certaine façon…

– Comment se fait-il que vous soyez au courant de tous ces détails ? Possédez-vous les mêmes pouvoirs que Vincent ?

– Plusieurs chemins mènent à la connaissance, Cédric. Bientôt, tu le comprendras par toi-même. Pour le moment, j'ai besoin que tu m'aides à remettre cette agence sur pied, car j'ai l'intuition qu'elle aura un rôle à jouer dans le retour de la lumière sur Terre.

– Dites-moi ce que je dois faire.

– Je veux parler à tous mes directeurs, dès que cela sera possible.

– Cassiopée, combien de bases ont-elles réussi à rétablir leur système de communication ?

– UN PEU PLUS D'UNE CENTAINE. AVEC VOTRE PERMISSION, J'AIMERAIS TENTER UN CONTACT AVEC LES AUTRES PAR DES MOYENS INHABITUELS.

Cédric fronça les sourcils, méfiant.

– Puis-je vous demander lesquels, Cassiopée ? s'informa Mithri.

– EN ACTIVANT LE CODE ÉLECTRE.

Mithri hésita un instant avant de permettre à l'ordinateur de s'exécuter. Elle aperçut alors le regard interrogateur de Cédric.

– Je n'en ai jamais entendu parler, avoua-t-il.

– C'est une mesure de précaution qui a été intégrée à nos systèmes, il y a plusieurs années, pour nous permettre de communiquer entre nous en cas d'attaque nucléaire. Nous allons bientôt savoir si ce moyen est à l'épreuve des tremblements de terre. Maintenant, si tu me le permets, j'aimerais parler à Kevin.

– Vous pouvez utiliser mon bureau aussi longtemps que vous le désirez.

Il la salua d'un mouvement de la tête et la laissa seule.

...008

Malgré toutes les mises en garde invoquées par l'armée israélienne et par ses conseillers politiques, Asgad Ben-Adnah décida de partir en voyage de noces sur le yacht qu'il avait acheté depuis des semaines. Puisque tous les pays avaient été victimes de séismes, on craignait que des volcans sous-marins ne soient entrés en éruption et que des tsunamis ne finissent par s'abattre sur les côtes. Sournoises, ces immenses vagues de fond mettaient parfois plusieurs jours avant d'atteindre la terre. Têtu, l'entrepreneur ne voulut rien entendre. Tout ce qu'il désirait, c'était effacer de la mémoire de son épouse leur désastreuse cérémonie de mariage, où ils avaient bien failli être tués tous les deux.

Il finit par convaincre tous ses protecteurs qu'il serait davantage en sécurité sur l'eau que sur la terre ferme et se fit conduire au port avec Océane, Antinous, Benhayil et Andromède. Ils montèrent sur le spacieux bateau de plaisance, où les accueillit un équipage d'une dizaine de personnes triées sur le volet. Le général Ovadia obligea également le président de l'Union eurasiatique à prendre avec lui quatre soldats d'élite qui pourraient le protéger s'il devait devenir la cible de pirates. Il lui promit que ces hommes se feraient aussi discrets que possible et regarda s'éloigner la somptueuse embarcation.

Le capitaine fit visiter le yacht à ses illustres invités et leur indiqua l'emplacement des chambres.

– On dirait un hôtel de luxe, fit remarquer Océane à sa mère.

– Ce n'est pas le *Titanic*, mais ça ira, répondit la millionnaire excentrique.

– Tu n'es certainement pas montée à bord du *Titanic*, puisqu'il a coulé à son premier voyage.

Andromède lui fit un clin d'œil et poursuivit son exploration. Elle s'exclama de joie en arrivant dans le grand salon, puis dans la salle à manger. Le chef insista pour leur servir un premier repas afin de les protéger du mal de mer. Ils s'installèrent donc tous à table. Antinous était beaucoup plus à l'aise sur l'eau que dans les airs et il avala sa nourriture avec appétit. Benhayil et Andromède ne prirent qu'une bouchée, tandis qu'Océane regardait son potage valser dans son bol de porcelaine sans y toucher.

– Tu dois manger un peu, ma déesse, l'encouragea Asgad.

– Ma raison me recommande de le faire, mais mon estomac n'est pas d'accord.

– Tu seras malade si tu ne fais pas un petit effort.

– Je crois que ça me soulagerait de vomir tout ce que j'ai dans le corps.

– Océane, on ne tient pas ce genre de langage à table, la gronda sa mère. Où sont tes manières ?

– Elles sont restées coincées sous l'un des bancs du temple. Si vous voulez bien m'excuser, je n'ai vraiment pas envie de me donner en spectacle ici.

La jeune mariée repoussa sa chaise en cherchant à conserver son équilibre.

– Mais où vas-tu comme ça ? s'inquiéta Asgad.

– Prendre l'air ou avoir une indigestion, je ne suis pas encore certaine.

Elle quitta la pièce et revint sur ses pas jusqu'à l'escalier qui menait au pont. Le vent du large sur son visage lui fit le plus grand bien. « Je dois être verte », songea-t-elle en marchant jusqu'à la rambarde. L'image du visage de Thierry recouvert de petites écailles de cette couleur lui revint en mémoire. « Lui, il est vert de naissance, se rappela-t-elle. Je me demande s'il devient blanc quand il est souffrant. » La mer était agitée, mais pas au point de la jeter par dessus bord. Elle continua de marcher vers la proue et se réjouit lorsqu'elle aperçut une bande de dauphins qui les accompagnait.

– J'aimerais être libre comme vous, murmura Océane en admirant leurs sauts de joie.

Elle resta à son poste d'observation jusqu'à ce que les mammifères marins l'abandonnent et que le soleil commence à se coucher dans la mer. C'est alors que deux bras musclés lui entourèrent la taille. Elle reconnut le parfum d'Asgad lorsqu'il la ramena contre sa large poitrine.

– N'est-ce pas magnifique ? chuchota-t-il à son oreille.

– D'ici, on ne devinerait jamais ce qui vient de se passer sur la terre ferme.

– Si tu le veux, nous vivrons sur l'eau pour le reste de nos jours.

« Si je me fie aux prédictions de Yannick, ça ne durera pas très longtemps », pensa-t-elle.

– Dis-moi comment te faire oublier l'horreur des derniers jours.

Elle faillit lui rendre son alliance, mais les phéromones Anantas que sécrétait son mari finirent par avoir raison de sa résistance. Elle ferma les yeux et se laissa bercer par le roulis du bateau. Lorsque le pont fut plongé dans l'obscurité, Asgad souleva la jeune femme dans ses bras et la transporta à l'intérieur. Leur chambre à coucher était la plus vaste de toutes les pièces du yacht. Elle était décorée d'innombrables bouquets de roses rouges et une bouteille de champagne les attendait.

– Nous boirons demain, quand tu auras mangé quelque chose, lui dit Asgad en la déposant sur le lit.

Il se déshabilla, plaça ses vêtements sur le porte-manteau et vint aider Océane à sortir de son jeans. Ils firent l'amour jusqu'au milieu de la nuit, puis s'endormirent, au rythme des vagues. Vers quatre heures du matin, l'ex-agente ouvrit brusquement les yeux. Pourtant, rien ne semblait la menacer dans cette chambre éclairée par les rayons de la lune. Les contractions de son estomac lui rappelèrent alors qu'elle était à jeun. Sans réveiller Asgad, elle descendit du lit et alla jeter un coup d'œil dans la penderie, où elle ne fut pas surprise de trouver une foule de vêtements à sa taille. « Il pense vraiment à tout », remarqua-t-elle. En tâtant les tissus, elle finit par dénicher un peignoir en soie. Elle l'enfila et quitta la chambre pieds nus.

Il n'y avait plus personne dans la salle à manger, ni dans la cuisine. Elle ouvrit l'immense réfrigérateur et s'égaya lorsque ses yeux s'arrêtèrent sur un beau gâteau au chocolat et un litre de lait. Elle trouva une assiette et un verre et se composa un petit encas qu'elle dégusta toute seule à la grande table.

– Et dire que partout sur Terre, en ce moment, c'est la misère, murmura-t-elle tristement.

Elle déposa l'assiette et le verre dans l'évier et aperçut le bloc de bois dans lequel étaient rangés tous les couteaux bien affûtés. À moins qu'elle ne soit déjà en train de suivre le yacht dans un sous-marin, Adielle n'était plus en position d'assassiner le futur Antéchrist. Il était donc de son devoir de terminer la mission de la directrice de la base de Jérusalem. Océane retira lentement d'une fente un couteau dont la lame serait assez longue pour atteindre le cœur d'Asgad et le cacha dans un repli de son peignoir, puis retourna à sa chambre.

Dans le noir, elle réintégra le lit et s'approcha de son mari, qui dormait à poings fermés. Elle s'empara de son arme et la souleva au-dessus de la poitrine d'Asgad, avec l'intention de le frapper avec la même violence dont avaient fait preuve les traîtres qui avaient jadis tué les empereurs romains. Sa main se mit alors à trembler tandis qu'elle était obnubilée par les vibrations reptiliennes de l'Anantas.

Océane secoua la tête pour concentrer son esprit et empoigna le manche du couteau à deux mains. Encore une fois, une force invisible l'empêcha de poignarder Asgad. « Adielle a raison : je suis faible… » déplora-t-elle.

Elle cacha l'arme dans le tiroir de la table de chevet. « Je ne dois pas renoncer, s'encouragea-t-elle. C'est le monde entier qui compte sur moi. » Elle avait essuyé tellement de revers ces derniers temps qu'elle mit son incapacité à terminer ce qu'elle avait commencé sur le compte de la fatigue. Déprimée, elle se coucha près d'Asgad et s'endormit en pleurant.

Le lendemain, elle trouva Andromède au salon avec Benhayil. Le pauvre secrétaire semblait en plus piteux état qu'elle.

– Il ne faut surtout pas s'affoler, lui disait la Pléiadienne. Plusieurs civilisations ont été détruites par les éléments dans le passé, mais l'homme est une créature résiliente. Il survit à tout.

– Il s'agissait de peuples à des endroits et à des moments spécifiques, pas de tous les habitants de la Terre en même temps, protesta Benhayil.

– Nous sommes des milliards. Il est certain qu'il en restera quelques-uns.

– Ceux qui voguent sur la mer, entre autres, ajouta Océane en se dirigeant vers la cuisine.

La nouvelle mariée alla se verser un verre de jus d'orange et vint s'installer au salon.

– Toutes les structures que nous connaissons vont s'écrouler, continua de gémir Benhayil.

– La plupart étaient corrompues, de toute façon, tenta de le rassurer Andromède. C'est une chance inouïe que l'univers nous offre de repartir sur des bases plus saines.

– Vous ne comprenez pas, madame Orléans. C'est tout l'empire de mon patron qui vient de s'effondrer. Il est ruiné.

– C'est un bien grand mot si on considère que nous sommes tous dans la même situation.

– On dit « galère », la reprit Océane avec un sourire sadique.

– On dirait que tu n'as envie de parler que de bateau, toi, ce matin.

– Il est vraiment extraordinaire de se faire bercer comme un bébé toute la nuit.

– Mon appartement a été détruit dans le séisme, se plaignit Benhayil qui ne les écoutait pas. Je ne possède plus rien.

– Mais vous êtes toujours en vie, jeune homme.

La Pléiadienne alla s'asseoir près de lui et prit son visage dans ses mains.

– Que faites-vous ?

– Je n'ai pas l'intention de vous embrasser, rassurez-vous. Je veux simplement vous insuffler un peu de courage.

Il ferma les yeux et devint mou comme du chiffon. Andromède le laissa doucement retomber sur le sofa et se tourna vers sa fille.

– Il devrait être de meilleure humeur à son réveil, déclara-t-elle.

– Rien n'est jamais un problème pour toi, n'est-ce pas, maman ?

– La vie, c'est un cadeau que nous fait l'univers. Nous avons le choix d'en faire une célébration de joie ou un océan de peines. D'après toi, lequel des deux est meilleur ?

– Il est trop tôt pour une leçon de morale.

– Il est presque midi, ma chérie. Fais un petit effort et va t'habiller.

Océane jeta un coup d'œil sur le peignoir rouge.

– Est-ce qu'il fait chaud, dehors ?

– Si ta véritable question est : dois-je mettre mon jeans ou une robe, je préférerais que tu choisisses une tenue féminine.

– Tu m'en demandes vraiment trop, ce matin.

La jeune femme termina le jus de fruits et retourna à la chambre pour se changer. Asgad s'était levé avant elle, mais il ne pouvait pas être allé bien loin, malgré l'immensité du yacht. Elle opta pour un bermuda blanc et un débardeur rose.

– C'est un bon compromis, décida-t-elle en s'admirant dans le miroir.

Elle chaussa des sandales et alla explorer le palais flottant. Au bout de quelques pièces, tout ce luxe finit par lui faire tourner la tête. Elle monta donc sur le pont et fut aveuglée par le soleil. Ils naviguaient en haute mer. « C'est déconcertant de ne voir de terre nulle part », songea-t-elle. Elle marcha jusqu'à la proue, où elle trouva son mari en compagnie d'Antinous, installés sur des chaises longues.

– Comment te sens-tu aujourd'hui, ma déesse ? demanda Asgad visiblement de bonne humeur.

« S'il savait ce que j'ai failli faire durant la nuit, il n'aurait pas ce sourire sur le visage », songea-t-elle.

– Reposée, répondit-elle.

Il lui tendit la main, l'invitant à s'asseoir avec eux. Antinous s'était recroquevillé, les genoux sous le menton. « Il ressemble à un bernard-l'ermite, remarqua-t-elle. Chaque fois que je m'approche de lui, il entre dans sa coquille. »

– Il fait un temps radieux, apprécia Asgad.

– Le capitaine a-t-il songé à la possibilité que des séismes à l'échelle planétaire puissent engendrer des tsunamis ?

– Il m'en a fait part, en effet. C'est pour cette raison qu'il surveille ses instruments vingt-quatre heures par jour. Arrête de t'inquiéter et profite un peu de ce voyage.

Elle accepta de prendre la chaise près de lui, mais demeura tendue.

– Où allons-nous, exactement ? demanda-t-elle. Toutes les destinations touristiques sont fermées.

– Nous resterons en mer aussi longtemps que nous le pourrons.

Incapable de demeurer en présence de sa rivale, Antinous retourna à l'intérieur du yacht.

– Vous allez devoir vous entendre, un jour ou l'autre, recommanda Asgad.

Océane détourna le regard pour regarder au loin.

– Si le docteur Wolff était ici, je lui demanderais de t'examiner, déclara son mari.

– Surtout pas ! s'exclama-t-elle, horrifiée.

– C'est un excellent médecin. Il m'a complètement guéri et il a débarrassé Antinous de ses cauchemars.

– Je préfère ne pas savoir comment il s'y est pris.

– Arrête d'être aussi méfiante.

« Il est décidément inconscient », déplora Océane. Elle insista pour qu'il cesse de lui parler de son humeur et de sa santé et voulut plutôt connaître ses intentions politiques, à la suite de la catastrophe mondiale. Il lui exposa ses plans et s'emporta dans son discours, ce qui permit à la jeune femme de rêvasser en faisant semblant de l'écouter.

Elle se montra distante pendant le repas du soir et durant le film qu'ils regardèrent tous ensemble. Ils écoutèrent les nouvelles, puis se mirent au lit, les uns après les autres. Andromède jetait de fréquents coups d'œil à sa fille, n'attendant qu'un seul mot de sa part pour l'emmener aussi loin que possible de son mari, mais Océane continuait d'agir comme un robot, sans manifester la moindre émotion.

Cette nuit-là, l'ex-agente tenta une seconde fois de poignarder le futur maître du monde, mais n'y parvint pas. « Quelque chose de maléfique le protège, conclut-elle finalement. Il est impossible que ce soit uniquement son charme d'Anantas. » Elle ne pouvait certes pas demander à Andromède de l'assassiner à sa place, car les Pléiadiens s'opposaient à la violence. Ils avaient, à cette fin, créé les Nagas pour maintenir l'équilibre du monde. Antinous et Benhayil étaient beaucoup trop loyaux pour accepter de faire ce sale boulot, même contre de l'argent. « Est-ce que j'arriverais à soudoyer l'équipage ou les soldats ? » songea Océane.

Elle se blottit dans le dos du futur Antéchrist, mais ne trouva pas le sommeil. « Pourquoi est-ce que j'ai faim comme ça en pleine nuit ? » s'interrogea-t-elle en quittant le lit. Enroulée dans son peignoir écarlate, elle se rendit à la cuisine dans le noir et mangea le reste du gâteau au chocolat. Puis, elle monta sur le pont pour prendre un peu d'air. À sa grande surprise, elle y trouva Antinous assis en tailleur en train d'observer les étoiles. Lorsqu'elle s'installa près de lui, il voulut une fois de plus s'en aller, mais Océane lui saisit doucement le poignet.

– Es-tu astronome ? lui demanda-t-elle.

– Je connais quelques étoiles, mais je ne sais plus où elles sont.

Le ciel avait certainement changé depuis la première incarnation du garçon en Grèce.

– Tu ne peux donc pas y lire l'avenir.

– Si je possédais cette science, j'aurais peut-être pu empêcher les dieux de causer toute cette destruction à Jérusalem…

– Comment ?
– En leur sacrifiant des bêtes et des vierges.
– Je doute que tu en aurais trouvé beaucoup… des vierges, je veux dire. De toute façon, les hécatombes ne font plus partie des mœurs acceptables de notre société.
– Comment apaise-t-on les dieux, alors ?
– En étudiant les signes précurseurs des catastrophes et en conduisant les gens en lieu sûr. Je pense que la cause de ces tremblements de terre est probablement cosmique. Quelque chose a exercé une grande force sur la planète, alors sa surface a craqué un peu partout.
Il demeura muet, ce qui fit penser à Océane qu'il ne comprenait pas un mot de ce qu'elle lui disait.
– La Terre est ronde comme une orange, précisa-t-elle. Quelque chose de très chaud a morcelé sa peau.
– Comment les gens font-ils pour rester debout si elle est ronde ?
– La gravité retient leurs pieds au sol.
Océane s'élança donc dans une longue explication astronomique, de Newton à Carl Sagan. Les yeux écarquillés, Antinous se demanda si cette femme savante était une déesse descendue de l'Olympe. Lorsqu'elle commença à ressentir de la fatigue, Océane tapota affectueusement le bras de l'amant de son mari et retourna à sa chambre. « Le pauvre petit n'a pas fini de se torturer l'esprit », pensa-t-elle en se couchant.

...009

Toutes les nations avaient été touchées par les bouleversements géologiques, mais elles ne possédaient pas les mêmes moyens pour y faire face. Les plus pauvres se contentaient d'enterrer leurs morts, sans aucun espoir de pouvoir reconstruire les logis démolis. Des abris temporaires commençaient à s'élever partout et ils risquaient de devenir permanents. Curieusement, dans les pays riches, il y avait plus de victimes que dans les contrées défavorisées. En déblayant les débris, on découvrait de plus en plus de cadavres sous les immeubles effondrés et dans les stations de métro. Ils étaient chargés dans des camions et entassés dans les stades municipaux, où ils étaient photographiés, puis incinérés afin de prévenir tout risque d'épidémie.

Comme partout ailleurs, à Jérusalem, on continuait de retirer des corps des ruines de l'ancienne et de la nouvelle cité. Cependant, la ville bénéficiait de l'aide inespérée de deux apôtres dont la mission consistait à sauver des âmes. Ayant reçu du Père le don de guérir les plaies avec leurs mains et même de ressusciter les morts, ils parcouraient les rues dans le but de venir en aide à ceux qui croyaient encore en Dieu. Étant tous les deux immortels, Képhas et Yahuda n'avaient pas besoin de sommeil. Ils n'avaient donc pas cessé leurs activités de sauvetage depuis le gigantesque séisme. Même les incessantes répliques ne les empêchaient pas d'entrer dans les structures instables pour aller chercher les blessés.

Les forces armées avaient installé des tentes dans les parcs et demandaient aux survivants de s'y rendre en n'emportant que le strict nécessaire. Dès qu'ils avaient guéri quelqu'un, Képhas et Yahuda lui faisaient la même recommandation. Il leur était impossible de redonner la vie aux milliers de morts que ramassaient les soldats, mais lorsqu'ils rencontraient une mère tenant dans ses bras un petit bébé qui ne respirait plus, ils ramenaient prestement son âme dans son corps. Depuis le Ravissement, les enfants étaient si rares.

Une fois le vent de panique passé, les rescapés cessèrent de converger vers les parcs et prêtèrent main-forte aux apôtres. Au lieu de plonger dans les décombres à la recherche de survivants, Képhas et Yahuda se penchaient plutôt sur ceux qu'on alignait dans la rue. Il n'était pas difficile pour un envoyé de Dieu de ressouder instantanément les os cassés, d'arrêter les hémorragies et de refermer les entailles. Les apôtres avaient retiré leur veste, et leur chandail était couvert de sang, mais ils ne demandaient rien pour eux-mêmes. Des hommes mieux nantis avaient voulu leur donner une partie de leur fortune, mais ils avaient souri et les avaient poussés vers les refuges.

Poursuivant leur chemin dans la ville, les apôtres arrivèrent dans une rue où s'était rassemblée une trentaine de personnes qui refusaient de quitter les lieux avec les soldats. Curieux, ils voulurent savoir pourquoi elles résistaient ainsi.

– Nous ne partirons pas sans nos enfants ! s'exclama une femme en sanglots.

– La crèche s'est effondrée avant-hier et on n'entend rien à l'intérieur, expliqua l'officier qui tentait de les convaincre de se mettre à l'abri.

Une violente secousse acheva plusieurs des immeubles environnants, soulevant une épaisse couche de poussière blanche. Les soldats protégèrent leur nez avec le foulard qu'ils portaient au cou, mais les civils se mirent à tousser violemment. Yahuda leva le bras et fit souffler un vent fort qui chassa les particules de pierres réduites en poudre.

– Y a-t-il un accès ? demanda Képhas aux militaires.

– Nous n'en avons pas trouvé. Les murs ont cédé et l'étage s'est écrasé sur le rez-de-chaussée.

– Laissez-moi essayer.

Képhas grimpa sur les débris, s'y accrochant d'une main et se servant de l'autre comme d'un sonar, à la recherche du moindre signe de vie.

– Ici, déclara-t-il.

Ce ne fut pas l'armée qui se précipita pour creuser, mais les parents eux-mêmes. Ils arrachèrent les pelles des mains des soldats et travaillèrent spontanément en équipes. Les premiers dégageaient des blocs de pierre et laissaient les autres les acheminer plus loin.

– J'entends quelque chose ! s'exclama l'un des sauveteurs.

L'une des mères, de très petite stature, se glissa par la brèche qu'ils avaient réussi à ouvrir. On lui tendit une puissante lampe de poche et elle disparut comme un serpent sous terre. Au bout d'un moment apparut dans l'ouverture, la tête d'un enfant, clignant des yeux. Malgré son visage couvert de sang séché, ses parents le reconnurent aussitôt et bousculèrent tout le monde pour aller le chercher. Un à un, les petits âgés de deux à trois ans furent évacués des ruines.

Lorsque la femme qui s'était portée volontaire pour plonger dans les vestiges de la crèche émergea des décombres, elle fut acclamée par les parents reconnaissants. Baissant timidement la tête, elle alla retrouver son mari qui tenait dans ses bras leur petit garçon encore tout assommé.

– Les éducatrices sont mortes, annonça-t-elle, tristement. Elles ont placé les enfants le long des meubles les plus solides sur lesquels les débris se sont empilés, mais elles n'ont pas eu le temps de se mettre à l'abri.

Les soldats n'attendirent pas qu'une nouvelle réplique vienne démolir les immeubles qui vacillaient sur leurs fondations et firent marcher les rescapés vers le parc. Bientôt, les apôtres se retrouvèrent seuls au milieu de la rue.

– Il y a encore de l'amour dans le cœur de la population, se réjouit Yahuda.

– Allons voir si nous pouvons en sauver d'autres comme eux, l'encouragea son compatriote.

Ils remontèrent jusqu'à un quartier qui était la proie des flammes.

– C'est à ton tour, Képhas.

Ce dernier leva les bras et fit tomber du ciel une pluie torrentielle qui éteignit les incendies en quelques minutes à peine. Patrouillant dans les parages en Jeep, les soldats qui assistèrent à ce miracle se mirent à prier.

– Il y a sûrement des gens qui ont besoin d'aide par ici, déclara Képhas en avançant dans la vapeur.

Les rues étant redevenues praticables, les habitants qui avaient été enclavés par le feu se mirent à courir vers les quartiers plus sûrs. Les apôtres marchèrent en direction opposée, leurs sens en alerte.

– Je ne vois aucun survivant, remarqua Yahuda.

Les deux hommes piquèrent donc à droite, vers l'endroit où s'élevaient jadis de grands immeubles d'habitation. Ils tombèrent tout de suite sur un homme qui se traînait à terre.

– Laissez-nous vous aider, lui dit Yahuda en se penchant sur lui.

– Je ne peux pas marcher…

Au lieu de le soulever, les apôtres appliquèrent leurs mains sur ses jambes, ressoudant les os qui avaient été fracturés dans l'affaissement de la maison.

– Maintenant, vous le pouvez, déclara Yahuda qui le soutenait pour qu'il se lève.

– Mais comment est-ce possible ?

– Vous devez votre rétablissement à Dieu.

– Êtes-vous des anges ?

Un homme arriva en trombe d'une rue transversale, le visage barbouillé de suie.

– Yahuda ? Képhas ? C'est bien vous ! s'égaya-t-il.

– Monsieur Cohen, je suis heureux de vous voir vivant, le salua Képhas.

– Ce ne sont pas des anges, répondit le jeune Israélien à la question de l'homme qui venait de recouvrer l'usage de ses jambes, mais les apôtres du prophète Jeshua.

– Où est-il ? voulut savoir le miraculé.

– Il sera bientôt de retour, affirma Yahuda.

– C'est ce que dit l'autre homme qui fait des miracles, là-bas, ajouta une femme qui passait près d'eux.

Les apôtres échangèrent un regard interrogateur.

– Comment s'appelle-t-il ? demanda Cohen à la femme qui s'éloignait.

– Il dit être la réincarnation du Baptiste !

– Iaokanann ? fit Yahuda.

– L'armée le cherche dans le désert, précisa Cohen.

– Alors, il serait revenu ici ?

Ils partirent donc à sa recherche, suivis du journaliste.

– Avez-vous réussi à rassembler les douze tribus ? s'enquit Képhas.

– Avant qu'Internet nous laisse tomber, la majorité des descendants des fils de Jacob m'ont confirmé qu'ils se mettraient bientôt en route. Ils ont l'intention de reprendre les territoires qui ont appartenu à leurs ancêtres.

Képhas se demanda si cela n'allait pas causer davantage de frictions entre les habitants de ces régions et les anciennes tribus. Cohen capta aussitôt la question dans ses yeux.

– À mon avis, peu importe leurs races ou leurs religions, les survivants vont être bien contents de les voir arriver, affirma-t-il.

En atteignant l'intersection, Yahuda se raidit.

– Ce n'est pas l'énergie d'Iaokanann que je flaire…

Képhas venait de faire la même constatation. Il connaissait cette odeur insidieuse… Les trois hommes hâtèrent le pas et trouvèrent finalement le faiseur de miracles devant une synagogue.

– Ahriman… gronda Yahuda entre les dents.

Vêtu d'une longue tunique et d'un manteau, tout comme les apôtres, un homme portant la barbe et les cheveux longs était en train d'imposer les mains sur une femme qui perdait beaucoup de sang en raison d'une blessure à la tête.

– Bientôt, mon maître me rejoindra et ses miracles seront plus grands encore ! déclara-t-il à la foule qui commençait à se rassembler devant lui, espérant la guérison.

– Il faut le chasser d'ici, décida Képhas.

– Nous ne possédons pas suffisamment d'énergie pour détruire le Faux Prophète, lui rappela Yahuda.

– Heureusement que je suis resté dans la région, déclara Reiyel en apparaissant près d'eux.

Cette fois, il ne portait pas ses vêtements lumineux, mais plutôt ses habits de prêtre.

– À trois, nous devrions parvenir à le renvoyer auprès de son maître, ajouta l'ange.

Marchant côte à côte, les messagers divins s'avancèrent vers l'endroit où le bras droit de Satan répandait son venin.

– D'abord Asmodeus, puis lui, chuchota Yahuda. Tous les démons de l'enfer ont-ils été relâchés sur la Terre ?

– Le cas du premier n'est pas clair, mais Ahriman agit exactement comme les prophètes nous l'ont annoncé : il prépare le règne de son maître.

– Comment puis-je vous aider ? offrit le jeune Cohen.

– Restez ici et faites reculer la foule lorsque ce fourbe fera apparaître des boules de feu dans ses mains, lui recommanda Képhas.

Le journaliste laissa les apôtres et l'ange s'approcher du démon. Les lèvres de ce dernier s'étirèrent en un sourire sadique, car il venait de les apercevoir.

– Que puis-je faire pour vous, enfants de Dieu ? demanda-t-il en feignant l'innocence.

– Retourner en enfer d'où vous venez, grommela Yahuda.

– Doucement, mon frère, lui conseilla Képhas en mettant la main sur son bras.

– Cet homme est un saint ! protesta un rescapé qu'il venait de guérir.

– Avez-vous déjà oublié les avertissements de vos pères ? leur dit Reiyel. Avant la fin, de faux prophètes apparaîtront et ils séduiront beaucoup d'entre vous.

– Qui appelez-vous faux prophètes ? s'inquiéta Ahriman en cherchant à gagner la sympathie de son public.

– Les démons qui tentent de se faire passer pour des serviteurs de Dieu, répondit Yahuda.

– Il est bien connu que le Mal ne peut supporter le Bien, ajouta l'ange, et que l'Obscurité recule devant la Lumière. Si vous êtes le Baptiste, vous ne craindrez pas de poser vos mains sur la tête de Képhas, disciple du Christ.

Le sourire s'évanouit sur le visage d'Ahriman, tandis que son adversaire marchait vers lui. Les apôtres ne le suivirent pas, mais demeurèrent prêts à intervenir. Ahriman était fait comme un rat. Sous les yeux horrifiés de la foule, son visage se transforma. Sa barbe et ses cheveux bruns disparurent, ainsi que ses vêtements anciens.

– Vous gagnez cette partie, Témoins, mais vous perdrez la guerre ! tonna Ahriman.

– Vous serez jeté dans le lac de feu en même temps que votre horrible maître, l'avertit Képhas.

Tout le corps du Faux Prophète s'embrasa.

– Reculez ! hurla Cohen en poussant ceux qui se trouvaient derrière lui.

Il n'eut pas à insister. Craignant d'être brûlés vifs, les miraculés lui obéirent sur-le-champ, mais aucun combat ne se déroula ce jour-là. Au lieu de les affronter, Ahriman disparut afin d'aller tromper d'autres âmes ailleurs, dans Jérusalem.

– Qu'allons-nous faire de tous ces démons qui ont le pouvoir de s'échapper aussi facilement ? se découragea Yahuda.

– En attendant l'arrivée des deux autres anges, je vais le traquer et l'empêcher de jouer au guérisseur, affirma Reiyel.

Il s'inclina devant les Témoins et s'évapora à son tour.

– Rassurons ces pauvres gens, suggéra Képhas à Yahuda.

Ils se tournèrent vers les survivants qui, Lahav Cohen en tête, les observaient avec incertitude.

...010

Voyant que Thierry n'avait aucune intention de mettre fin à son entraînement, même s'il maniait son katana depuis deux heures en feignant de se battre contre un adversaire invisible, Cindy en eut assez de rester assise à l'observer. Elle ramassa une branche d'arbre sur le sol et, en conservant une distance prudente pour ne pas se retrouver dans la trajectoire de la lame tranchante du Naga, elle se mit à imiter ses gestes de son mieux.

Habitué à garder un œil sur son environnement pendant un combat, le *varan* estima qu'elle ne représentait pas une menace et poursuivit la rééducation de tous ses muscles. Il ne s'arrêta que lorsque l'obscurité fut complète. Il alla se rafraîchir dans la fontaine et examina les mouvements de la jeune femme. Elle était souple, mais il était beaucoup plus difficile de manier un morceau de bois mal équilibré qu'un katana fabriqué par les meilleurs artisans japonais.

Après s'être assuré que la jeune femme ne risquait rien dans la cour du sanctuaire, Thierry alla méditer dans la partie encore intacte du temple. Avant de recommencer à traquer, il était crucial qu'il mette de l'ordre dans son esprit. S'il parvenait de plus en plus à séparer ses souvenirs de ceux de son mentor, il lui était toutefois encore difficile d'intégrer toute la science de ce dernier. Silvère avait vécu des centaines d'années. Il avait eu le temps d'absorber le savoir contenu dans plusieurs bibliothèques, de visiter de nombreux pays et d'apprendre des langues dont le jeune traqueur avait jusque-là ignoré l'existence. Il lui aurait fallu toute une vie pour assimiler ces connaissances et il ne restait que quelques mois avant que le Prince des Ténèbres se manifeste dans la peau d'un homme.

Silvère avait tenté de tuer Asgad Ben-Adnah, mais il avait sous-estimé la puissance d'un Anantas. Souvent, durant son sommeil, Thierry revoyait les derniers moments de la vie de son maître, lorsqu'il avait attaqué le président de l'Union eurasiatique dans sa propre maison. Il les analysait sans cesse afin de ne pas commettre les mêmes erreurs que lui, le jour où il se mesurerait au reptilien, à son tour.

Thierry écoutait la voix du vieux Naga dans sa tête lorsqu'il fut dérangé par de la musique ! Il ouvrit subitement les yeux et prêta attention à ce qui se passait à l'extérieur de la petite salle. L'idée qu'un hélicoptère ait pu se poser pendant qu'il était en transe lui donna la chair de poule. Il dégaina son sabre et mit le pied dehors. La vision qui s'offrit à lui le laissa bouche bée. Des centaines de lampions allumés étaient disposés un peu partout dans la cour. Autour d'un transistor, Cindy et les jumeaux dansaient comme s'ils s'étaient trouvés au milieu d'une discothèque !

– Où vous croyez-vous ? tonna enfin le *varan*.

– Je vous avais dit qu'il ne serait pas d'accord, laissa échapper Darrell en éteignant la radio.

Pour sa part, Neil alla tout de suite s'agenouiller devant Thierry, en signe de soumission.

– Si nous avons interrompu ta méditation, nous en sommes profondément désolés.

– C'est pour vos vies que je m'inquiète, pas pour mes contemplations. Saviez-vous que la technologie militaire peut percevoir le moindre bruit à des kilomètres à la ronde ?

– Probablement, mais nous sommes absolument seuls dans la région, affirma Neil. Il nous a fallu aller très loin pour trouver de la nourriture.

– Et puisque tu voulais avoir des nouvelles du reste du monde, nous avons aussi volé cet appareil, ajouta Darrell.

– Où sont les soldats ?

– Ils se dirigent vers l'est, affirma Neil.

– Nous pensons qu'ils sont à la poursuite du prophète que nous avons tenté de sauver sur la route.

– Il s'appelle Cael, précisa Cindy.

– Qu'est-ce qui vous fait croire ça ? voulut savoir Thierry.

– Nous avons entendu de très bizarres échanges tandis que nous circulions sous la terre, poursuivit Darrell.

– C'est un dialecte différent, mais nous sommes arrivés à en comprendre les grandes lignes, déclara Neil.

Thierry rengaina son sabre et s'assit sur les marches qui menaient au temple.

– Parlez, ordonna-t-il.

– Les reptiliens qui ont capturé le prophète sont en état d'alerte, expliqua Neil.

– Il semblerait qu'il se soit échappé.

Le visage de Cindy s'illumina de bonheur.

– Donc, ce ne sera pas l'armée israélienne que vous attirerez ici.

– Nous n'avons pas pensé à ça… s'attrista Darrell.

– Les ravisseurs de Madden sont des Brasskins, leur rappela Thierry.

– Mais tu nous as mentionné qu'ils étaient les plus discrets de tous les reptiliens ! s'exclama Neil.

– Ils sont sur Terre depuis un certain temps et jamais ils n'ont tenté de renverser les Dracos, mais cela ne veut pas dire pour autant qu'ils sont inoffensifs.

– Sont-ils aussi puissants que nous ?

– Ils ont une forte musculature, mais ils ne sont pas rapides. Ils sont capables de se déplacer dans la matière, comme nous, et ils ont un effet destructeur sur les systèmes électroniques. Habituellement, ils travaillent seuls, comme les traqueurs, mais vous m'avez signalé la présence de plusieurs d'entre eux sous le désert.

– Une bonne douzaine, c'est certain, avança Neil.

– Leur quartier général se trouve peut-être dans les parages, ajouta Darrell.

– Si tel est le cas, nous ne pouvons plus rester ici. Cette nuit, nous monterons la garde à tour de rôle. S'ils sont douze et qu'ils nous attaquent par surprise, il n'est pas sûr que nous pourrons les neutraliser.

Neil ouvrit la bouche pour protester, mais se ravisa aussitôt. Il offrit plutôt de veiller le premier.

– Non, refusa Thierry. Ce sera moi. Avez-vous mangé ?

– Oui, et nous t'en avons laissé.

– Allez vous coucher.

Les jumeaux lui obéirent sans discuter. Seule Cindy demeura devant le *varan*.

– J'ai essayé de suivre votre conversation, et tout ce que j'en ai compris, c'est que Cael est libre et que nous sommes en danger.

– C'est un très bon résumé de la situation. Je te conseille également d'aller dormir.

– Pourrais-je monter la garde, moi aussi ?

– C'est hors de question, tant que tu ne manieras pas le sabre avec la même adresse que les garçons sans paniquer.

– Jamais, donc…

Elle traîna les pieds en bougonnant et alla rejoindre les jumeaux à l'intérieur. Dès que le silence retomba sur le sanctuaire, Thierry tendit l'oreille. Il n'entendit que le chant des insectes et le sifflement du vent entre les formations rocheuses. En posant la main sur le sol, il ne capta aucune activité souterraine. Il alla chercher le sac de provisions et mangea un peu de viande crue, puis but de l'eau dans laquelle il versa de la poudre d'or. Il alluma le transistor en diminuant le volume et finit par trouver une fréquence qui diffusait des bulletins de nouvelles, mais n'apprit rien de plus que ce que Vincent McLeod avait raconté à Cindy. Le séisme avait secoué toute la planète, et personne ne comprenait comment, pas même les grands savants.

Thierry éteignit la radio et s'assit en tailleur sur la pierre froide. Il ne pouvait pas se permettre de méditer, avec les Brasskins qui rôdaient, mais rien ne l'empêchait de réfléchir jusqu'à ce que l'un des jumeaux vienne le remplacer. Au matin, il lui faudrait prendre une importante décision. Neil était prêt à traquer, mais pas Darrell. Alors, il ne les séparerait pas et les enverrait chasser ensemble. Quant à Cindy... Il ne savait plus quoi faire d'elle. Avant d'apprendre que les Brasskins étaient à la recherche de Madden, il n'aurait eu aucun remords à l'abandonner dans un village de la région. Tout était différent, maintenant.

À l'intérieur du temple, Cindy s'était couchée près des jumeaux pour voir s'ils ressentiraient envers elle la même attirance que Thierry. Après tout, n'étaient-ils pas des Nagas, eux aussi ? Ils s'enroulèrent dans leurs couvertures et s'assoupirent.

– Les garçons, est-ce que vous éprouvez quelque sentiment que ce soit pour moi ? leur demanda la jeune femme, au bout d'un moment.

– Oui, on a peur de toi, la taquina Neil.

– Rien d'autre ?

– Moi, c'est de l'admiration, avoua Darrell. Tu as traversé beaucoup d'épreuves et tu t'en es très bien sortie.

– Vous ne me trouvez pas séduisante ?

– Les *varans* ne peuvent pas se laisser distraire par les femmes, expliqua Darrell.

– Alors, nous nous sommes mutuellement castrés, ajouta Neil.

– Quoi ?

– C'est une blague ! s'exclama Darrell. Nous ne dédaignons pas les femmes, Cindy. Nous voulons simplement être les meilleurs traqueurs de tous les temps, et cet honneur exige certains sacrifices.

– Je devrais vous imiter. Ainsi, ma vie serait bien moins compliquée.

– Arrête d'y penser et ferme les yeux.

Aux petites heures du matin, Neil vint relayer Thierry. Le maître alla s'installer aussi loin que possible de la jolie blonde pour dormir. Lorsqu'il se réveilla, il était seul. Il prit le temps d'étirer ses muscles, puis sortit dans la cour inondée de soleil. Quelle ne fut pas sa surprise de voir un véritable katana dans les mains de Cindy, tandis que les jumeaux lui enseignaient à conserver la posture noble des exécuteurs, ainsi que les premiers coups de base.

Thierry retourna à l'intérieur pour voir si c'était son arme que ces jeunes effrontés avaient décidé d'utiliser, mais il trouva son katana dans son fourreau, près de l'endroit où il avait dormi. Il le ramassa et rejoignit ses élèves.

– Où avez-vous pris ce sabre ? voulut-il savoir.

Ils se courbèrent avec respect devant leur maître et Cindy les imita aussitôt.

– Dans le même village que la radio, répondit Darrell.

– C'est celui du prophète, ajouta Neil.

Cindy hocha la tête avec enthousiasme.

– C'est tout ce qu'il me reste de lui, affirma-t-elle.

Thierry n'allait certainement pas laisser une débutante s'entraîner avec une arme inconnue.

– Puis-je le voir ?

La jeune femme le lui tendit sans hésitation. Le *varan* le soupesa, examina la courbure de la lame et la solidité de son manche. Il ne cacha pas sa satisfaction.

– J'aimerais bien savoir qui a forgé ce sabre.

– Il est vraiment très beau, admit Neil, les yeux brillants.

– Peu d'armuriers fabriquent des katanas de cette qualité, en effet.

Thierry remit l'arme à la jeune femme.

– T'opposes-tu à ce que nous lui montrions quelques katas ? voulut savoir Darrell.

– Pas du tout.

Le maître alla s'asseoir à l'ombre de la fontaine pour les regarder travailler. Une fois que Cindy eut saisi les principaux mouvements fondamentaux, les jumeaux pratiquèrent leurs propres enchaînements.

...011

Adielle Tobias se félicita de porter des chaussures de sport plutôt que d'élégants escarpins lorsque Cael Madden lui demanda de la suivre à travers le désert. Il faisait très chaud, alors elle buvait régulièrement l'eau de sa gourde. Pourtant, elle ne se vidait jamais ! Après quelques heures de marche, ils arrivèrent à une petite oasis, qui n'était en quelque sorte qu'un point d'eau pour les caravanes. Personne n'y vivait. Ils prirent place à l'ombre des palmiers dattiers.

– Nous repartirons dès que le soleil aura un peu descendu dans le ciel, annonça-t-il.

– Pourquoi n'y a-t-il pas une seule goutte de sueur sur votre corps, monsieur Madden ?

– Puisque nous serons appelés à passer beaucoup de temps ensemble, ne pourrions-nous pas cesser de nous vouvoyer ?

– D'accord, mais ma question tient toujours.

– Je supporte bien la chaleur et, contrairement à l'idée qu'on se fait des prophètes, ces derniers visitent aussi les palestres.

– J'ai remarqué qu'il t'arrive d'utiliser des mots tombés en désuétude.

– C'est que je les trouve parfois plus riches de sens que les nouveaux.

La directrice de la base de Jérusalem était une femme forte, qui se méfiait des étrangers, mais cet homme arrivait à l'attendrir ! Madden avait un visage d'enfant, des yeux rieurs et le charisme d'un chef de secte.

– On dit que tu étais prédicateur en Amérique. Es-tu venu faire la même chose ici ?

– J'adore parler aux foules, mais je suis venu en Israël pour préparer la voie à celui qui sauvera tous les hommes.

– Je me souviens de ta dernière apparition à la télévision. Tu as prétendu être Jean le Baptiste.

– C'est le nom que m'a donné l'histoire. Je préfère de loin Iaokanann, mais tu peux m'appeler Cael.

– Autrefois, je n'étais pas certaine de croire à toutes ces choses qui sont impossibles à vérifier, jusqu'à ce qu'un ancien agent de l'ANGE ressuscite ma grand-mère.

– Faut-il savoir faire des miracles pour faire partie de votre agence ?

– Parfois, avoua Adielle avec un sourire amusé. Mais Yannick n'est pas comme les autres. Tout comme toi, il prétend être un personnage biblique.

– Képhas…

– Est-ce que tu devines toujours tout ?

Il hocha doucement la tête avec un air repentant.

– Je vais donc recommander à mes patrons de ne recruter que des prophètes.

Lorsque le temps se rafraîchit un peu, Cael indiqua qu'ils devaient poursuivre leur route vers le Jourdain.

– Comment se fait-il que ma gourde soit toujours pleine ? demanda-t-elle en le suivant.

Il tourna la tête vers elle et lui fit un clin d'œil. Ils marchèrent jusqu'au crépuscule, auquel moment ils arrivèrent dans un village dévasté par le tremblement de terre. Les maisons s'étaient toutes écroulées comme des châteaux de cartes et les habitants continuaient de creuser, refusant d'admettre que ceux qui se trouvaient sous les décombres pouvaient être morts.

Au lieu de tenter de passer inaperçu, Cael retroussa ses manches et se mit à déblayer les débris avec ces inconnus qui s'adressaient à lui en hébreu. Au grand étonnement d'Adielle, le prophète leur répondait dans leur langue. Elle commença par l'observer, puis décida de se joindre aux efforts de sauvetage. Ils travaillèrent jusque tard dans la nuit, à la lumière de rudimentaires flambeaux, et ne découvrirent qu'un seul survivant, soit un adolescent en état de choc.

Pour remercier les étrangers qui leur étaient spontanément venus en aide, les villageois les convièrent à manger avec eux autour d'un grand feu. La terre trembla encore une fois, faisant pleurer les femmes, mais il n'y avait plus rien à détruire dans ce hameau. Assise près de Cael, Adielle avala du ragoût de mouton avec appétit.

– Pourquoi les reptiliens dorés ne nous poursuivent-ils pas ? demanda-t-elle au prophète, à voix basse, pour n'alarmer personne.

– Je n'en sais rien, avoua-t-il.

– Le percevrais-tu s'ils se présentaient ici ?

– Oui. Ils ont une odeur particulière.

– Ils m'ont capturée parce que je voulais éliminer l'homme qui deviendra l'Antéchrist, mais pourquoi t'ont-ils emprisonné, toi ?

– Ils croyaient que j'allais tuer tous les soldats sur la route de Jéricho.

– Ce sont donc des reptiliens pacifiques.

– Ils ne prônent pas la violence, c'est certain, mais leur interférence risque cependant de nous causer beaucoup d'ennuis.

Adielle continua de manger en regrettant de ne plus être armée. Tout comme Madden, elle était une fugitive. Elle ne pouvait pas retourner à Jérusalem, car la police était à sa recherche, et elle ne savait plus comment terminer sa mission sans que les Brasskins n'interviennent. « C'est comme si j'étais morte »...

– Pourtant, les habitants de cette planète n'ont jamais eu autant besoin de gens comme toi, lui dit le prophète.

– Tu lis les pensées, en plus ?

– Ce n'est qu'un de mes talents.

– Eh bien, moi, je n'ai que celui de diriger une base d'espions...

– Le mot important, dans ta phrase, c'est le verbe « diriger ». Prends ce village, par exemple. Il a perdu les deux tiers de ses habitants, dont les chefs de famille. Il ne reste que des femmes et des adolescents. Ils mourront si quelqu'un ne les aide pas bientôt à s'organiser.

– Moi ?

– Ce peut être ce village ou un autre. Ce pourrait même être Jérusalem, après que Satan l'aura dévastée. Pour l'instant, il faut que le peuple reste en vie jusqu'à ce que Jeshua revienne mettre de l'ordre sur cette planète.

– Connaît-on la date exacte de son retour ?

– Dans trois ou quatre ans, je n'en suis plus certain.

– Mais pourquoi tous ces terribles événements sont-ils en train de se produire ? se désespéra Adielle.

– Rien ne serait arrivé si les hommes avaient pris les prophètes au sérieux. Ils ont été avertis à de nombreuses reprises que s'ils continuaient à s'entretuer et à semer la terreur autour d'eux au lieu d'apprendre à s'aimer et à se respecter, ils seraient punis. C'est maintenant là que nous en sommes. Nous ne pouvons plus rien y changer. Mon rôle est de préparer la voie à la seule personne qui pourra guérir ce monde après le passage de la Bête.

– Comment vas-tu y arriver au beau milieu du désert ?

– Je possède le pouvoir de m'adresser à mes bergers grâce à la méditation.

D'autres concepts avec lesquels la directrice de l'ANGE n'était pas vraiment à l'aise.

– Je peux aussi redonner de l'espoir à ceux qui n'en ont plus.

La montre d'Adielle se mit à clignoter en orange.

– Il était temps, siffla-t-elle entre les dents.

Elle s'éloigna du campement et sortit le petit écouteur qui avait survécu à toutes ses aventures au fond d'une poche de son jeans.

– Eisik ?

– Dieu soit loué, vous êtes vivante ! s'exclama son bras droit. Où êtes-vous ?

Elle lui raconta sommairement tout ce qui lui était arrivé depuis qu'elle s'était cachée dans le temple pour abattre Asgad Ben-Adnah.

– Je vais vous envoyer un transport dès que nous aurons réussi à dégager les issues de la base. Avec les répliques, c'est plus compliqué.

– Je ne suis pas certaine que ce soit une bonne idée, Eisik. La région grouille de soldats. Un véhicule terrestre ou aérien les mènerait tout droit sur nous. Le mieux, c'est que je laisse retomber la poussière. En attendant, je te confie la bonne marche de la base.

– Je me fais du souci pour vous, madame Tobias.

– Dans ce cas, tu t'inquiètes pour rien, car j'ai un puissant instinct de survie. Je suggère que nous fassions le point au moins une fois par semaine.

– J'en prends note.

– Si je ne te réponds pas sur-le-champ, ne te fais pas de mauvais sang. C'est que je serai en train d'échapper à quelqu'un.

– Bien compris.

– Ça m'a fait du bien d'entendre ta voix, Eisik. Communication terminée.

Lorsque la directrice revint près du feu, Cael parlait aux gens, assis en groupes compacts pour se réchauffer.

– Le Père nous envoie seulement les épreuves que nous pouvons traverser, leur disait-il.

Adielle s'assit au milieu des villageois pour l'écouter, elle aussi.

– Lorsqu'il déracine un arbre, c'est pour le planter ailleurs. Ceux qui ont perdu la vie durant le tremblement de terre sont désormais à ses côtés. Le Père s'attend à ce que les survivants rebâtissent leur société sur de meilleures fondations. Il ne vous demande pourtant que de vous aimer et de ne pas faire aux autres ce que vous ne voudriez pas qu'on vous fasse.

– Tu n'es pas Israélien, lui reprocha une jeune femme.

– Les divisions territoriales ont été créées par les hommes. Au-delà de nos différences politiques et religieuses, nous possédons tous la même âme.

– C'est facile à dire pour quelqu'un qui n'a pas perdu son mari.

– Cessez de porter ce genre de jugement sur les autres. Moi aussi, j'ai souffert, mais je n'ai aucune raison de m'en prendre à vous pour apaiser ma peine. Ce soir, pleurez ceux qui sont partis, mais demain, remerciez le Père lorsque vous verrez le soleil se lever encore une fois. Croyez en lui et vous serez sauvés.

Ces pauvres gens étaient encore trop bouleversés pour comprendre les paroles du prophète, mais ils s'en souviendraient plus tard. Cael se rapprocha d'Adielle. Il prit sa main et l'obligea à se lever.

– Nous devons partir, murmura-t-il.

– Les Brasskins ?

– Les soldats.

Elle le suivit sans hésitation dans la nuit profonde. Le halo d'un puissant projecteur se mit alors à danser autour d'eux. Cael emprisonna Adielle dans ses bras et ils s'enfoncèrent dans le sol. Ses oreilles plus fines que celles de la plupart des hommes lui indiquèrent, une heure plus tard, que le détachement s'était éloigné. Dès qu'ils refirent surface, la directrice le repoussa brutalement et remplit ses poumons d'air frais.

– Je déteste me faire enterrer vivante ! hurla-t-elle, furieuse.

– Ce n'était pas par choix.

– Si tu fais vraiment des miracles, pourquoi ne nous rends-tu pas tout simplement invisibles aux yeux de nos ennemis ?

– Je n'y ai pas pensé.

Il pivota sur ses talons et se mit à marcher. Pendant un instant, Adielle eut envie de lui fausser compagnie, mais où serait-elle allée ?

– Attends-moi !

Elle courut le rejoindre.

– Moi, j'ai eu le temps de réfléchir pendant que j'étouffais, déclara-t-elle. Je ne crois pas que ce soit une bonne idée d'aller au Jourdain.

Il ne répondit pas.

– Est-ce que tu m'écoutes ?

– Il y a de petites cavernes au pied de cette falaise, indiqua-t-il.

Adielle ne voyait même pas ses mains dans l'obscurité, encore moins ce qui les entourait.

– J'ai besoin de m'arrêter, ajouta-t-il.

Elle en profiterait pour lui répéter ses inquiétudes, une fois qu'ils seraient en sûreté.

...012

Jamais une femme ne s'était intéressée à Vincent avant Mélissa. Le jeune savant s'était épris de la belle Cindy, lorsqu'elle travaillait pour l'ANGE, mais il avait rapidement déchanté en constatant qu'elle changeait d'amant dès qu'il passait un homme plus intéressant près d'elle. Vincent ne voulait pas vivre une histoire d'un soir. Il rêvait d'une compagne qui partagerait ses aspirations, son amour de la science et qui comprendrait qu'il devait s'acquitter d'une mission divine avant de pouvoir jouir d'une vie normale. Mélissa Collin correspondait à cela en tous points.

Ils avaient échangé de longs baisers dans les Laboratoires déserts de la base de Montréal, sans se soucier que leurs ébats puissent être captés par les caméras de surveillance. Lorsque Mélissa avait mentionné à Vincent que l'ordinateur central n'approuvait pas leur amour naissant, son ami avait été tenté de rire, puis il se rappela qu'il n'avait pas programmé Cassiopée comme les autres systèmes de l'ANGE. Pouvait-elle vraiment être jalouse de l'attention que lui accordait la jeune femme ?

– Si nous survivons aux événements de la fin du monde, susurra Mélissa dans son oreille, je pense que nous devrions nous marier.

– Je le pense aussi, mais pourquoi chuchotes-tu ?

– Pour que tu-sais-qui ne nous entende pas.

– VOUS SOUS-ESTIMEZ MES CIRCUITS AUDITIFS. J'ENTENDS TOUT CE QUI SE PASSE DANS CETTE BASE.

– C'est justement ce que j'allais dire à mademoiselle Collin, assura Vincent.

Un vent glacial balaya la grande salle.

– Cassiopée, ça suffit, la gronda le savant.

– JE NE SUIS PAS RESPONSABLE DE CETTE SOUDAINE BAISSE DE TEMPÉRATURE.

– La Bible !

Vincent se précipita devant la table où il l'avait laissée ouverte. Les mots dansaient sur les pages.

– Qu'est-ce qui se passe ? s'inquiéta Mélissa.

– Les lettres sont en train de se réorganiser. Ne le vois-tu pas ?

La recrue secoua la tête négativement.

– Tu dois avoir un don. Qu'est-ce qu'elle dit ?

– Rien encore, mais ça ne saurait tarder. Cassiopée, mets-moi en communication avec mes collègues à Ottawa.

– TOUT DE SUITE, VINCENT.

Une à une, les phrases se réalignèrent sur le papier jauni.

– CERTAINES FONCTIONS DE L'ORDINATEUR D'OTTAWA N'ONT PAS ENCORE ÉTÉ RÉTABLIES. JE PROPOSE DE PROCÉDER À L'ENREGISTREMENT DE CES NOUVELLES DONNÉES ET DE LES LEUR TRANSMETTRE PLUS TARD.

– C'est une excellente idée.

Mélissa avait beau plisser les yeux, elle ne percevait aucun mouvement dans le vieil ouvrage. Comment l'auteur de la Bible faisait-il pour faire apparaître un nouveau texte à Vincent ?

– Nous y sommes, affirma ce dernier. Il y aura de sanglants affrontements avant l'avènement du règne de la Bête. La reine de glace ordonnera l'extermination d'une couche de la société qui ne sert plus ses intérêts, tandis qu'en Judée, des démons s'affronteront en détruisant tout sur leur passage.

Vincent attendit que les paragraphes suivants s'organisent en essayant de comprendre ce qu'il venait de lire.

– L'envoyé du ciel sera pourchassé à travers le désert comme un animal, poursuivit-il. Il sera recueilli par les fils des douze, mais ne pourra rien faire pour sauver les Témoins.

– Ce ne sont que de mauvaises nouvelles, déplora Mélissa.

– NE L'INTERROMPEZ PAS.

– Mes amis sont là-bas, s'étrangla Vincent. Je ne veux pas qu'il leur arrive malheur.

Les mots continuèrent de s'aligner sur la page.

– Une étoile nommée Absinthe va bientôt s'écraser sur la Terre…

– Quoi ? s'étonna Mélissa.

La Bible reprit son apparence normale, n'ayant plus rien à révéler. Le savant était figé, mais son cerveau tournait à plein régime.

– Vincent, est-ce que ça va ?

– LE TEXTE DE L'APOCALYPSE MENTIONNE UNE TELLE ÉTOILE.

L'informaticien se précipita sur l'un des ordinateurs et tapa sur le clavier. Mélissa le suivit, intriguée.

– J'AURAIS PU VOUS LE RÉCITER.

– Et il tomba du ciel une grande étoile ardente comme un flambeau, récita Vincent, et elle tomba sur le tiers des fleuves et sur les sources des eaux. Le nom de cette étoile est Absinthe. Et le tiers des eaux fut changé en absinthe, et beaucoup d'hommes moururent par les eaux, parce qu'elles étaient devenues amères…

– Qu'est-ce que ça veut dire ?

Même Cassiopée ne risqua pas de réponse.

– Les textes anciens, tout comme certaines des prophéties que me confie la Bible, sont écrits par des gens qui ne pouvaient pas décrire à la perfection ce qu'ils voyaient en songe, parce que ces réalités n'existaient pas encore.

– Donc, ils n'avaient pas suffisamment de vocabulaire.

– C'est exact. Nous allons décortiquer nous-mêmes cette prédiction, et nous ne devons pas perdre une seconde. En général, ce que m'annonce la Bible se produit quelques jours plus tard.

– Je vais t'aider.

– PUIS-JE VOUS RAPPELER QUE J'AI ÉTÉ CRÉÉE POUR ACCOMPLIR PLUS RAPIDEMENT QUE LES HUMAINS CE TYPE DE RECHERCHE ?

– Nous allons travailler tous les trois ensemble, l'avertit Vincent.

– Moi, ça me convient parfaitement, lui fit savoir Mélissa.

– Commençons par les premiers mots : et il tomba du ciel une grande étoile ardente comme un flambeau. Les étoiles sont des astres en fusion, comme le Soleil. Elles ne tombent pas sur les planètes. Il ne peut s'agir que d'un astéroïde.

– Qui s'embrase lorsqu'il entre dans l'atmosphère.

– On nous prévient donc qu'un corps céleste va nous frapper, sans nous anéantir comme la météorite qui a causé l'extinction des dinosaures.

– Jusqu'ici, c'est plausible.

– La suite est plus difficile à concevoir, se troubla l'informaticien. Et elle tomba sur le tiers des fleuves et sur les sources des eaux.

– À moins que la météorite se fragmente en milliers de morceaux.

– Le nom de cette étoile est Absinthe.

– L'ABSINTHE EST UNE PLANTE HERBACÉE AROMATIQUE AUTREFOIS UTILISÉE EN MÉDECINE. C'EST AUSSI UNE LIQUEUR TOXIQUE DONT LA COULEUR EST VERTE.

– Et si on remonte au temps des écrits bibliques ?

– C'ÉTAIT UN POISON CONVULSIF.

– Et le tiers des eaux fut changé en absinthe, et beaucoup d'hommes moururent par les eaux, parce qu'elles étaient devenues amères…

Vincent se mit à arpenter les Laboratoires de plus en plus rapidement, en essayant de relier tous ces éléments. Il s'arrêta brusquement, s'élança sur le clavier devant lui et tapa quelques mots.

– Je crois que je l'ai ! s'exclama-t-il victorieusement. Une théorie prétend qu'au moment d'une collision entre une météorite et la Terre, le choc thermique produirait des changements chimiques dans l'atmosphère et engendrerait de terribles pluies acides comme nous n'en avons jamais connu.

– Et c'est ainsi que les fleuves et les rivières seraient contaminés.

– Maintenant que nous avons compris les effets de cette étoile appelée Absinthe, il ne nous reste plus qu'à la trouver. Cass, je veux voir les derniers rapports sur les corps célestes.

L'ordinateur les afficha aussitôt à l'écran devant lui.

– PLUSIEURS ASTÉROÏDES SONT PASSÉS NON LOIN DE LA TERRE, CES DERNIÈRES ANNÉES, ET D'AUTRES ONT ÉTÉ REPÉRÉS AVANT QUE LA MAJORITÉ DES OBSERVATOIRES SOIENT ENDOMMAGÉS.

– Ce qui veut dire que personne ne surveille l'espace en ce moment ? s'inquiéta Mélissa.

– Qu'en est-il du réseau d'astronomes amateurs qui nous fournissaient des données ?

– NOUS NE RECEVONS PLUS RIEN.

– Les télescopes de la NASA sont-ils opérationnels ?

– EN PARTIE, SEULEMENT.

– Peux-tu avoir accès à leurs données ?

– JE VAIS VOIR CE QUE JE PEUX OBTENIR.

– Ne devrions-nous pas prévenir Cédric ? suggéra Mélissa.

– Pas avant d'avoir trouvé ce que nous cherchons.

– VOICI LES DERNIÈRES IMAGES RECUEILLIES PAR LE TÉLESCOPE *HUBBLE*. J'AI REMARQUÉ UNE INTENSE ACTIVITÉ DE REPÉRAGE À LA NASA. J'ESSAIE TOUJOURS DE SAVOIR QUELLE EN EST LA CAUSE, MAIS ILS EMPLOIENT DES NOMS DE CODE.

– Je sais que tu peux les décrypter.

Les photos de la voûte céleste apparurent sur des écrans différents. Vincent et Mélissa se postèrent successivement devant chacun d'eux.

– C'est bien ce que nous craignions, confirma l'informaticien, et c'est probablement la raison pour laquelle la NASA est en état d'alerte. Regarde ici.

Il posa le doigt sur un petit point brillant près de la Lune, que les premiers clichés ne révélaient pas.

– Cass, cette photo remonte à plus d'un mois.

– JE TENTE TOUJOURS D'ACCÉDER AUX DONNÉES LES PLUS RÉCENTES, VINCENT.

– Nous pourrions en prendre nous-mêmes avec le satellite de l'ANGE, suggéra Mélissa.

– SON UTILISATION EST SOUMISE À DES CONDITIONS TRÈS STRICTES.

– Si tu veux mon avis, la menace de destruction totale de notre monde en fait partie, répliqua Vincent. Fais-le, Cass. J'en prends la responsabilité.

– TRÈS BIEN, VINCENT.

Dès que les premières photos prises par les équipements de l'ANGE se présentèrent sur les écrans, les deux agents comprirent qu'ils avaient un problème de taille, car le petit point avait grossi et s'était considérablement rapproché.

– Transmets-moi les coordonnées de l'astéroïde et essaie d'obtenir celles des clichés de la NASA ainsi que la date exacte où ils ont été pris.

Quelques secondes plus tard, les données défilèrent devant les yeux inquiets de Vincent. Celui-ci divisa son écran en deux et procéda à de nombreux calculs en utilisant les chiffres fournis par Cassiopée.

– Il se dirige tout droit vers la Terre, s'étrangla le savant.

– Combien de temps avant l'impact ?

– S'il conserve la même vitesse, treize jours…

Les deux agents échangèrent un regard chargé de regrets, car si cet objet céleste s'écrasait sur le Québec, leur bel amour n'aurait pas le temps de s'épanouir.

– DOIS-JE PRÉVENIR MONSIEUR ORLÉANS ? les dérangea Cassiopée.

– Seulement lui et madame Zachariah, précisa Vincent en se ressaisissant. Il nous faut déterminer le point d'impact en prenant en considération les forces d'attraction gravitationnelle de la Lune et de la Terre. Les contraintes de l'espace pourraient l'empêcher de suivre une trajectoire en ligne droite.

– S'il maintenait ce cap, où s'écraserait-il ? voulut savoir Mélissa.

– Entre ici et New York.

Les deux directeurs de l'ANGE firent irruption dans les Laboratoires.

– Que se passe-t-il, Vincent ? s'alarma Cédric.

– La Bible nous a annoncé qu'une étoile allait tomber du ciel, alors nous avons examiné scientifiquement la situation et nous avons découvert qu'elle dit la vérité. Un astéroïde fonce droit sur nous et, si mes calculs sont exacts, il nous frappera dans treize jours environ.

– As-tu tenté de joindre la NASA ?

– Seulement pour obtenir leurs données et pas nécessairement avec leur permission, si tu vois ce que je veux dire.

– Imprime-moi ce que tu as trouvé, Vincent, lui demanda Mithri. Je sais à qui parler, là-bas.

Aussitôt dit, aussitôt fait. Le jeune informaticien leur tendit un résumé de deux pages, les photos où apparaissaient le point lumineux, ses coordonnées et les calculs quant à la date de l'impact.

– As-tu déterminé son point de chute ? demanda Cédric.

– Ce ne sera pas très loin d'ici, mais il y a plusieurs variables à considérer.

– Dépêche-toi de les calculer.

Vincent acquiesça d'un mouvement de la tête et lança un logiciel d'astronomie qui lui fournirait les renseignements dont il avait besoin, sans même remarquer que les directeurs venaient de quitter les Laboratoires. Au lieu de l'aider, Mélissa l'observait. Cet homme n'avait pas volé sa réputation. Il jonglait avec les données informatiques comme d'autres maniaient le pinceau. Un véritable artiste. « Il ne me reste peut-être que treize jours à vivre... » songea-t-elle. C'était fort peu de temps pour atteindre tous les buts qu'elle s'était fixés.

Dès qu'il eut conçu son propre logiciel de simulation, Vincent afficha un premier scénario à l'écran. On y voyait la Lune, l'astéroïde et la Terre, flottant dans l'espace. Une ligne pointillée entre le corps céleste et la planète indiquait en effet qu'il s'abattrait aux alentours de New York. Le jeune savant se mit alors à ajouter des variables et obtint plusieurs points d'impact possibles.

– Il pourrait aussi tomber dans l'Atlantique, constata Mélissa avec soulagement.

– Ne nous réjouissons pas trop vite, l'avertit Vincent. Tu sais ce qui arrive quand on lance un gros objet dans une petite mare ?

– Elle se vide...

– C'est exact. Les raz de marée submergeront les côtes est du Canada, des États-Unis, du Mexique, de l'Amérique du Sud, et les côtes ouest de l'Europe et de l'Afrique... Il n'y aura aucun survivant...

– Et la Bible ajoute aussi que les fleuves et les rivières seront empoisonnés, ce qui veut dire que ceux qui vivent à l'intérieur des continents ne seront pas épargnés non plus. C'est vraiment atroce.

– Cass, transmets ces simulations à Cédric.

– TOUT DE SUITE, VINCENT.

L'informaticien se cala sur sa chaise, effrayé. Mélissa lui entoura le cou de ses bras et l'embrassa sur la joue.

– Yannick disait toujours que rien n'arrive pour rien, murmura-t-il. Mais là, je ne comprends plus. Les événements dont parle la Bible ne peuvent pas tous se produire en treize jours ? L'Antéchrist ne s'est pas encore manifesté, personne n'a reçu la marque de la Bête et les Témoins ont encore leur tête !

– Il est dommage que tu ne puisses pas questionner directement celui qui te parle par le livre saint.

– Avant qu'il s'adresse à moi directement, j'utilisais une autre méthode, se souvint Vincent.

Il rappela à l'écran le logiciel des codes de la Bible et entra le mot « astéroïde » ainsi que la date où il prévoyait la collision avec la Terre. Au bout de quelques minutes, il obtint les réponses « efforts de l'ange », « pluie de feu » et « tsunamis ». Il tapa aussitôt « efforts de l'ange » dans le logiciel et obtint « éclats dans le ciel », « choc profond » et « hécatombe ». Il retint son souffle et soumit son propre nom à l'ordinateur. À son grand étonnement, les mots « sommité », « gratitude » et « avancement de la science ».

– Est-ce que ça veut dire que nous survivrons ? osa demander Mélissa.

Vincent haussa les épaules, abasourdi.

Mithri et Cédric s'enfermèrent dans le bureau de ce dernier. Par le biais de Cassiopée, ils entrèrent en communication avec Charles Goodman, l'un des hauts dirigeants de la NASA, qui leur confirma la justesse des observations de Vincent et de Mélissa.

– C'est encore plus effrayant qu'un film de science-fiction, car nous ne pouvons pas lancer des missiles spatiaux en claquant des doigts, avoua Goodman. Les pays qui possèdent cette technologie sont dans l'incapacité de nous aider, car leurs silos ont été endommagés par les séismes.

– Même ceux des États-Unis ? s'enquit Mithri.

– Même ceux-là. Il nous faudrait les sortir de leurs trous et trouver une façon de les faire décoller à partir d'une plate-forme. Tout ceci est évidemment réalisable, mais pas en deux semaines. Je sais que c'est de l'information top secrète, mais votre agence ne peut-elle pas intervenir lorsqu'il s'agit d'un danger international ?

– Je vais voir ce que je peux faire, Charles, répondit Mithri, mais il est fort possible que nos installations aient été ébranlées, elles aussi. Il y a encore des bases dont nous n'avons aucune nouvelle. Gardons le contact, si tu le veux bien.

Mithri lui donna un numéro de téléphone qui le mettrait automatiquement en communication avec Cassiopée et elle lui promit de le rappeler. Puis, elle se tourna vers Cédric.

– Notre plus important silo se trouve à Alert Bay et Christopher Shanks ne répond pas à nos appels, lui apprit le directeur de Montréal.

– Nous avons caché des missiles à d'autres endroits stratégiques en cas d'attaques en provenance de l'espace, lui apprit la grande dame debout devant l'écran mural.

– Cassiopée est à votre disposition.

– Merci, Cédric.

Elle s'installa derrière le bureau et utilisa l'ordinateur pour consulter ses listes de personnes ressources.

...013

Aodhan avait donné son numéro de mobile à plusieurs des hommes de confiance de Cael, à Montréal. Il n'avait reçu aucun appel de leur part après le tremblement de terre, puisque la plupart des antennes n'avaient pas tenu le coup, mais dès qu'elles eurent été réparées, son petit appareil se mit à sonner. Les disciples du prophète avaient enterré leurs morts, leur souhaitant tout le bonheur qu'ils méritaient auprès du Créateur, et maintenant ils réclamaient un signe confirmant que leur chef était toujours vivant et qu'il ne les avait pas oubliés.

L'Amérindien en rassura plusieurs sans quitter la base, mais bientôt ses paroles ne suffirent plus à les apaiser. Étant donné que son directeur s'était enfermé dans son bureau avec la grande dame de l'ANGE, Aodhan demanda à Cassiopée de l'avertir qu'il devait se rendre dans le grand parc de Saint-Bruno, où des gens avaient besoin de lui.

– La plupart des routes pour y accéder sont impraticables, monsieur Loup Blanc.

– Pas pour une motocyclette, répliqua-t-il en empruntant le long corridor. Dites à Cédric que je serai de retour avant la nuit.

Aodhan entra dans le garage et gagna directement l'endroit où étaient garés les plus petits véhicules. Les mécaniciens et les membres de la sécurité lui adressèrent aussitôt des regards interrogateurs.

– Monsieur Orléans ne s'oppose pas à ce que j'aille au rassemblement des disciples de Cael, leur expliqua-t-il en grimpant sur la moto et en mettant le moteur en marche. Si je n'y vais pas, ils vont descendre ici, alors là, nous aurons un véritable problème.

Glenn Hudson fit signe à ses hommes de le laisser passer. Aodhan roula sur la rampe de béton et attendit que le mur glisse devant lui.

En fonçant dans la rue que des équipes de construction colmataient de leur mieux, Aodhan se rappela la sortie qu'il avait faite à Toronto, après le Ravissement. Longueuil se trouvait dans le même état. Il fit d'innombrables détours pour retrouver la route 116 et, à un certain moment, il n'eut d'autre choix que de circuler sur la voie du chemin de fer. Contrairement aux villes environnantes, la montagne de Saint-Bruno ne semblait pas avoir autant souffert du séisme. Était-ce parce que les disciples de Cael y avaient élu domicile ? Bénéficiaient-ils d'une protection supplémentaire ?

Son arrivée à moto entre les tentes qui bordaient la route de terre fut tout de suite remarquée. En quelques minutes à peine, les hommes et les femmes se rassemblèrent autour de lui et il fut forcé d'abandonner son véhicule. Ils le conduisirent à pied sur le flanc de la montagne, où ils avaient construit une plate-forme couverte. Ce n'est qu'une fois sur la scène que l'Amérindien comprit l'ampleur de la mission que lui avait confiée Madden. Ces gens réunis devant lui vivaient sous la tente, n'avaient presque rien à manger et buvaient l'eau de pluie qu'ils recueillaient dans de petits contenants. Malgré tous leurs malheurs, ils continuaient de croire que Dieu ne les avait pas abandonnés, et qu'après tous les cataclysmes annoncés dans la Bible, des jours meilleurs les attendaient.

– Où est Cael ? cria une voix.

L'un des proches du prophète tendit à Aodhan un micro relié à un amplificateur, lui-même branché à une génératrice.

– Il est toujours à Jérusalem, affirma l'agent de l'ANGE.

– Reviendra-t-il bientôt ?

– Je n'en sais rien.

– Combien d'épreuves devrons-nous encore surmonter avant le retour de Jésus ?

Aodhan n'en savait franchement rien. Il avait lu les textes sacrés ainsi que leurs nombreuses interprétations, tant religieuses que scientifiques. Il connaissait la chronologie approximative des sept années précédant la fin du monde, mais il ne s'était pas attardé sur la description de tous les désastres que la Bible renfermait.

Il voulait calmer les craintes des disciples, mais pas leur mentir en inventant un chiffre au hasard. Il se mit donc à marcher de long en large en se torturant l'esprit pour trouver une réponse. C'est alors qu'il aperçut à la droite de la plate-forme, au-delà des quelques fidèles qui s'y trouvaient, une silhouette familière se déplaçant très lentement entre les arbres qui peuplaient le flanc de la montagne.

– Grand-père ? s'étonna-t-il.

Le vieux chaman, qui avait pourtant quitté cette vie, planta son regard dans celui d'Aodhan et lui parla, même si ses lèvres ne bougeaient pas.

– *Tu n'as pas suffisamment confiance en toi, fils du feu. Tu n'es pas ici pour prononcer un sermon de ton cru, mais pour servir de relais à celui qui a besoin de leur parler. As-tu déjà oublié tous mes enseignements ?*

– Non, je n'ai rien oublié.

– *Alors fais ce que tu dois.*

La vision s'estompa, laissant l'Amérindien dans la confusion la plus totale.

– Mais il n'a jamais été question de relais… fut-il forcé de constater.

Il se posta sur le devant de la scène et leva les bras pour faire taire la foule. Graduellement, le silence se fit.

– Je suis ici pour permettre à Cael de s'adresser directement à vous, déclara-t-il.

– Comment ? voulut savoir une femme. Personne n'arrive à capter quoi que ce soit en provenance de Jérusalem !

– Je vais lui ouvrir mon esprit et lui prêter ma voix.

Un murmure d'émerveillement parcourut l'assemblée.

– Mais pour que je puisse accomplir ce miracle, j'ai besoin de vous.

– Dis-nous quoi faire, Aodhan !

– Priez avec moi ! Aidez-moi à le recevoir !

Ils entonnèrent alors des mantras que Cael lui-même leur avait enseignés. L'Amérindien s'assit en tailleur et se mit à chanter avec les disciples. Soudain, au milieu des voix, il entendit les tambours de son enfance. Leur cadence finit par le plonger dans un état de transe. Il remonta lentement le micro à ses lèvres, mais la voix qui s'en échappa n'était plus la sienne.

– Enfants de Dieu, je vous salue, fit celle de Madden.

Des cris de joie fusèrent de la foule.

– Si je peux vous parler maintenant, c'est grâce aux dons que le Père a accordés à Aodhan. Pour ceux qui ne le savent pas encore, tandis que je me rendais au Jourdain, l'armée a tenté de m'arrêter.

Des disciples se mirent à injurier les soldats.

– Je vous en conjure, faites preuve d'amour et d'indulgence envers nos ennemis, car, contrairement à vous, ils n'ont pas encore vu la lumière. Je devais leur échapper pour poursuivre ma mission, mais les événements qui ont suivi m'ont pris de court. Au lieu de me retrouver aux mains de l'armée, j'ai été enlevé par un groupe dissident qui ne comprend pas ce qui se passe en Israël. J'ai réussi à m'enfuir et je me cache dans le désert, en attendant que les esprits se calment.

– Dis-nous où tu es et nous irons te prêter main-forte !

– Ce n'est pas ce que le Père attend de vous. Je ne peux pas être partout à la fois, alors c'est à vous qu'il incombe de sauver tous les méritants du Québec. Je transmettrai le même message aux autres groupes qui sont dans votre situation partout au Canada et aux États-Unis. J'aurais aimé me rendre dans tous les pays du monde, mais cela m'était physiquement impossible. J'ai donc enregistré mes conférences et je les ai diffusées sur Internet. Toutefois, les ordinateurs ne fonctionnent pas, en ce moment. Vous êtes donc le seul moyen qu'il me reste de propager la bonne nouvelle. Allez et sauvez tous ceux qui n'ont pas le cœur noir. Redonnez-leur de l'espoir, car le Fils de Dieu descendra bientôt sur Terre pour juger les hommes.

– Tu ne reviendras donc plus jamais parmi nous ?

– Vous me reverrez le jour du retour du Christ. Maintenant, agenouillez-vous.

Ils lui obéirent sur-le-champ.

– Je vous envoie mon amour et mon soutien.

Une éclatante lumière blanche enveloppa l'assemblée frappée d'étonnement. Le phénomène prit fin lorsqu'Aodhan perdit conscience et s'écroula sur la plateforme. Les disciples qui s'y trouvaient avec lui se précipitèrent à son secours. Ils lui tapotèrent le visage et l'aidèrent à s'asseoir.

– Que s'est-il passé ? articula l'Amérindien.

– Tu as accompli un miracle.

– Moi ?

L'admiration sur le visage des disciples lui donna le vertige. S'il avait accepté de prendre soin du troupeau de Cael en son absence, il n'avait pas du tout l'intention de devenir lui-même un prophète. « Et ce n'est pas tout ce que tu feras pour eux, lui dit la voix de Cael dans son esprit. Lève-toi. »

Lorsqu'ils virent que l'Amérindien voulait se remettre debout, les disciples le hissèrent sur ses pieds. « Nourris-les, Aodhan. » L'ANGE ne possédait certainement pas les ressources pour alimenter tous ces gens… « Fais taire tes doutes et répète ces mots : jamais le Père ne laissera mourir ses enfants de faim. » Aodhan ramassa le micro et fit ce que lui demandait Madden. De petits pains se mirent à tomber du ciel, comme la manne dont parlait la Bible. « Dis-leur qu'ils en recevront tous les jours jusqu'au retour de Jeshua. » L'Amérindien répéta aussitôt son message. « Merci, mon ami », furent ses derniers mots.

Aodhan descendit de la plate-forme et traversa le village de tentes en observant la gratitude sur les visages des disciples qui mangeaient à leur faim pour la première fois depuis le séisme. S'il était vrai qu'au Québec la destruction n'avait pas été aussi considérable qu'ailleurs dans le monde, il n'en restait pas moins que l'électricité et les services étaient déficients et ne seraient pas rétablis avant des semaines. Les pays qui ne bénéficiaient pas de la protection d'une formation rocheuse aussi solide que le Bouclier canadien mettraient des mois, voire des années, à s'en remettre.

L'agent de l'ANGE remonta sur sa moto et revint à la base sans se presser. La débrouillardise et le courage des Québécois ne cessaient de le fasciner. Même au milieu des répliques, au lieu de paniquer, ils avaient déjà commencé à reconstruire leurs routes et leurs maisons. « Il le faut puisque l'Amérique deviendra la terre d'accueil des futurs martyrs », se souvint-il.

Aodhan fut très surpris, en réintégrant le garage, d'y trouver Mithri. Il gara la motocyclette et s'empressa de la rejoindre.

– Attendez-vous un transport ? s'enquit-il.
– Non. C'est à toi que je désirais parler.
– Pourquoi au milieu du garage ?
– Parce qu'il est surtout équipé de caméras et que le seul micro se trouve près de l'ascenseur.
– Est-ce à propos de ce que vous m'avez demandé au restaurant, l'autre jour ?
Mithri hocha la tête affirmativement.
– Je suis un bon agent, madame Zachariah. J'accomplis toujours ce qu'on me demande de faire, au meilleur de mes capacités. Toutefois, je ne suis pas certain d'avoir ce qu'il faut pour devenir un directeur.
– Tu manques un peu de confiance en toi, mais nous sommes tous passés par-là, à nos débuts.
– Si vous me posez cette question maintenant, c'est que vous êtes sur le point de faire cette nomination, n'est-ce pas ?
– C'est exact.
– Est-il trop indiscret de vous demander dans quelle ville vous avez l'intention de m'envoyer ?
– Je ne t'envoie nulle part.
Aodhan mit un moment avant de saisir ce qu'elle tentait de lui dire à mots couverts.
– Ici ? osa-t-il demander.
– Oui, ici.
– Mais Cédric ?
– Nous avons prévu autre chose pour lui.
– Est-il au courant ?
– Non. C'est pour cette raison que je tenais à te parler en privé. Je voulais te prévenir pour que vous ne soyez pas deux à être sous le choc, lorsque j'annoncerai publiquement vos affectations.
– Pourquoi me l'avoir dit en premier ?
– Parce que tu es non seulement fiable, mais aussi très discret.

– Au point de me dire où sera promu mon patron ?

– Vous le saurez tous très bientôt.

Elle l'accompagna vers l'ascenseur.

– Il est vraiment malheureux que le tremblement de terre ait fait fermer vos bons petits restaurants du coin, déplora-t-elle, une fois sous le micro.

– Nous avons tout ce qu'il nous faut ici pour préparer des repas de gourmet, vous savez, répondit Aodhan en appliquant le cadran de sa montre sur le rond rouge au milieu de l'ascenseur. Mieux encore, je suis un excellent chef.

La porte métallique glissa et il fit signe à Mithri d'entrer avant lui.

– Galant, en plus, apprécia-t-elle. Tu as vraiment tous les talents.

– Attendez de goûter à mes grillades de bison.

Ils se laissèrent emporter jusqu'au corridor central de la base de Montréal.

...014

Cédric était accoudé à sa table de travail, le menton appuyé dans ses paumes, et regardait pour la centième fois les simulations que lui avait procurées Vincent. Il avait envisagé tous les scénarios d'impacts sous différents angles et il en venait toujours à la même conclusion. La seule façon d'éviter cette nouvelle catastrophe, c'était de faire dévier l'astéroïde de sa trajectoire. La NASA avait confirmé à Mithri qu'il était impossible de récupérer les missiles souterrains des États-Unis à temps. Un autre coup de fil au Pentagone avait corroboré ce renseignement. La directrice internationale avait donc fait appel aux bases de l'ANGE qui possédaient des silos pour savoir s'ils étaient opérationnels. En apprenant que la situation n'était guère meilleure dans ses propres installations, la grande dame s'était adressée à l'ONU. Elle attendait d'ailleurs toujours sa réponse.

Refusant de remettre son sort entre les mains de gouvernements qui ne donnaient pas suite à leurs appels, Cédric cherchait une autre solution. « Celui qui a arrêté les missiles au-dessus de Jérusalem ne pourrait-il pas faire la même chose avec un astéroïde ? » songea-t-il.

– Cassiopée, essayez encore une fois de contacter Christopher Shanks.

L'ordinateur n'eut pas le temps de lui répondre que le visage d'un cobra doré se dessina sur l'écran.

– Cassiopée ! hurla Cédric en se levant.

– Quelqu'un essaie d'accéder au module de communication. Je l'isole tout de suite.

L'écran mural redevint normal, mais juste devant, un Brasskins sortit du plancher. Puisqu'il était séparé de lui par son bureau, Cédric sut que les choses n'allaient pas se passer comme à Toronto.

– Quittez immédiatement cette base ou vous mourrez, le menaça le directeur.

– Je vous ai demandé de retirer votre agente d'Israël, répliqua le reptilien d'une voix rauque.

– Et je vous ai déjà répondu que je n'avais pas l'autorité de le faire. Dans quelle langue dois-je vous le dire pour que vous le compreniez ?

– Monsieur Orléans ?

Cédric ignorait si Vincent avait doté l'ordinateur central de Montréal de mécanismes de défense quelconques. Il n'eut cependant pas le temps de lui poser la question. Le Brasskins leva le bras vers la sphère accrochée au bout d'un bras mobile. Des filaments électriques s'échappèrent des doigts du reptilien et frappèrent l'œil de Cassiopée. Ce geste hostile suffit à Cédric pour que son corps se couvre d'écailles bleues.

– Partez ou je ne réponds plus de mes actes, gronda-t-il.

– Nous vous avons longuement observé, Anantas, et nous avons compris que vous n'aviez aucune idée de ce que vous êtes vraiment.

Pendant que les deux reptiliens s'affrontaient, Cassiopée sonna l'alarme. Le timbre électrique se fit entendre à intervalles réguliers dans toute la base. Aux Renseignements stratégiques, Shane, Jonah, Pascalina et Sigtryg échangèrent un regard interrogateur, puisque aucun d'entre eux n'avait participé à un exercice d'urgence. Heureusement, le chef de la sécurité avait été formé pour ce genre de situation. Il fonça dans le corridor avec ses hommes.

– À quoi faisons-nous face ?

– IL Y A UN INTRUS DANS LE BUREAU DE MONSIEUR ORLÉANS.

L'équipe accéléra le pas dans le long couloir, fit irruption dans la salle des Renseignements stratégiques et se plaça en éventail devant la porte du bureau.

– Mais qu'est-ce qui se passe, à la fin ? s'exclama Shane.

Hudson n'avait pas le temps de répondre aux questions des agents.

– Cassiopée, ouvrez cette porte.

Ils virent de petits éclairs courir sur le métal.

– LE MÉCANISME DE LA PORTE VIENT D'ÊTRE NEUTRALISÉ. LE PANNEAU POUR L'OUVERTURE MANUELLE SE TROUVE À GAUCHE DU CADRE.

Pendant que les membres de la sécurité faisaient sauter le couvercle, Vincent et Mélissa arrivèrent à la course, suivis de près par Aodhan et Mithri.

– Quelle est la nature de l'urgence ? demanda aussitôt la directrice internationale.

– UNE INTRUSION.

– Donnez-moi un visuel du bureau de monsieur Orléans.

– MES CAPTEURS ONT ÉTÉ DÉTRUITS, MADAME.

– Dis-nous ce que tu as vu avant de devenir aveugle, la pressa Vincent.

– UN REPTILIEN A TRAVERSÉ LE PLANCHER APRÈS AVOIR TENTÉ DE S'EMPARER DE NOS SYSTÈMES DE COMMUNICATION.

– Il y a un reptilien là-dedans ? s'égaya Jonah qui rêvait d'en voir un.

– Tes circuits auditifs ont-ils aussi été mis hors circuit ? demanda Vincent.

– OUI. JE N'AI AUCUNE FAÇON DE SAVOIR CE QUI SE PASSE À L'INTÉRIEUR.

– À moins que…

Vincent se précipita vers un poste de travail, tandis que Hudson tirait de toutes ses forces sur le levier qui aurait dû permettre à la porte de s'ouvrir.

– On dirait que quelqu'un l'a cimenté sur place, maugréa-t-il.

– Ce reptilien voulait être bien certain de ne pas être dérangé, comprit Mithri.

La dame rejoignit Vincent pour voir ce qu'il tentait de faire.

– Si je peux arriver à m'introduire dans l'ordinateur personnel de Cédric, peut-être aurons-nous au moins un accès audio, déclara Vincent, qui se parlait surtout à lui-même.

– Ces systèmes ont été conçus de manière à ne pas être piratés, lui rappela Mithri.

– Ils sont très coriaces, en effet.

– Cassiopée, pouvez-vous l'aider ?

– UN PROTOCOLE ÉMANANT DE LA DIVISION INTERNATIONALE M'EMPÊCHE DE PRENDRE POSSESSION DES SYSTÈMES PRIVÉS DES DIRECTEURS DE L'AGENCE, MADAME ZACHARIAH. TOUTEFOIS, J'AIMERAIS VOUS SIGNALER QUE MONSIEUR MCLEOD EST PARFAITEMENT CAPABLE D'EFFECTUER CETTE OPÉRATION SANS MOI.

Pendant que Vincent s'évertuait à percer les mécanismes de protection de l'ordinateur de Cédric, Hudson envoya ses hommes chercher des outils.

– Ça y est ! s'exclama l'informaticien. Je n'ai pas de visuel, puisque l'écran a été incliné vers le clavier, mais le micro est en mesure de capter les sons.

Vincent brancha le tout dans les haut-parleurs des Renseignements stratégiques, sans penser un seul instant que son initiative puisse mettre son patron dans l'embarras.

– Les sociétés secrètes comme la vôtre sont responsables de tous les désastres qui se sont abattus sur cette planète depuis des milliers d'années, fit une voix gutturale.

– Il ne faudrait quand même pas exagérer, protesta Shane.

– Tais-toi ! lui ordonna Mélissa.

– J'admets que certaines d'entre elles n'avaient pas le bien-être des êtres humains à cœur, mais ce n'est pas le cas de cette agence, répliqua Cédric.

– Si c'est vrai, alors pourquoi envoyez-vous des tueurs à Jérusalem ?

– Je n'ai rien fait de tel. Sortez de cette base ou vous en subirez les conséquences.

Un grondement de fauve fit sursauter Mélissa. Ils entendirent ensuite le fracas des meubles contre les murs et un bruit de verre cassé.

– Faites quelque chose ! s'écria la jeune femme à l'intention de l'équipe de sécurité.

Hudson était justement en train d'insérer une barre de fer sous le levier manuel et tentait de le soulever. Voyant qu'il n'arrivait à rien, l'un de ses hommes lui vint en aide. Même en utilisant toute leur force, ils ne firent pas bouger la manette d'un seul millimètre.

À l'intérieur du bureau, les deux reptiliens s'affrontèrent d'abord en combat corps à corps, puis voyant que l'Anantas était beaucoup trop fort pour lui, le Brasskins utilisa sa maîtrise des éléments pour prendre l'avantage et se brancha mentalement au système électrique de la base. Sa première décharge causa une grande douleur à Cédric, mais ne le fit pas reculer pour autant. Celui-ci planta ses griffes dans la poitrine de l'intrus afin de l'immobiliser contre le mur et de le mordre à la gorge. Cependant, la seconde décharge lui fit perdre l'usage de ses jambes. Le Brasskins n'eut qu'à le pousser pour qu'il tombe sur le dos.

Au moment où il levait la main pour asséner le coup de grâce à l'Anantas, un autre reptilien doré jaillit du plancher et se plaça entre sa proie et lui, l'empêchant d'achever son geste. Tout ce que les humains entendirent de leur dialogue fut une longue suite de sifflements et de grincements.

– Écarte-toi, Esfir !

– Les Anciens nous ont fait jurer de ne jamais prendre une vie sur cette planète, Iarek.

– C'est la paix pour la multitude qu'ils désirent, et cet homme la menace.

– Il n'est pas responsable de ce qui se passe à Jérusalem.

– Il a envoyé des agents pour tuer le futur président de la Terre.

– Pourquoi t'entêtes-tu à croire une chose pareille ? Il n'occupe pas un rang qui lui permet d'autoriser une telle mission.

– Et toi, pourquoi le défends-tu ?

– Je sais qu'il dit la vérité. C'est toi qui es dans l'erreur.

– Traîtresse !

Iarek bondit sur le reptilien doré qui n'eut pas d'autre choix que de se défendre. En poussant des grondements sauvages, ils se labourèrent les bras de leurs longues griffes, mais ne cherchèrent pas à porter de coups mortels. Si les Brasskins n'étaient pas censés être des meurtriers, les Anantas, quant à eux, n'éprouvaient aucune réticence à éliminer leurs ennemis. Ayant repris la maîtrise de ses membres, Cédric se releva et se porta au secours du reptilien qui avait tenté de le protéger. Comme un fauve, il bondit dans les airs et atterrit sur le dos d'Iarek, lui plantant férocement ses crocs dans la nuque. Le Brasskins s'écroula comme une marionnette à laquelle on venait de couper tous les fils. Pour sauver sa vie, l'assaillant doré prit la fuite au travers du plancher. Cédric dut lâcher prise lorsque ses dents se cognèrent sur le sol.

L'Anantas demeura immobile quelques secondes, aux aguets, mais son adversaire ne refit pas apparition ailleurs. Hors de danger, il reprit sa forme humaine, presque en même temps que la jeune femme à qui il devait encore une fière chandelle.

– Alexa…

Elle était couchée sur le dos, son chemisier en lambeaux, ses cheveux roux défaits. Cédric se pencha sur elle et constata que les lacérations sur ses bras étaient profondes.

– Cassiopée ! hurla-t-il.

Même si elle pouvait l'entendre par le truchement du relais que Vincent avait établi entre l'ordinateur personnel du directeur et la salle des Renseignements stratégiques, Cassiopée n'avait plus accès au bureau. Elle ne put donc lui répondre. Cédric se précipita dans son placard et en retira la trousse de premiers soins. Il ignorait si l'anatomie des Brasskins différait de celle des humains, mais une perte aussi importante de sang ne pouvait qu'être funeste. Il arracha les manches du chemisier d'Alexa, trouva des garrots et les posa de façon à stopper les hémorragies.

De l'autre côté de sa porte, les secours s'affairaient désespérément à lui venir en aide, mais le dispositif d'ouverture demeurait coincé. C'est alors que le docteur Lawson arriva aux Renseignements stratégiques en poussant un fauteuil roulant, dans lequel était assis Damalis. Son corps humain n'avait pas fini de guérir, mais son corps reptilien, lui, était parfaitement rétabli. En apprenant ce qui se passait, le Naga avait réussi à convaincre Athénaïs de l'emmener jusqu'au bureau de Cédric, car lui seul viendrait à bout de la porte récalcitrante.

– Ce n'est pas une alerte qui nécessite un rassemblement ici, l'informa Shane.

– Nous en sommes parfaitement conscients, monsieur O'Neill, répliqua la femme médecin.

Elle aida le Spartiate à se lever en lui saisissant les bras, puis recula, tandis qu'il se transformait en reptilien. Les membres de la sécurité ne réagirent pas, car ils avaient déjà vu le Naga sous sa véritable apparence. Sigtryg et Pascalina se figèrent, horrifiés, mais les agents, Shane le premier, se tournèrent vers Mithri pour qu'elle leur dise quoi faire. Ils s'étonnèrent de voir de l'émerveillement sur le visage de la directrice internationale.

– Madame Zachariah, vous devriez reculer, lui conseilla Mélissa.

– Je ne crois pas que cet homme soit notre ennemi, répondit la grande dame.

Hudson céda sa place au reptilien vert pâle. Damalis agrippa la barre de fer à deux mains et tira en poussant un grognement rauque. Le levier de métal grinça, puis finit par céder. Dès qu'il fut en position horizontale, la porte du bureau glissa. Athénaïs avança le fauteuil roulant et força son patient à s'y asseoir.

– Vous avez fait votre part, monsieur Martell, lui dit-elle en l'éloignant du groupe. Maintenant, au repos.

Pendant que Hudson, Vincent et les recrues se précipitaient dans le bureau de Cédric, Mithri s'approcha plutôt de Damalis et le vit reprendre sa forme humaine.

– C'est un grand privilège pour moi de rencontrer un Naga, lui dit-elle en souriant.

– Ne jugez pas notre race par le spécimen meurtri que vous voyez là, madame.

– Il n'est pas au meilleur de sa forme, c'est vrai, ajouta Athénaïs, mais il oublie de vous dire qu'il a traversé des épreuves qui auraient tué bien des hommes.

– Je n'en doute pas une seule seconde.

Pendant que Mithri manifestait son admiration pour le traqueur, Hudson, Vincent et les agents s'étaient immobilisés à l'entrée du bureau du directeur, étonnés de ce qu'ils y découvraient. Après avoir entendu les bruits du combat dans les haut-parleurs, ils ne s'attendaient pas à trouver une femme allongée sur le sol devant leur patron. Son chemisier était maculé de sang et Cédric s'affairait à panser les blessures sur ses bras.

– Les sons discordants que nous avons entendus ne pouvaient quand même pas provenir d'elle, laissa échapper Vincent, troublé.

– Appelez tout de suite le docteur Lawson, ordonna le directeur.

Mélissa fut la première à réagir. Elle s'empressa d'aller chercher Athénaïs avant qu'elle retourne à la section médicale. Vincent sortit de sa torpeur et se pencha sur son patron. Il constata qu'il était, lui aussi, couvert de sang.

– C'est elle qui vous a attaqué ?

– Non, elle a tenté de me protéger.

– Contre qui ? s'alarma Hudson.

Arme au poing, il pivota sur ses talons en scrutant tous les recoins de la pièce. Shane et Jonah le secondèrent en allant voir derrière les meubles s'il s'y cachait un agresseur. Ils lui signalèrent tous les deux qu'il n'y avait personne.

– Il s'est enfui, ajouta Cédric.

– Certainement pas par la porte de votre bureau qui refusait de s'ouvrir, lui fit remarquer Shane.

– Non, monsieur O'Neill, par le plancher.

– Il y a des trappes dans les bureaux des directeurs ? s'étonna Jonah.

Pour en avoir le cœur net, les jeunes examinèrent attentivement le sol sous leurs pieds.

– Vous perdez votre temps, les avertit Vincent qui avait vu tous les plans de la base. Il n'y a qu'un seul accès et il était bloqué. Certains reptiliens possèdent le pouvoir de traverser la matière, comme les Nagas, par exemple.

Le docteur Lawson écarta les agents pour se rendre jusqu'à la femme inconsciente.

– J'ai besoin de plus d'espace, réclama-t-elle.

Hudson fit sortir tout le monde, mais demeura aux aguets derrière Cédric. Si son assaillant s'était infiltré dans son bureau une fois, il pouvait fort bien le faire deux fois. La femme médecin commença par vérifier les signes vitaux de l'inconnue.

– Qu'on m'apporte une civière, ordonna-t-elle.

Puisque Cassiopée ne pouvait pas les entendre, Hudson relaya sa requête à ses hommes demeurés dans la salle des Renseignements stratégiques.

– Vous avez bien fait d'arrêter les hémorragies, indiqua-t-elle à Cédric.

En le disant, elle remarqua l'entaille sous son oreille qui se poursuivait jusque dans son cou.

– Laissez-moi voir ça, exigea-t-elle avant qu'il se dérobe.

Athénaïs souleva les boucles noires du directeur et examina plus attentivement la plaie.

– Vous allez me suivre à l'infirmerie, l'avertit-elle.

Cédric ne protesta pas, car il ne se sentait pas très bien. Lorsque les membres de la sécurité firent rouler la civière dans son bureau, il se releva avec beaucoup de difficulté. Hudson comprit aussitôt qu'il était le seul à pouvoir l'aider sans froisser son orgueil. Il lui prit donc le bras, lui permettant de s'appuyer sur lui pour marcher jusqu'à la section médicale de la base.

Lorsqu'ils l'atteignirent enfin, Damalis était déjà allongé dans son lit, reposant ses jambes. Hudson accepta de remplir les fonctions d'assistant du médecin.

– Déshabillez-le et couchez-le sur la table d'examen, ordonna la femme médecin. Surveillez-le bien, monsieur Hudson, car il a perdu beaucoup de sang et il pourrait bien défaillir dans vos bras.

Pendant que le chef de la sécurité suivait ses directives à la lettre, Athénaïs s'occupait de l'inconnue aux longs cheveux roux. Elle nettoya et referma les lacérations sur sa poitrine et ses épaules, puis entreprit de défaire les bandages sur ses bras.

– On dirait qu'elle a été attaquée par un tigre, commenta-t-elle.

– Par un reptilien, rectifia Damalis qui observait son travail. La plupart ont des griffes aussi longues et aussi puissantes que celles des grands fauves.

– Pourquoi s'en prennent-ils à l'ANGE, tout à coup ?

– Ils croient que monsieur Orléans a envoyé des assassins à Jérusalem pour tuer Asgad Ben-Adnah, expliqua Hudson, qui avait entendu la conversation entre Cédric et son assaillant.

– Un directeur régional ne possède pas ce niveau d'autorité, s'étonna Athénaïs en recousant les plaies d'Alexa.

– C'est ce que je m'entête à lui dire, murmura Cédric, au bord de l'évanouissement.

– Parce que ce n'est pas la première fois qu'il vous menace ?

– Il m'a agressé à Toronto.

La femme médecin enfonça un cathéter dans le bras de sa patiente et y fit couler le sérum goutte à goutte.

– C'est à votre tour, annonça-t-elle en s'approchant de Cédric.

En contrôlant ses signes vitaux, elle constata qu'il était en bien plus grave état qu'elle l'avait cru.

– Cassiopée, quel est le type sanguin de monsieur Orléans ? demanda-t-elle.

– Je suis encore capable de parler... lui fit remarquer Cédric.

– O POSITIF... NORMALEMENT.

Athénaïs arqua un sourcil.

– Je ne suis pas certaine de comprendre cette réponse.

Cédric ferma les yeux en inspirant profondément. Dès qu'il se serait remis de ce malheureux incident, il effacerait lui-même la personnalité de cet ordinateur.

– C'est son type de sang lorsqu'il est sous sa forme humaine, voulut clarifier Damalis.

Athénaïs faillit laisser tomber le tampon et la bouteille d'antiseptique avec lesquels elle nettoyait l'entaille dans le cou du directeur.

– Ne me dites pas qu'il est comme vous ?

– Il vous en parlera lui-même, lorsqu'il en aura envie, chère dame.

La femme médecin reprit son sang-froid et poursuivit la désinfection des plaies sur les bras du directeur. Il fallait vite refermer celle dans son cou. Cédric serra les dents pour supporter la douleur des points de suture qu'Athénaïs lui fit sans anesthésie.

– Si vous n'aviez pas autant besoin de repos, je vous ferais parler tout de suite, déclara-t-elle.

Immobile de l'autre côté de la civière, Hudson aurait aimé lui aussi entendre ses réponses. Cependant, Cédric n'était nullement en état de se confier. Sa vue commençait à se brouiller et une grande lassitude s'emparait de lui. Bientôt, la voix d'Athénaïs lui parut de plus en plus lointaine, jusqu'à ce qu'il ne l'entende plus du tout.

– Il a perdu connaissance, constata la femme médecin. Ce sera tout, monsieur Hudson. Je peux faire le reste toute seule.

– N'hésitez pas à m'appeler si vous avez besoin de moi.

Athénaïs alla chercher une poche de sang et procéda à une transfusion avant d'être obligée d'annoncer à Mithri Zachariah qu'elle venait de perdre un autre de ses directeurs. Elle appliqua des électrodes sur son patient et alluma l'indicateur du rythme cardiaque relié aux appareils de contrôle au-dessus de sa tête. Satisfaite de son état de santé, elle retourna à la jeune femme qui n'avait pas repris conscience, jeta un dernier coup d'œil à ses blessures et remonta la couverture jusqu'à son menton. Puis, elle se retourna vers le Spartiate en se croisant les bras.

– Dites-moi ce que vous savez, Damalis, exigea-t-elle.

– Je n'ai pas du tout envie de me faire expulser d'ici avant de pouvoir marcher convenablement.

– Je vous donne ma parole que monsieur Orléans ne fera rien de tel.

Elle se rapprocha de son lit avec un air guerrier.

– Vous êtes très séduisante lorsque vous voulez obtenir quelque chose à tout prix, la complimenta-t-il.

– N'essayez pas de changer de sujet. Lorsqu'il n'est pas sous sa forme humaine, est-il un reptilien comme vous ou un autre type de créature, comme il semble en pulluler dans l'Agence ?

Le Spartiate garda d'abord le silence, se demandant si elle était prête à entendre que la moitié de la population de la Terre n'était pas humaine.

– Se recouvre-t-il d'écailles, lui aussi ?

– Oui… mais elles sont bleues.

– Donc, tout comme nous qui naissons avec les cheveux blonds, bruns, roux ou noirs, les reptiliens ont aussi des couleurs différentes ?

– C'est plus compliqué que ça.

– Si vous ne satisfaites pas ma curiosité, je vous injecterai un sérum de vérité.

Damalis éclata de rire.

– S'il y avait eu des femelles chez les Nagas, déclara-t-il lorsqu'il se fut calmé, vous auriez été parfaite.

– Je retiens le compliment.

Mithri Zachariah choisit ce moment précis pour venir s'informer de l'état de santé de son directeur.

– Nous avons de la compagnie, docteur Lawson, fit le Spartiate en regardant au-delà de la femme médecin.

Athénaïs se retourna et aperçut la grande dame à la porte de l'infirmerie.

– Puis-je entrer ? demanda Mithri.

– Oui, bien sûr, madame. Il n'y a personne de contagieux, ici.

Mithri s'approcha de Cédric et posa un regard inquiet sur son visage pâle.

– Il s'en tirera, la rassura Athénaïs. Sa constitution est étonnante.

– Je sais. Auriez-vous une objection à ce que je m'entretienne avec votre singulier patient ?

– Pas du tout. Je vais en profiter pour rédiger mon rapport de la soirée dans mon bureau.

La femme médecin quitta l'infirmerie pour aller s'enfermer dans la pièce de l'autre côté du couloir, où elle conservait les dossiers et les formulaires de l'ANGE.

– Comment saviez-vous que je suis un Naga ? la questionna Damalis.

– C'est que là d'où je viens, j'ai souvent entendu parler d'un célèbre représentant de votre race.

– Un *varan*, j'imagine.

– Oui, mais le gène des traqueurs n'était pas actif chez lui et, pourtant, deux mille ans après sa mort, on parle encore de lui. Il a combattu les Dracos à sa façon, en propageant la connaissance et en détruisant leurs mythes mensongers.

– On dirait que vous essayez de me transmettre un message.

– Si vous n'aviez pas un rôle à jouer dans l'univers, vous ne seriez pas ici, monsieur Martell.

– Je croyais que c'était de débarrasser les humains du joug des Dracos, mais puisque j'ai misérablement échoué dans ma mission de tuer leur reine et que j'ai perdu du même coup tous ceux que j'aimais, je ne suis peut-être pas doué pour les devinettes.

– Votre véritable mission est peut-être de protéger une autre personne qui sera importante dans les événements à venir.

Damalis n'y avait jamais songé.

– Je vois qu'il ne vous manque qu'un peu de force dans les jambes pour reprendre du service actif, poursuivit la grande dame.

– Un peu ? répéta le Spartiate avec amusement. Les os de mon corps humain sont désormais reliés entre eux par des boulons en métal et mes muscles ne savent plus ce qu'ils doivent faire. Et puisqu'il est dangereux de se promener en ville sous une forme reptilienne, comment voudriez-vous que j'assure la protection de qui que ce soit.

– Avez-vous la foi ?

– Je l'ai déjà eu, lorsque j'étais jeune. J'ai perdu toute conviction, le jour où j'ai trouvé mes parents adoptifs assassinés au retour de l'université. Je me suis dit que s'il y avait vraiment eu un Dieu, il n'aurait pas permis que six enfants soient jetés à la rue.

– Et si Dieu avait retardé les assassins pour qu'ils ne trouvent pas ces enfants dans la maison au moment où ils ont commis leur crime ? Cela vous aiderait-il à le voir sous un angle différent ? Le Bien combat le Mal depuis toujours, monsieur Martell, mais il arrive parfois que les serviteurs de Satan soient plus nombreux que ceux du Seigneur. Comme vous l'avez sans doute constaté vous-même, ces dernières années, l'armée du Prince des Ténèbres est devenue plus importante qu'avant. Il n'est pas toujours possible aux anges de contrecarrer ses plans.

– Je ne comprends pas ce que vous tentez de me dire.

– Il n'est pas essentiel de tout saisir du premier coup, vous savez. Prenez le temps d'y penser.

Comme une mère, Mithri se pencha sur lui et l'embrassa sur le front. Une irrésistible envie de dormir s'empara de Damalis et il ferma les yeux avant même que la directrice se soit relevée.

Lorsqu'il revint finalement à lui, Cédric ne comprit pas tout de suite pourquoi il reposait à l'infirmerie. Il releva doucement la tête, malgré la douleur que ce mouvement lui causait, et examina son environnement. Damalis dormait dans son lit et, un peu plus loin, Athénaïs s'était assoupie sur une civière. Tout comme lui, elle habitait dans l'immeuble en face de la base, mais depuis le tremblement de terre, des ouvriers s'affairaient à en réparer les fondations et plusieurs locataires avaient décidé d'aller vivre ailleurs, temporairement. La femme médecin avait élu domicile à la section médicale.

Cédric poursuivit son évaluation des lieux. En tournant la tête à gauche, il aperçut Alexa, couchée sur une civière. Réveillée, elle aussi, elle esquissa un faible sourire lorsque leurs regards se croisèrent.

– J'imagine que les vôtres vont maintenant vous traiter en paria, murmura Cédric pour ne pas réveiller le médecin.

– C'est malheureusement ce qui arrive lorsqu'on ne partage plus les buts de son clan…

– Je ne sais pas quoi faire pour vous montrer ma gratitude.

– C'est plutôt moi qui devrais vous remercier, monsieur Orléans, car vous m'avez permis d'ouvrir les yeux. Iarek et ses partisans sont en train de trahir les idéaux des Anciens. Nous ne pourrons pas empêcher par la violence cette guerre qui approche.

– Comment les nations peuvent-elles penser à se battre, alors qu'elles viennent de subir un terrible cataclysme naturel ?

– Il faut être reptilien pour raisonner aussi logiquement et, par-là, je n'inclus pas les Dracos. Les humains sont influençables.

Cédric garda le silence pendant quelques secondes, puis voulut savoir si les blessures de la jeune femme étaient mortelles.

– Je m'étonne que vous en sachiez si peu au sujet des différentes races et de leurs pouvoirs, lui dit Alexa.

– Dans ce cas, instruisez-moi.

Un sourire mystérieux se dessina sur les lèvres de la Brasskins, tandis qu'une douce lumière dorée l'enveloppait. Cédric vit se refermer les plaies de ses bras, comme par enchantement. Alexa décrocha le cathéter et posa les pieds sur le sol.

– Savez-vous où sont rangées les chemises pour les patients ?

– Non… balbutia Cédric, qui admirait les formes parfaites de son corps.

Elle alla donc fouiller sans bruit dans les armoires, jusqu'à ce qu'elle trouve ce qu'elle cherchait. Elle enfila le vêtement et revint vers le directeur.

– Ça ne correspond pas tout à fait à mon style, mais ça ira, plaisanta-t-elle.

Il se surprit à penser que tout lui allait à merveille, même cette ample chemise bleue, agrémentée de petits nuages blancs…

– Vous êtes un Anantas, ce qui fait de vous un membre de la race de reptiliens la plus rare sur cette planète. Contrairement à la reine Dracos qui pond des milliers d'œufs et qui réussit à sauvegarder la moitié de ses enfants pour ensuite les placer dans des positions de pouvoir à tous les niveaux de la vie humaine, la reine des Anantas ne met au monde, durant sa vie, que quelques petits.

– Suis-je sorti d'un œuf ?

– Probablement. Tous les reptiliens ont des points communs. Ils ne peuvent conserver indéfiniment leur forme humaine, à moins d'avoir recours à des artifices variés, comme de la poudre d'or. Ils ont tous une alimentation à base de viande crue, sauf les Brasskins. Aussi, ils craignent tous les Nagas.

Alexa jeta un coup d'œil furtif à Damalis qui dormait comme un bébé à quelques pas d'eux.

– Je ne m'explique pas qu'il soit dans votre base et qu'il n'ait pas encore tenté de vous tuer, s'étonna-t-elle.

– Peut-être sommes-nous en train d'évoluer ? Je suis un Anantas et je ne cherche pas à dominer le monde.

– Peut-être bien… mais ce n'est pas ce que j'essaie de vous faire comprendre, en ce moment. Parmi toutes les races de reptiliens, il n'y en a que quatre qui possèdent des pouvoirs qui dépassent la compréhension des humains, soit les Anantas, les Brasskins, les Orphis et les Nagas. Certains Naas ont aussi la capacité d'absorber quelques-unes des facultés des races magiques. Ce sont les Anantas qui sont les plus puissants de tous.

– Vraiment ?

– Qui vous a élevé ?

– Ma mère et mon père, évidemment.

– Deux Anantas ?

– J'ai toujours cru qu'ils étaient Neterou, mais on m'a laissé entendre que ma mère était sans doute Anantas.

– Alors, pourquoi ne vous a-t-elle jamais appris à utiliser vos pouvoirs ?

– C'est à elle qu'il faudrait poser cette question, mademoiselle Mackenzie.

– Je vous en prie, appelez-moi Alexa.

– Le Brasskins a utilisé un autre nom. Esfir, je crois.

– C'est mon nom de naissance. Tout comme le vôtre est Cristobal, si je me souviens bien.

– Cédric Cristobal Orléans.

– Revenons à notre sujet, si vous le voulez bien. Ce que vous m'avez vu faire, tout à l'heure, vous pouvez le faire aussi.

– Me trouver de quoi m'habiller ?

– Vous avez raison, les temps changent, car les Anantas n'ont pas la réputation d'avoir le sens de l'humour. Je parlais évidemment de ma guérison spontanée. Il va d'ailleurs falloir que j'enlève ces points de suture qui sont de plus en plus agaçants…

– Donc, je pourrais théoriquement refermer moi aussi mes plaies ?

– Pas théoriquement, mais pratiquement.

Elle posa la main au milieu de la poitrine de Cédric, faisant se manifester en lui un désir qu'il n'avait ressenti qu'une fois durant sa vie.

– Ici se trouve la source de tous vos pouvoirs. Vous allez vous concentrer et faire sortir de cet endroit un flux d'énergie que vous ferez circuler dans tout votre corps.

– Maintenant ?

Elle fit oui de la tête.

Cédric se ressaisit et fit ce qu'elle lui demandait. Un sourire illumina le visage d'Alexa tandis qu'elle sentait la puissance naître dans le corps du directeur. Une à une, les lacérations se refermèrent jusqu'à ce qu'il n'en subsiste aucune trace, à part les points de suture.

– Je vais voir si je peux trouver un instrument tranchant, annonça Alexa en retournant dans les armoires.

Au bout d'un moment, elle revint avec un petit ciseau qu'elle utilisa pour couper et extraire les fils synthétiques. Elle tendit ensuite le ciseau à Cédric qui répéta l'opération sur elle.

– Vous voulez une chemise ornée de nuages ? le taquina-t-elle.

– J'ai des vêtements de rechange dans mon bureau.

Il s'enveloppa dans son drap. Elle lui tendit la main et il ne put y résister. Comme deux adolescents en cavale, ils traversèrent la base en direction des Renseignements stratégiques. Ils avaient été capables de ne pas attirer l'attention, jusqu'à ce qu'ils arrivent au centre névralgique, où il y avait toujours quelqu'un. Lorsque la porte chuinta, Pascalina tourna la tête pour voir lequel des agents souffrait encore d'insomnie. Elle fut incapable de réprimer un sourire en apercevant son patron déguisé en dieu grec.

– Est-ce que le docteur Lawson sait que vous vous êtes échappés de l'infirmerie ? demanda la technicienne.

– Non, et elle n'en saura rien, répliqua Cédric.

Les deux reptiliens poursuivirent leur route jusqu'au bureau dont on maintenait la porte ouverte, jusqu'à ce qu'on répare son mécanisme ainsi que l'œil de Cassiopée qui pendait en morceaux au bout du bras mobile. Cédric ouvrit la penderie encastrée dans la bibliothèque et trouva ce qu'il cherchait. Les hommes de Hudson avait remis les meubles à l'endroit et ramassé tout ce qui était cassé, mais tout à coup le directeur ne se sentait plus chez lui dans cette pièce. Il s'habilla en tournant le dos à la Brasskins. Lorsqu'il fut de nouveau décent, il se retourna vers elle. À son grand étonnement, elle avait enfilé l'un de ses pantalons noirs et une chemise blanche trop grande pour elle.

– Si nous n'étions pas au milieu de la nuit, je vous demanderais de m'emmener dans les boutiques, plaisanta-t-elle.

Dans un geste qu'il ne comprit pas lui-même, Cédric fit un pas vers Alexa, l'agrippa par la nuque et l'attira brutalement contre lui. Il l'embrassa comme si elle avait été sa maîtresse depuis toujours, et Alexa, qui ressentait la même attirance pour lui, anima ce baiser de passion.

– N'y a-t-il vraiment pas moyen de fermer cette porte ? chuchota-t-elle en cherchant son souffle.

– J'ai une meilleure idée.

Reprenant contenance, le directeur fouilla dans le tiroir de la table de travail et en retira une clé. Il prit ensuite la main de la jeune femme et l'entraîna une fois de plus à travers les Renseignements stratégiques en faisant bien attention de ne pas regarder Pascalina, qui se retenait pour ne pas rire. Le couple courut dans le couloir.

– Monsieur Orléans, je ne perçois aucun danger, fit Cassiopée qui ne comprenait pas pourquoi il fuyait avec l'étrangère.

– Je suis seulement pressé d'aller dormir, répondit Cédric en s'arrêtant devant l'ascenseur.

Heureusement, les règlements de l'ANGE défendaient aux médecins de retirer les montres du personnel lorsqu'ils avaient à le traiter. Le directeur put donc se rendre jusqu'à la surface en utilisant son cadran et accéder à l'immeuble où il logeait, après avoir traversé les échafaudages des ouvriers. Il n'avait pas refermé la porte de son appartement qu'Alexa lui arrachait ses vêtements.

– Un Anantas et une Brasskins, est-ce prudent ? s'inquiéta-t-il.

Pour toute réponse, elle le fit reculer jusqu'à son lit et le fit basculer.

...015

Après l'explosion de la caverne, en Colombie-Britannique, qui avait annihilé sa dernière couvée, Perfidia s'était montrée discrète. Blessée au thorax, lorsque la détonation l'avait projetée à l'extérieur de la montagne, elle avait réussi à échapper à l'équipe de l'ANGE dépêchée sur les lieux, car ses ailes n'avaient pas été brisées. Pour se soustraire à toute détection, elle était montée vers le nord, où la population était moins dense, et s'était finalement arrêtée dans une petite ville, à bout de forces. Les Dracos détestaient le froid, alors Perfidia avait choisi d'y vivre jusqu'à ce qu'elle soit rétablie, persuadée que personne ne penserait à la chercher sous ces latitudes.

Elle avait repris sa forme humaine dans une ruelle, derrière les établissements commerciaux, nue comme un ver. Au contact de la neige, ses pieds avaient cessé de la supporter, et elle était tombée la tête la première dans ce linceul glacé. Un homme qui était sorti pour jeter des ordures dans un conteneur l'avait aperçue et avait aussitôt appelé le 911. La reine des Dracos s'était réveillée à l'hôpital, sous une chaude couverture. Les infirmières lui avaient demandé ce qui lui était arrivé afin de confirmer l'hypothèse qu'elle avait bien été victime d'un acte criminel. Perfidia avait répondu qu'elle s'était écrasée non loin de la ville. Les pauvres femmes crurent qu'il s'agissait d'un accident d'avion.

Habituellement, la reptilienne utilisait le nom de Karyn Décarie lorsqu'elle voyageait, mais puisqu'elle ne voulait pas être retrouvée, elle fit semblant de souffrir d'amnésie. Le médecin lui dit qu'un grand choc causait parfois des pertes de mémoire temporaires et qu'elle finirait par se souvenir de son identité. La police locale enquêta sur la possibilité d'un écrasement d'avion, mais les compagnies aériennes affirmèrent n'avoir perdu aucun appareil. Sans doute s'agissait-il d'un petit monomoteur privé. Des recherches furent entreprises dans les environs, mais aucun aéronef ne fut découvert. Il leur faudrait donc attendre que la mystérieuse femme puisse expliquer les circonstances de son accident.

Perfidia n'était nullement pressée de livrer ses secrets. Comme sa constitution était exactement la même que celle des humains lorsqu'elle adoptait leur apparence, personne ne suspecta qu'elle était reptilienne. Elle reprit donc lentement des forces aux frais du gouvernement canadien. Contrairement à Damalis, son agresseur, qui, une fois éjecté de la caverne, s'était changé en homme avant de s'écraser au sol et de dégringoler le flanc du volcan, la reine des Dracos avait conservé son apparence originale. Pour cette raison, elle n'avait pas subi autant de blessures que lui et, quelques semaines après son arrivée aux urgences, elle marchait déjà dans les couloirs de l'hôpital, à la recherche d'alliés. Même si la chair et le sang étaient son menu de prédilection, Perfidia pouvait manger n'importe quoi. Elle n'avait même pas besoin de poudre d'or pour maintenir son enveloppe humaine. Toutefois, rien ne l'empêchait de regarder du coin de l'œil les beaux infirmiers qui circulaient dans les étages.

Puisqu'elle s'était complètement remise de ses blessures, mais que la mémoire lui faisait encore défaut, les administrateurs la transférèrent dans une maison de repos pour libérer son lit. C'est là qu'elle fit la connaissance de Frédéric Branson, le maire de la ville. Perfidia n'eut qu'à plonger le regard dans celui de cet homme d'une cinquantaine d'années pour déceler son appartenance à la communauté reptilienne. À leur premier baiser, elle découvrit qu'il était un roi Dracos, invoqué par le culte satanique de la région. Tout rentrait dans l'ordre, petit à petit.

Perfidia profita du grand tremblement de terre pour quitter son refuge, en compagnie du maire. Vêtus de vêtements chauds, ils partirent en motoneige vers le nord, où se trouvait une importante installation scientifique, qui étudiait les changements climatiques. Les quatre savants furent bien surpris de voir arriver le couple, quelques jours après le séisme. Au début, ils crurent qu'ils étaient venus s'assurer que la fureur des éléments n'avait rien endommagé, car Perfidia leur posait beaucoup de questions sur leur équipement. Ils comprirent trop tard qu'ils ne figuraient pas dans les plans de la reine, qui les tua un à un, pour s'en régaler avec son nouveau roi.

Étant donné qu'elle ne ressentirait le besoin de se reproduire que l'année suivante, Perfidia prit son temps pour aménager la station en vue de cet important événement. Elle débarrassa les salles de tout ce qui était superflu et continua d'étudier l'équipement. Branson s'y connaissait un peu en informatique, mais surtout, il était très intelligent. Même si les autorités étaient aux prises avec les conséquences du tremblement de terre, il leur transmettait régulièrement les rapports des savants pour éviter d'éveiller tout soupçon. Lorsque Perfidia lui exposa enfin son plan diabolique, il s'absorba dans l'étude de la radiodiffusion et du brouillage volontaire des ondes. La reine poursuivit ses préparatifs prénatals en attendant qu'il lui annonce que tout était prêt. Alors, elle vint s'asseoir devant le micro, croisant ses longues jambes. L'heure de sa vengeance venait de sonner.

La reine des Dracos régnait sur cette planète depuis des centaines d'années. Longtemps, elle s'était contentée de concevoir les futurs dirigeants du monde, sans se préoccuper de politique. Elle se rendait compte aujourd'hui que cettc négligence avait été une grave erreur. Ses enfants avaient laissé trop de latitude aux humains et ne s'étaient pas suffisamment imposés sur la scène mondiale. Avec la montée d'un puissant Anantas au Moyen-Orient, les reptiliens inférieurs ne savaient plus à qui prêter allégeance. Il était plus que temps qu'elle prenne la situation en main.

– Es-tu bien certain que tous m'entendront ? demanda Perfidia à son amant.

– Absolument certain. J'ai trafiqué le logiciel qui envoie les signaux de détresse à tous les postes de radio du pays et je l'ai aussi programmé pour que tout message soit dirigé vers tous les satellites connus. Ceux qui possèdent des récepteurs l'entendront.

– Je t'adore…

Branson écarta les longs cheveux noirs de Perfidia et l'embrassa sur la nuque. La reine attendit qu'il se soit installé plus loin avant de transformer son visage, qui s'allongea jusqu'à ressembler au museau d'un dragon immaculé.

– Vas-y, l'encouragea le roi en appuyant sur une touche du clavier.

Perfidia émit alors de longs sifflements, tantôt aigus, tantôt graves. Son message ne dura que deux minutes, mais il sema la terreur chez les reptiliens qui n'étaient pas des Dracos. Tous les dirigeants d'entreprise, peu importe leur secteur d'activité, ainsi que les hauts gradés de la police et de l'armée reconnurent la voix de leur mère. Ce qu'elle exigeait maintenant d'eux n'allait pas les rendre très populaires et en ferait des cibles plus faciles pour les Nagas, mais ils ne pouvaient pas lui désobéir. Tandis que les satellites diffusaient progressivement les ordres de la reine dans les différents pays, une vague de stupeur se mit à déferler sur la communauté reptilienne.

Il était encore très tôt lorsque Shane O'Neill vint s'installer à sa console des Renseignements stratégiques, une tasse de café à la main.

– Insomnie ? voulut savoir Sigtryg.

– Dans une base aussi moderne, on s'attendrait à trouver des lits confortables, mais ce n'est pas du tout le cas. J'ai l'impression de dormir sur une planche de bois.

– C'est mieux pour le dos.

– Peut-être bien, mais pas pour le sommeil.

Shane ajusta le casque d'écoute sur sa tête pour entendre les actualités sans importuner le technicien et tapa la commande d'accès sur le clavier. La plupart des stations de radio faisaient état du nombre croissant de morts à la suite des tremblements de terre, car on continuait de déterrer d'autres corps. L'agent de l'ANGE prit une gorgée de café et s'apprêtait à entrer les nouveaux renseignements dans la base de données, lorsque la voix de l'annonceur fut remplacée par d'horribles grincements.

– Cassiopée, qu'est-ce qui se passe ? s'exclama-t-il, croyant que le système de communication faisait encore défaut.

– C'EST DU REPTILIEN, MONSIEUR O'NEILL, MAIS JE NE POSSÈDE AUCUNE RÉFÉRENCE DANS MA PROGRAMMATION POUR VOUS LE TRADUIRE.

– Enregistrez tout !

La transmission ne dura pas longtemps et les nouvelles se poursuivirent le plus normalement du monde, si bien que Shane se demanda si ce message s'adressait uniquement à la base de Montréal. Il demanda donc à l'ordinateur central de déterminer le périmètre de diffusion.

– Il semble que toutes les stations de l'Amérique l'aient reçu. J'effectue des vérifications ailleurs.

– Il n'y a qu'une seule façon de savoir ce qu'il signifie. Cassiopée, suivez-moi.

– Mais je suis déjà partout, monsieur O'Neill.

– C'est très bien. Continuez.

Shane se rendit à l'infirmerie et s'approcha prudemment du lit de Damalis. Dans son bureau, le docteur Lawson dormait sur une civière.

– Que voulez-vous ? fit le Spartiate en ouvrant les yeux.

L'agent s'arrêta à un mètre de lui pour éviter d'être à la portée de ses griffes s'il décidait une fois de plus de se changer en monstre vert.

– J'ai un petit service à vous demander, monsieur Martell.

– De quoi s'agit-il ?

– Je viens d'entendre un message discordant de nature reptilienne à la radio et j'aimerais en connaître la signification avant d'alerter mon patron. Cassiopée, faites-le rejouer, je vous prie.

Les sifflements firent redresser le Naga sur son lit et réveillèrent la femme médecin.

– Ça n'annonce rien de bon… conclut Shane.

– C'est un commandement de la part de la reine des Dracos, traduisit Damalis. Elle ordonne à tous les rois et à tous les princes de sa race de tuer leurs subalternes humains et reptiliens inférieurs et de ne plus faire confiance à personne. Elle avertit aussi les Anantas qu'elle ne supportera pas leur ingérence dans sa domination du monde.

– Rien que ça ?

– C'est tout ce qu'elle a dit.

– Merci, monsieur Martell.

Shane pivota sur ses talons et quitta l'infirmerie.

– Où sont mes patients ? s'alarma Athénaïs.

– Ils n'étaient plus là quand je me suis réveillé, affirma Damalis.

– Cassiopée, localisez monsieur Orléans et la jeune femme que je traitais.

– ILS ONT QUITTÉ LA BASE, PENDANT LA NUIT.

– Dans leur état ? Ont-ils été enlevés ?

– NON, MADAME. ILS SONT PARTIS SUR LEURS DEUX JAMBES. SI VOUS VOULEZ BIEN VOUS RETOURNER POUR ÊTRE FACE À L'ÉCRAN MURAL, JE VAIS VOUS MONTRER.

Athénaïs assista, stupéfiée, à la guérison miraculeuse des blessures de Cédric et de l'inconnue.

– Mais comment ?

– Les Brasskins et les Anantas possèdent des pouvoirs surnaturels.

– La magie n'existe pas, Damalis.

– Alors, disons qu'ils réussissent à accomplir l'inexplicable.

– Cassiopée, où est monsieur Orléans, en ce moment ?

– IL EST DANS SON APPARTEMENT.

– Avec ce que viennent de découvrir ses agents, je crois qu'il devrait revenir à la base, ajouta Damalis. Nous sommes en guerre.

Cassiopée ne comprenait pas comment l'élimination des reptiliens inférieurs pouvait nuire au bonheur des humains, mais elle accepta de ramener le directeur à son poste. Au lieu de lui transmettre un code vert qui indiquait une réunion, elle lui envoya un code rouge pour signaler une urgence.

Cédric s'était endormi auprès d'Alexa, après une longue nuit d'amour. Il ne comprenait pas les émotions qu'il ressentait, ni comment il était possible qu'un Anantas s'éprenne d'une Brasskins. Ce n'était pas non plus une attirance purement sexuelle, puisqu'il se souciait aussi du bien-être de cette femme qui venait de trahir les siens.

Les vibrations de sa montre le tirèrent du sommeil et il jeta un coup d'œil au cadran. Les chiffres qui scintillaient en rouge achevèrent de le réveiller. Il les éteignit, ce qui signala à sa base qu'il avait bien reçu le message et mordilla une oreille d'Alexa jusqu'à ce qu'elle ouvre les yeux.

– Nous aurions dû faire ça avant, susurra-t-elle en allant chercher un baiser sur ses lèvres.

Il l'embrassa, puis se fit violence et la repoussa doucement.

– Rien ne me ferait plus plaisir que de rester au lit avec toi, mais il y a une urgence à la base.

– Pas Iarek, j'espère…

– Je ne sais pas.

Ils firent une toilette rapide, s'habillèrent et empruntèrent le chemin inverse de la veille. Lorsque la jeune femme rousse entra aux Renseignements stratégiques en compagnie de leur directeur, les trois agents de l'ANGE échangèrent un regard amusé.

– Que se passe-t-il ? demanda Cédric.

– Cassiopée, faites-nous entendre l'enregistrement, s'il vous plaît, indiqua Shane.

Le visage des deux reptiliens devint livide.

– Comme si on n'avait pas suffisamment de problèmes… soupira Cédric, découragé.

– De quelle façon pouvons-nous protéger au moins les humains ? demanda Jonah.

– Il faudrait pouvoir identifier tous les rois et princes Dracos de ce monde, et seuls les Nagas sont capables de le faire sans se tromper.

– Recrutons des Nagas, alors, proposa Mélissa.

– Il n'y en a qu'une centaine sur la planète, affirma Alexa.

– Est-ce que nous pourrions savoir qui vous êtes ? s'enquit Shane en levant la main comme un écolier.

– Je m'appelle Alexa Mackenzie. Je travaille au ministère de l'Environnement.

– Ne me dites pas que nous avons construit la base trop près des berges du Saint-Laurent ! se moqua Jonah.

– Ce n'est qu'une couverture, monsieur Marshall, ajouta Cédric. Madame Mackenzie est une Brasskins qui a décidé de nous venir en aide.

– Êtes-vous en danger de mort, tous les deux ? s'alarma Mélissa.

– Autant que je sache, nos patrons ne sont pas des Dracos. Où est Aodhan ?

– IL EST PARTI DÉJEUNER AVEC MADAME ZACHARIAH.

– À l'extérieur de la base ?

– APPAREMMENT, IL EST DEVENU MOINS DANGEREUX DE S'AVENTURER DEHORS.

– La porte de mon bureau a-t-elle été remise en état de fonctionner ? voulut savoir Cédric en pensant qu'il ne ferait pas réparer l'œil de Cassiopée.

– En attendant que Vincent puisse se pencher sur ses problèmes électroniques, les mécaniciens ont débranché le câblage. Elle a ainsi été transformée en porte tout à fait ordinaire que vous pouvez faire coulisser à la main, expliqua Sigtryg.

– Merveilleux.

Cédric s'y enferma avec sa jeune invitée.

– Les femelles Brasskins sont-elles toutes aussi belles qu'elle ? demanda Shane.

– IL N'Y A PAS SUFFISAMMENT DE DONNÉES DANS MA MÉMOIRE POUR VOUS RÉPONDRE, MONSIEUR O'NEILL.

– C'était davantage une remarque qu'une question, madame Cassiopée.

Tandis que les deux reptiliens tentaient de trouver une façon de mettre les humains en garde contre les plans meurtriers des Dracos, à Jérusalem, le général de l'armée venait de terminer son repas de midi, lorsque sa mère lança sa déclaration de guerre. Ovadia se leva, marcha à la fenêtre et regarda les troupes qui s'entraînaient dehors. Comment pourrait-il se passer de tous ses officiers ?

...016

Les Nagas s'étaient entraînés toute la matinée, puis lorsque la chaleur du soleil était devenue insupportable, ils s'étaient assis à l'ombre. Les jumeaux savaient maintenant que le poison de Perfidia ne coulait plus dans les veines de leur maître. Tant sous sa forme humaine que reptilienne, Thierry Morin était redevenu aussi agile qu'avant. La puissance et la rapidité de ses coups étaient légendaires parmi les traqueurs. Au début, les jeunes avaient beaucoup de plaisir à l'affronter en combat singulier, mais depuis qu'il avait repris des forces, ils commençaient à le craindre. Thierry n'avait pas été formé pour devenir mentor, mais pour tuer. Même pendant les exercices, il oubliait souvent à qui il avait affaire. Quant à Cindy, elle ne le regardait plus de la même façon. Elle le trouvait encore plus beau que lorsqu'il était arrivé à Montréal pour traquer des reptiliens. Il était moins insouciant et comprenait que le temps pressait.

Darrell leur lança les gourdes qu'il venait de remplir pour tout le monde. Il n'y avait pas grand-chose à faire dans le désert en début d'après-midi. Neil se mit à jouer avec les boutons du petit poste de radio qu'ils avaient volé dans un village. Ils captèrent d'abord une chaîne en hébreu, puis une en anglais qui diffusait depuis l'Angleterre.

– Darrell, il a le même accent que toi, se moqua Neil.

Les sifflements qui suivirent mirent fin à leur accès de gaieté. N'ayant pas reçu la même éducation que les garçons, Cindy ne comprit pas pourquoi leurs mines devinrent brusquement si sombres.

– Vous êtes fâchés parce qu'on a perdu la fréquence ? demanda-t-elle, en toute innocence.

– Chut ! fit Neil, très inquiet.

Lorsque l'annonceur revint sur les ondes, il ne fit pas mention de cette soudaine interruption.

– Allez-vous finir par me dire ce qui se passe ? exigea Cindy.

– C'était Perfidia, l'informa Thierry.

– La reine des Dracos ?

– Ouais, soupira Darrell. Nous avons de gros ennuis.

– Vous a-t-elle fait des menaces ?

– Par la bande, répondit Neil. Elle ordonne à la haute caste de tuer les reptiliens inférieurs et les humains à leur service.

– Ça représente beaucoup de monde ! s'exclama Cindy.

Thierry se leva et alla se plonger la tête dans la fontaine pour se rafraîchir. Il revint ensuite s'agenouiller devant ses élèves, comme lorsqu'il leur donnait une leçon.

– Que pouvons-nous faire ? demanda Neil quand il eut adopté une posture de respect.

– Il est temps que vous vous mettiez au travail, *varans*, décida le maître.

Neil réprima un cri de joie. Son jumeau, lui, ne cacha pas son inquiétude.

– Normalement, les traqueurs chassent seuls, mais puisque vous avez tout appris ensemble, je crois préférable de vous demander de faire équipe, ajouta Thierry.

– Comment trouverons-nous nos cibles ? demanda Neil.

– Vous ne pourrez pas revenir vers moi, comme je le faisais avec Silvère, et je n'ai pas l'intention non plus de passer le reste de ma vie à ingurgiter les glandes des rois et des princes que vous aurez tués. Je suis un *varan*, moi aussi, et mon rôle est d'éliminer les tyrans. Vous ne devrez pas avaler non plus les glandes de vos cibles, car je sais maintenant qu'il faut y avoir été préparé. Une telle initiative vous rendrait vulnérables. À mon avis, vous n'aurez aucune difficulté à dépister les enfants de Perfidia. Il suffit d'aller là où les subalternes d'un chef quelconque auront mystérieusement trouvé la mort. C'est ainsi que vous saurez que leur patron est un Dracos. Ni vous ni moi ne bénéficierons de l'aide des Pléiadiens, qui nous fournissaient tout ce qu'il nous fallait pour éliminer nos victimes. Nous devrons désormais subvenir seuls à nos besoins.

– Quand partons-nous ?

– Cette nuit, lorsqu'il fera frais.

– De quel côté nous dirigerons-nous ?

– Vous irez vers Tel-Aviv, tandis que je retournerai à Jérusalem. Il ne faut pas laisser les Dracos s'emparer du pouvoir.

– Et les Anantas ?

Les yeux de Thierry devinrent vitreux tandis qu'il consultait l'information contenue dans la mémoire de Silvère.

– Il n'y en a que cinq dans le monde entier et nous n'avons certainement pas le temps de les traquer, déclara-t-il finalement.

– Qu'adviendra-t-il de Cindy ? voulut savoir Darrell.

– Je l'emmène avec moi et je la laisserai dans le village le plus sûr que nous rencontrerons.

Thierry alla s'asseoir en tailleur à l'autre bout de la pièce et ferma les yeux pour méditer. Les jumeaux échangèrent un regard perplexe. Ils savaient bien que ce grand jour finirait par arriver, mais ce n'était pas ainsi qu'ils l'avaient imaginé. Cindy passa devant eux et sortit du temple, les yeux voilés par les larmes. Plus émotif que son frère, Darrell la poursuivit dehors. La jeune femme s'arrêta au pied de la falaise, à l'endroit où il y avait un peu d'ombre, et s'assit, le dos appuyé contre le roc.

– Pourquoi pleures-tu ? s'attrista Darrell en s'accroupissant devant elle.

– Ce n'est pas la vie que je voulais vivre, sanglota-t-elle. Je suis devenue agente de l'ANGE, puis l'amie de Cael, pour sauver le monde et je vais finir mes jours dans un petit village perdu à m'occuper des moutons ou à laver des vêtements pour pouvoir manger…

– C'est la même chose pour nous, tu sais. Nous étions censés tuer les Dracos qu'on nous indiquerait et rapporter leurs glandes à notre mentor, jusqu'à notre dernier souffle. Maintenant, nous sommes obligés de les trouver nous-mêmes et de survivre de notre mieux.

– Si j'en avais le courage, je me tuerai ici même pour ne pas affronter toute la misère qui m'attend.

– On m'a appris que les Nagas déshonorés doivent s'ôter la vie, mais je n'ai jamais été d'accord avec cette règle immémoriale. À mon avis, seuls les lâches utilisent cette porte de sortie un peu trop facile.

Il aida Cindy à essuyer son beau visage.

– Nous ne savons pas ce qui nous attend à l'extérieur de cette enceinte de pierre et nous avons peur, nous aussi, avoua Darrell. Toutefois, mon ancien maître nous disait souvent que c'est dans l'adversité qu'on mesure la véritable valeur d'une personne. Tout comme Théo et Neil, je n'ai été créé que pour une seule fin et j'aimerais que les jeunes Nagas qui marcheront dans nos pas prononcent mon nom avec révérence, parce que j'aurai éliminé un nombre prodigieux de dictateurs.

– Si j'avais reçu votre formation, je pourrais vous aider, mais je ne sais rien faire.

– Es-tu en train de me dire que ton agence embauche des gens sans aptitudes ? la taquina-t-il.

– Non…

– Il y a donc en toi des talents qui ne demandent qu'à se révéler.

– On dirait Thierry quand il commence à imiter Silvère…

– Il ne l'imite pas. Notre maître se trouve désormais en lui.

– Ça aussi, c'est difficile à saisir.

– Reviens à l'intérieur avec moi.

– Non, Darrell. Tu es bien gentil de te préoccuper de ma peine, mais je préférerais rester ici et réfléchir.

– D'accord, mais garde l'œil ouvert. Nous ne voulons pas être surpris par les Brasskins.

Il retourna dans le temple. Tout comme il s'y attendait, Cindy ne s'éternisa pas longtemps dans la cour, surtout qu'elle n'avait pas apporté son sabre pour se défendre contre les serpents dorés. Elle s'allongea sur le sol et fit la sieste, comme les garçons. Lorsqu'ils la réveillèrent, il commençait à faire sombre. Elle mangea en silence, sans regarder personne. Puis, le moment qu'elle redoutait arriva. Les jumeaux rassemblèrent leurs affaires dans des besaces et allèrent remplir leur gourde à la fontaine. Thierry les y attendait, immobile comme une statue, ou était-il une fois de plus aux prises avec les souvenirs de son mentor ?

– Je vous souhaite une longue vie remplie de satisfaction, fit le maître en les voyant s'approcher.

– Nous ne te ferons pas honte, répliqua Neil.

Ils se courbèrent respectueusement devant Thierry, qui leur rendit leur salut. Étranglé par l'émotion, Darrell se jeta dans les bras de son aîné et le serra avec force.

– Merci, hoqueta-t-il.

Son jumeau le saisit par la manche et le tira vers l'ouest, où le soleil était en train de disparaître. Thierry ne bougea pas avant qu'ils se soient enfoncés dans la paroi rocheuse. Leur énergie juvénile lui manquerait, mais il ne devait plus regarder en arrière. Il s'était fixé une importante tâche et rien ne devrait l'en distraire. Il porta alors son regard sur Cindy, assise sur le bord de la fontaine.

– Je ne les reverrai plus jamais, n'est-ce pas ? geignit-elle.

– La vie est ainsi faite. Les gens passent dans notre existence comme les saisons et il faut en profiter tandis qu'ils sont là.

– Quand partons-nous ?

– Maintenant.

Elle ramassa sa gourde et son katana, prête à le suivre. Thierry soupira, lui enleva son sabre de la main et le glissa dans sa ceinture. Il prit aussi la bandoulière de la gourde et la passa par-dessus la tête de la jeune femme.

– De cette façon, tes mains seront libres, expliqua-t-il.

Il s'équipa de la même manière et prit les devants. Il se doutait bien qu'elle serait incapable de marcher aussi longtemps que lui, alors il huma l'air et se dirigea vers le village le plus près. Cindy avança en silence derrière lui et se rapprocha davantage lorsqu'il commença à faire plus sombre afin de ne pas le perdre de vue.

– Je ne veux pas être abandonnée dans le désert comme un objet dont on ne sait plus quoi faire, lui dit-elle au bout de quelques heures. Laisse-moi t'accompagner jusqu'à Jérusalem.

– L'armée est à ta recherche.

– Je m'y cacherai jusqu'à ce que je trouve quelqu'un sur qui je peux compter.

– Je n'ai pas suggéré de te réfugier dans un village parce que je n'ai pas confiance en toi, Cindy. Je suis un traqueur. Je ne peux pas veiller sur quelqu'un pendant que je chasse. Ce n'est pas une bonne idée non plus de te précipiter dans la gueule du loup.

– Je suis assez grande pour prendre mes propres décisions.

– J'ai tout de même l'intention de m'arrêter dans tous les villages que nous traverserons, juste au cas où tu changerais d'idée.

« Je suis beaucoup plus têtue qu'il le croit », songea Cindy en s'efforçant de le suivre juste d'assez près. Au matin, ils arrivèrent dans une petite communauté de quelques centaines d'âmes et remplirent leur gourde au puits de la place centrale. Le séisme n'avait démoli qu'une partie des maisons et les habitants avaient déjà commencé à les reconstruire. Thierry utilisa quelques pièces de l'argent que les jumeaux avaient volé à des caravaniers et acheta de la nourriture.

– Je ne resterai pas ici, l'avertit Cindy en acceptant sa part.

– Soit, se contenta de répondre Thierry.

Ils poursuivirent leur route durant la matinée et s'abritèrent à l'ombre de petites falaises lorsqu'il fit trop chaud.

– Pourrais-tu siffler comme un reptilien pour appeler Cael ? s'enquit alors la jeune femme.

– Ce geste signalerait également notre position aux Brasskins.

– Mais tu es capable de tous les tuer, non ?

– Pas s'ils sont des centaines. De toute façon, il n'y a aucun Naga dans les environs. Je le sentirais tout de suite. Maintenant, arrête de poser des questions et essaie de dormir. Tu auras besoin de toutes tes forces, ce soir.

...017

La lune de miel d'Asgad Ben-Adnah ne se déroulait pas tout à fait comme il l'avait imaginée. Océane était morose. Même la présence de sa mère à bord du yacht n'arrivait pas à lui redonner sa joie de vivre. La jeune mariée se laissait faire l'amour, la nuit, mais son cœur n'y était plus. Assis dans un petit salon privé, équipé de plusieurs ordinateurs, le président de l'Union eurasiatique écoutait d'une oreille distraite les nouvelles en provenance de tous les coins du monde et les rapports des plus grands savants, qui ne s'entendaient pas sur les causes du colossal séisme. « Je commence à peine à restaurer mon empire que les dieux tentent de me l'arracher », pensa-t-il. Essayaient-ils aussi de lui enlever sa femme ?

Hadrien n'avait pas été qu'un empereur romain, il avait aussi été le plus grand général de ses armées. Il n'allait certainement pas baisser les bras sans se battre. Il lui fallait d'abord consolider ses alliances, puis reconquérir Océane. Il n'avait jamais éprouvé d'attirance pour sa première épouse. Elle n'avait été qu'un instrument politique pour lui. Les choses avaient beaucoup changé. Même Antinous ne lui apportait pas le réconfort que pouvait lui procurer Océane.

Benhayil lui avait enseigné le fonctionnement d'un ordinateur, mais si son patron parlait à merveille plusieurs langues, il ne savait pas les écrire. Son secrétaire avait donc équipé les appareils de microphones qui lui permettaient de s'adresser directement aux interlocuteurs de son choix. Il avait dessiné les principales commandes sur un bout de papier que son patron n'avait qu'à taper d'un seul doigt sur le clavier.

Depuis le matin, Asgad s'était entretenu avec plusieurs membres de l'Union, qui lui dressèrent tous un tableau catastrophique de la situation dans leur pays. Il leur avait à tous promis de régler leurs problèmes en personne, tout de suite après son voyage de noces.

– Qu'est-ce que tu fais ?

Asgad tourna la tête vers la porte et vit sa femme, en robe blanche, pieds nus, qui le regardait avec inquiétude.

– Je m'informe de la situation mondiale, répondit-il.

– CNN n'arrête pas de tout nous révéler sur le grand écran du salon.

– C'est vrai, mais à partir d'ici, je peux parler avec les chefs d'État. Viens t'asseoir un peu.

Il la saisit par la taille et l'installa sur ses genoux.

– Dis-moi ce qui te ferait plaisir, chuchota-t-il à son oreille.

– Invente une machine à voyager dans le temps.

– J'ai imaginé et fabriqué beaucoup de choses nouvelles jadis, mais je ne possède pas cette connaissance, mon amour. Essayons de trouver ensemble ce qui te rendrait heureuse, maintenant.

– J'aimerais avoir la certitude que lorsque je foulerai de nouveau le sol, tout sera redevenu normal.

– Pour cela, il nous faudrait rester en mer durant des mois. Personne ne peut reconstruire une ville en deux semaines. Il faudrait être un grand magicien comme le docteur Wolff.

– Cet imposteur ?

– Je l'ai vu faire des miracles, mon ange.

– En parlant d'ange, il faudrait peut-être que tu commences à faire la différence entre le bien et le mal, avant qu'il ne soit trop tard.

– Tu me crois donc incapable de tout discernement ? s'amusa-t-il.

– J'en ai même la preuve. Si tu étais sain d'esprit, tu te débarrasserais de ce charlatan.

– S'il te montrait sa puissance, serais-tu disposée à changer d'avis ?

« Je le tuerais », songea Océane.

Une petite enveloppe rouge se mit à clignoter au milieu de l'un des écrans.

– Je pense que tu viens de recevoir un message de l'une de tes maîtresses, soupira-t-elle.

– Quoi ?

– Le rouge représente l'amour.

– Pas du tout ! Il signifie une urgence !

– Les femmes aiment mettre leurs lettres d'amour dans des enveloppes rouges.

Elle se pencha pour flairer l'écran.

– Finalement, tu as peut-être raison, concéda-t-elle. Elle ne sent pas le parfum.

Océane descendit des genoux de son mari, qui commençait à penser sérieusement qu'elle perdait l'esprit. Il appuya sur la touche qui permit à l'ordinateur de lui lire de sa voix synthétique le contenu du message.

– EXCELLENCE, NOS SERVICES SECRETS NOUS SIGNALENT UNE MENACE D'INVASION DE NOS TERRITOIRES. DE LA PART DU PRÉSIDENT DE LA GRÈCE.

Des signaux de détresse se mirent à apparaître sur tous les écrans.

– Docteur Wolff ! appela Asgad, furieux.

Le Faux Prophète apparut à quelques pas de lui.

– Que puis-je faire pour vous, Excellence ?

– Des belligérants profitent du déséquilibre de mes provinces pour tenter de s'en emparer ! J'ai besoin d'une grande armée pour protéger mes sujets !

– Vous l'aurez d'ici trois jours.

– Grâce à votre magie ?

– En partie. Faites-moi confiance. Ces soldats vous seront loyaux jusqu'à la tombe. Lorsque votre défense sera assemblée, je reviendrai vous chercher.

Ahriman s'inclina devant Asgad et disparut. Ce dernier répondit donc à tous les dirigeants membres de l'Union qu'il ne laisserait personne lever la main sur eux, car son armée fondrait sur leurs ennemis comme un aigle tombant du ciel. Puisqu'il ne pouvait pas leur en dire davantage, Asgad quitta le petit centre de communication pour voir où était allée son épouse. Il trouva Andromède, Antinous et Benhayil dans la salle à manger, en train de jouer aux cartes.

– Voulez-vous vous joindre à nous ? proposa la Pléiadienne.

– Ce jeu s'appelle le black-jack, expliqua Benhayil. Apparemment, on y joue dans les casinos.

– C'est vraiment excitant ! s'exclama Antinous.

– Et, en plus, ce jeune homme apprend à compter en s'amusant, ajouta Andromède.

– Merci de m'inviter, mais je préférerais passer un peu plus de temps avec ma femme. L'avez-vous vue ?

– Elle est allée du côté des chambres, l'informa Benhayil.

En marchant dans l'étroit couloir qui menait aux cabines, Asgad entendit couler de l'eau. Il mit le nez dans la salle de bains et trouva Océane dans la mousse jusqu'au cou. Attendri, son mari s'assit sur le sol, près de la baignoire.

– Je suis en train de purifier mon aura, lui dit-elle, sans ouvrir les yeux.

– Tu me dis beaucoup de choses étranges, aujourd'hui.

– Si tu veux m'avoir à tes côtés pour le reste de ta vie, il faudra t'y habituer.

– Qu'est-ce qui te fait croire que j'ai une maîtresse ?

– Les enveloppes rouges.

– Je t'ai déjà expliqué ce qu'elles sont, Océane. Je n'ai aucune maîtresse et je ne partage plus le lit d'Antinous. Tu es mon seul amour. Nous allons reconstruire la villa à Jérusalem et…

– Je n'aime pas cette villa.

– Dans ce cas, nous en bâtirons une autre, selon tes goûts.

– Sur une île déserte ! s'enthousiasma Océane.

– Ma déesse, je suis un politicien. Je ne peux pas m'isoler ainsi des peuples qui dépendent de moi.

– Tu as des ordinateurs, non ?

– Rien ne remplace le contact humain. Tu le sais mieux que quiconque. Pourquoi es-tu si déraisonnable ?

– Tout va de travers dans le monde…

– Je t'ai fait travailler trop fort sur le projet du temple, n'est-ce pas ?

– Ce n'est quand même pas moi qui en ai déplacé tous les blocs.

– Alors de quoi s'agit-il ?

Océane éclata en sanglots. Malheureux de la voir dans un tel état, Asgad la cueillit dans ses bras, sans se soucier de l'eau et de la mousse, et il la serra contre sa poitrine.

– Tout ira très bien, mon amour. Tout ira très bien.

...018

Même s'il avait lu tous les documents de recherche de Yannick Jeffrey, jamais Vincent n'avait pensé qu'il serait, comme son collègue, témoin des derniers jours du monde. Son esprit scientifique pouvait analyser rapidement un nombre incalculable de données, alors il avait tout de suite compris, en regardant les photos du corps céleste qui se rapprochait de la Terre, que les conséquences d'un impact seraient dévastatrices. Tandis qu'il attendait que la Bible lui révèle autre chose, il demeurait assis aux Laboratoires et surveillait les écrans.

Lorsque la porte glissa derrière lui, il crut que Mélissa lui rendait visite pendant sa pause. Il fut donc très surpris de voir Mithri Zachariah s'asseoir à côté de lui.

– Mais que faites-vous ici ? s'inquiéta le savant.

– Je suis venue bavarder avec toi.

– Ne devriez-vous pas être aux aguets devant le téléphone ?

– Cassiopée m'avertira si on m'appelle.

– Vous êtes drôlement calme, considérant que nous allons bientôt être réduits en bouillie par une météorite.

– Dieu nous aime, Vincent. Il trouvera une solution.

– S'il nous soustrait à ce danger, je vais certainement changer d'idée sur la religion.

– Ce qui est vraiment important, c'est que tu aies la foi. Dieu n'a pas créé les religions. Ce sont les hommes qui se sont inventé des dogmes pour dominer les autres.

Tout ce que le Créateur de l'univers te demande, c'est de respecter la vie et de traiter les autres comme tu voudrais qu'on agisse envers toi.

– Pourquoi permet-il aux guerres d'éclater ?

– Il essaie depuis longtemps de faire triompher l'amour sur la peur, mais, ces dernières années, le Mal est devenu trop fort sur la Terre.

– Les reptiliens, vous voulez dire.

– Ce ne sont pas des créatures aussi évoluées que les humains. Je dirais qu'elles sont à mi-chemin entre les animaux et les hommes, mais elles ne sont pas toutes cruelles.

– Mes expériences m'ont plutôt prouvé le contraire.

Vincent sortit une tablette de chocolat de ses poches et la déballa.

– Tu devrais mieux t'alimenter, jeune homme.

– Ma mère me disait exactement la même chose, s'attendrit l'informaticien. Rassurez-vous, c'est juste pour faire taire mon estomac jusqu'au repas. Vouliez-vous me poser des questions sur la Bible ou sur l'astéroïde ?

– Je veux tout savoir, affirma Mithri en souriant. C'est dans ma nature.

– Commençons donc par le sujet le plus chaud. J'ai tenté d'évaluer la taille de l'objet céleste qui fonce sur nous. Il n'est pas aussi gros que je l'ai d'abord cru, mais cela ne l'empêchera pas de faire beaucoup de dommages.

– Un missile suffirait-il à le faire dévier de sa trajectoire ?

– Un missile ou une troupe d'anges.

– Tiens, je n'avais pas songé à ça...

– Il faudrait que le projectile soit envoyé dans l'espace avec une grande précision pour le détourner de nous. Ce que je crains, c'est que nous n'arrivions qu'à le faire éclater en morceaux. Une multitude de collisions avec la Terre causerait encore plus de ravages.

– Espérons, dans ce cas, que ce soit une base de l'ANGE qui lance cette fusée, car, en ce moment les pays qui possèdent cette technologie n'auront pas le temps de réparer leurs silos.

– Je me suis aussi penché sur ce problème, ajouta Vincent.

– Est-ce que ton cerveau arrête parfois de penser ? le taquina Mithri.

– Absolument jamais. Je remercie souvent l'univers d'avoir guidé mes pas jusqu'à l'ANGE où je peux donner libre cours à mon imagination.

Vincent croqua dans le chocolat et son esprit prit aussitôt une direction différente.

– En observant les clichés du télescope, j'en suis venu à la conclusion que la seule de nos bases qui pourrait intervenir, c'est Alert Bay, dit-il.

– Nous sommes toujours sans nouvelles de Christopher Shanks. J'ai demandé au directeur de Vancouver d'enquêter sur son silence, mais je n'ai pas encore obtenu son rapport.

– J'ai essayé moi aussi de communiquer avec lui, sans succès. J'espère que la base n'a pas été démolie, car cet homme est vraiment un atout pour l'Agence.

L'informaticien planta ses yeux bleus dans ceux de Mithri.

– J'ai également su que votre base, à Genève, avait subi des dégâts.

– Mes techniciens ne sont pas aussi efficaces que toi, mais ils sont en train de tout réparer.

– Combien de temps serez-vous coincée ici ?

– Jusqu'à ce que l'état des pistes de l'aéroport de Montréal permette de nouveau aux avions de décoller. Mais je ne me plains pas de mon séjour à Longueuil. J'aime bien votre équipe.

– C'était encore mieux quand Océane, Cindy et Yannick en faisaient partie, soupira Vincent, nostalgique. Les recrues sont pleines de bonne volonté, mais il faut souvent leur dire quoi faire. Ça nous fait perdre un temps fou.

– Soyez patients avec eux. Vous ne le regretterez pas.

– Cassiopée, est-ce que tu es là ?

– JE SUIS TOUJOURS LÀ, VINCENT. QUE PUIS-JE FAIRE POUR TOI ?

– Je voulais seulement me rassurer.

– SI TON INQUIÉTUDE EST LIÉE AUX APPELS QUE MADAME ZACHARIAH ATTEND, ALORS TU PEUX CESSER DE TE FAIRE DU SOUCI. J'AI PLACÉ CETTE TÂCHE EN PRIORITÉ.

– Merci, Cass.

– AURAS-TU BIENTÔT LE TEMPS DE RÉPARER MON ŒIL ?

– J'attends l'autorisation de Cédric.

– AH…

– Il a des choses très importantes à régler, en ce moment. Je suis certain qu'il me fera signe bientôt. Un peu de patience, d'accord ?

Cassiopée ne répondit plus.

– Ces ordinateurs qui ont la faculté de penser et de ressentir m'impressionnent beaucoup, avoua Mithri. Où as-tu appris à créer ce type d'intelligence artificielle ?

– Avant que cette kyrielle de catastrophes nous tombe dessus, je disposais de beaucoup de temps pour développer de nouveaux logiciels et de nouvelles applications. J'ai d'abord conçu Mariamné et, avant de proposer ce type d'ordinateur central à l'Agence, je l'ai mise à l'épreuve chez Yannick.

– Et quand son appartement a été détruit, tu as récidivé avec Cassiopée ?

– J'ai commencé à travailler sur elle bien avant l'explosion de la base de Montréal, parce que Yannick ne voulait plus me rendre Mariamné.

– Tu es un véritable génie, Vincent.

– Peut-être, mais je ne veux pas m'en vanter. Je fais ce qui me vient tout naturellement. En fait, je ne comprends pas pourquoi les autres informaticiens n'arrivent pas aux mêmes conclusions que moi. C'est si clair, dans mon esprit.

– Tu pourrais fournir à l'ANGE plusieurs de ces appareils exceptionnels ?

– Théoriquement, oui, mais elles auraient toutes une personnalité différente. Je ne fais pas de travail en série. En pratique, toutefois, je ne pourrais pas y parvenir dans les deux prochaines semaines.

– La Bible t'a-t-elle confirmé que la fin du monde se produirait à ce moment-là ?

– Ce n'est pas aussi simple que ça en a l'air. Ce n'est pas un instrument de divination qu'on peut interroger. Elle ne livre ses messages que lorsqu'elle en a envie, et ils ne sont pas tous faciles à décrypter. Pis encore, ils arrivent parfois trop tard pour qu'on puisse y changer quoi que ce soit. Prenez cet astéroïde, par exemple. Si la Bible m'en avait parlé avant que tous les observatoires soient abîmés, nous aurions pu faire quelque chose.

– Rien dans les plans de Dieu n'arrive à un moment inopportun, Vincent.

– Il désire donc notre anéantissement…

– Ça, c'est le côté sombre de la médaille. Essaie maintenant de trouver l'aspect positif de cette menace.

Vincent termina son goûter en fronçant les sourcils.

– Elle va obliger tous les pays à travailler ensemble pour la repousser… comprit-il.

– QUEL SERAIT ALORS LE CÔTÉ POSITIF DE LA DÉCLARATION DE GUERRE DE LA REINE DES DRACOS ?

– Tu es encore là, toi ? s'amusa Mithri.

– J'ENTENDS ET JE VOIS TOUT CE QUI SE PASSE DANS CETTE BASE, MADAME… ENFIN, HABITUELLEMENT.

– Et elle est très curieuse, ajouta Vincent.

– Possède-t-elle le pouvoir de raisonner ?

– SEULEMENT EN FONCTION DE CE QUE CONTIENT MA PROGRAMMATION.

– La beauté de son intelligence, c'est qu'elle est capable d'y ajouter elle-même des données, ajouta

Vincent. Elle n'a pas besoin d'attendre que nous les lui fournissions.

– Bien que tout ajout par mon créateur soit le bienvenu.

– Ressens-tu des émotions, Cassiopée ?

– Seulement quelques-unes. Je souhaite sincèrement que vous puissiez faire dévier l'objet céleste afin que je puisse en intégrer d'autres.

– C'est vraiment fascinant… s'émerveilla Mithri.

– À qui le dites-vous, répliqua Vincent, amusé. Il est bien plus intéressant d'avoir une conversation philosophique avec son ordinateur que de se contenter de lui disputer une partie d'échecs.

– Mais je sais jouer aux échecs !

– J'imagine que tu dois gagner à tous les coups, Cassiopée.

Vincent secoua la tête négativement.

– J'ai encore du mal à saisir les fondements de l'imprévisibilité humaine.

– Ma chère amie, je pense que c'est ce qui nous distinguera toujours des autres races, qu'elles soient reptiliennes ou artificielles.

– Je suis désolée de devoir interrompre cette conversation édifiante, mais il y a un appel urgent pour madame Zachariah en provenance de la base de Moscou.

– Je vais le prendre dans le bureau de Cédric. Merci à tous les deux.

– Tout le plaisir est pour moi, répondit Vincent.

Dès que la grande dame de l'ANGE eut quitté les Laboratoires, le savant se rapprocha des dernières photos célestes qu'il venait de recevoir.

– Quand répareras-tu mon œil, Vincent ?

– Bientôt, Cass, bientôt.

Il se mit à entrer d'autres données dans le simulateur d'impacts de l'astéroïde.

...019

Après avoir entendu la déclaration de guerre de Perfidia, Damalis avait été incapable de trouver le repos. Des images de l'expédition qu'il avait menée contre elle en Colombie-Britannique défilaient dans son esprit : les visages de ses cinq frères, le mont Hoodoo, la dynamite, le formidable dragon blanc et l'explosion... Même s'il était un Naga, Damalis n'avait pas hérité du gène des traqueurs. Il était certes un rejet, mais ce fait ne lui enlevait nullement sa force lorsqu'il adoptait sa forme reptilienne. Tout ce qu'il lui manquait, c'était ce sixième sens qui indiquait aux *varans* la présence de leurs cibles. Puisque cette lacune ne lui avait pas permis d'étudier auprès d'un mentor, Damalis s'était inscrit à de nombreuses écoles qui enseignaient des types différents d'arts martiaux. Il se savait capable de se battre à mains nues ou avec des armes, y compris le katana.

Le but de sa vie était maintenant la vengeance, même si Mithri Zachariah avait laissé entendre qu'il avait désormais le devoir de protéger une autre personne contre la reine. Perfidia avait fait tuer sa famille d'adoption, lorsqu'il était jeune, et elle avait causé la mort inutile de ses frères. Il lui ferait payer chèrement ces pertes. Son corps de Naga était guéri, sauf quelques égratignures subies lorsque le plafond du couloir de la base avait cédé. Il ne pouvait cependant pas circuler dans le monde sous cette apparence. Ce qui l'empêchait maintenant de poursuivre sa mission, c'était son corps humain, beaucoup plus faible et long à se rétablir.

Ce que le Spartiate ignorait, c'est qu'un ange avait insufflé une force nouvelle en lui, à son insu. Sagement couché dans son lit de l'infirmerie, il plia prudemment un genou et le ramena vers sa poitrine. « Pourquoi cet exercice ne me fait-il plus souffrir, tout à coup ? » s'étonna-t-il. Il répéta le même mouvement avec l'autre genou. Étonné, il s'assit en laissant pendre ses jambes dans le vide. Il bougea les bras, roula ses épaules et fit des rotations de la tête sans ressentir la moindre douleur. « Il y a quelque chose qui cloche », songea-t-il.

– Ordinateur ? appela-t-il.

– On m'a donné un nom, monsieur Martell.

– Mille pardons, Cassiopée.

– Que puis-je faire pour vous ?

– J'ai besoin de voir le docteur Lawson, tout de suite.

– Vos signes vitaux sont pourtant normaux.

– C'est ça qui m'inquiète. Demandez-lui de venir m'examiner ou je me mets à sa recherche.

– Je vous en prie, calmez-vous. Je préviens le médecin immédiatement.

O

En apprenant que Cédric et l'inconnue étaient rentrés à la base, Athénaïs Lawson s'était tout de suite rendue au bureau du directeur avec une trousse médicale.

– Cassiopée, veuillez avertir monsieur Orléans que je désire le voir.

– Je n'ai plus accès aux commandes de la porte, docteur Lawson. J'ai aussi un message pour vous de la part de monsieur Martell qui se comporte de façon étrange.

– Faites-lui savoir que je reviendrai à la section médicale dès que j'aurai vu notre directeur.

– TRÈS BIEN, MADAME. POUR LA PORTE, JE VOUS SUGGÈRE DE FRAPPER ET D'ENTRER.

C'est donc ce que fit Athénaïs en y mettant toute sa force, car le panneau métallique était particulièrement lourd. Elle vit Cédric assis à sa table de travail, les yeux rivés sur l'écran mural. La jeune femme rousse qu'elle avait traitée la veille était debout derrière lui.

– Docteur Lawson, je vous en prie, entrez, l'invita Cédric, même si elle était déjà à deux pas de lui.

– Je m'attendais à vous trouver sur vos civières, ce matin.

Cédric porta son attention de l'écran à la femme médecin qui bouillait devant lui.

– Laissez-moi vous expliquer, tenta-t-il.

– Des explications, vous allez certainement m'en donner tous les deux, en commençant par me dire ce qu'il est advenu des lacérations que j'ai dû refermer hier et qui n'apparaissent plus sur votre peau.

– Alexa m'a montré comment me guérir moi-même.

– Et qui est Alexa ?

– Pardonnez-moi, fit la Brasskins en lui tendant la main. Je suis Alexa Mackenzie.

Au lieu de lui serrer la main, Athénaïs lui saisit le bras et l'examina, abasourdie. Elle s'avança ensuite vers Cédric et examina son cou.

– Damalis me dit que vous êtes reptiliens, poursuivit la femme médecin. Est-ce vrai ?

Cédric hocha la tête affirmativement.

– Pourquoi m'avoir caché la vérité ? À quel jeu jouez-vous, monsieur Orléans ? Suis-je la seule personne humaine dans cette base ?

– Je vous en prie, asseyez-vous et calmez-vous.

Le visage rouge de colère, elle fit néanmoins ce qu'il demandait.

– Je suis le seul reptilien qui travaille ici, déclara-t-il, mais je ne voulais pas qu'on le sache.

– Est-ce la raison pour laquelle vous avez recueilli monsieur Martell, alors qu'il aurait pu se faire soigner n'importe où ailleurs ?

– Je ne voulais pas qu'il finisse disséqué par des chercheurs.

– Si je comprends bien, vous vous protégez entre vous ?

– Pas tout à fait. Certaines races en ont d'autres en aversion au point de vouloir les tuer.

– Il a dit que vous étiez bleu.

– C'est exact. Je ne suis pas un Naga.

– Et elle ? fit la femme médecin en pointant Alexa du doigt.

– Elle n'est ni de ma race, ni de celle de Damalis. Si vous voulez bien arrêter de me bombarder de questions, je vais tout vous expliquer.

Athénaïs croisa nerveusement les bras. Cédric lui raconta, sans entrer dans les détails, qu'il avait toujours détesté ce qu'il était vraiment et qu'il s'était efforcé toute sa vie de vivre comme les humains. Il lui parla aussi du meurtre de son père et des sévices qu'il avait subis aux mains de la reine des Dracos. S'il s'était enrôlé dans une société secrète, c'était surtout pour lui échapper.

– L'ANGE est devenue ma seule raison de vivre, résuma-t-il. J'ai même fait semblant de ne rien savoir au sujet des reptiliens lorsque Vincent m'a parlé pour la première fois de ses recherches sur ces créatures qui habitent la même planète que vous depuis des siècles. Je ne voulais pas qu'on découvre ma véritable identité, car pour la première fois de ma vie, j'étais bien dans ma peau.

Il lui parla aussi de son incarcération à Arctique III, lorsqu'on l'avait soupçonné d'avoir détruit sa propre base, alors qu'en réalité elle avait été la cible des machinations du Faux Prophète.

– Votre vie est aussi reliée à la Bible ? Comme c'est curieux.

– Je crois que nous devrions en rester là, docteur Lawson. Je ne désire pas vous causer un plus grand choc.

– Vous ne pourriez pas plus m'ébranler que lorsque mon patient s'est transformé en lézard sous mes yeux pour la première fois, monsieur Orléans. Je tiens à entendre toute la vérité.

Debout derrière Cédric, Alexa ne remuait pas un seul cil. Elle écoutait le récit de ce dernier avec autant d'intérêt que la femme médecin.

– Le Faux Prophète est un reptilien, laissa-t-il tomber, s'attendant à une réaction d'incrédulité de la part d'Athénaïs. Les humains les prennent souvent pour des démons.

– C'est un Orphis, ajouta Alexa.

– Dois-je déduire que les Orphis sont vos ennemis ?

– Seulement quand ils servent les dirigeants des castes supérieures, poursuivit la femme Brasskins. Quatre races dominent toutes les autres : les Anantas, les Dracos, les Brasskins et les Nagas, dans cet ordre.

– À laquelle appartenez-vous ?

– Je suis une Brasskins.

Athénaïs planta son regard dans celui de Cédric.

– Anantas, soupira-t-il.

– Donc, de par le comportement de la reine envers vous, j'en déduis que les Dracos détestent les Anantas.

– Ce sont des ennemis jurés, affirma Alexa.

– Pourquoi répondez-vous toujours à sa place, mademoiselle Mackenzie ?

– Parce qu'elle en sait plus que moi, l'informa Cédric. Non seulement je ne voulais pas être un reptilien, mais j'ai refusé d'en apprendre davantage sur leur compte. Tout ce que je sais, je l'ai appris d'un Naga à Toronto et d'Alexa, ici même.

– Alors, si on poursuit, les Brasskins et les Anantas ne sont pas des races opposées.

– Les Brasskins ne sont les ennemis de personne, précisa Alexa. Ils sont les gardiens de la paix sur la Terre, mais ils n'ont pas la force politique d'imposer l'ordre. Les Nagas sont des tueurs conçus en éprouvette pour exécuter les Dracos et les Anantas.

– Damalis, un tueur ?

– Mais pas un traqueur. Il arrive que les généticiens manquent leur coup.

L'expression sur le visage d'Athénaïs fit comprendre à Cédric qu'elle ne pouvait pas en apprendre davantage. Ses joues avaient perdu leur coloration enflammée et devenaient dangereusement pâles. Sans rien ajouter, elle se leva et tituba vers la porte.

– Docteur Lawson ? s'inquiéta le directeur en se levant.

– Ne vous approchez pas de moi !

La femme médecin quitta le bureau en abandonnant sa trousse de soins derrière elle. Si elle n'avait pas eu un esprit aussi cartésien, sans doute lui aurait-il été plus facile de saisir que l'univers était beaucoup plus vaste que ce qu'on avait tenté de lui faire croire à l'école.

Lorsqu'elle entra à la section médicale, des larmes coulaient abondamment sur son visage. Elle aperçut Damalis, assis de côté sur son lit, et voulut rebrousser chemin. Perspicace, le Spartiate avait senti son désarroi. Il sauta sur le sol et courut se placer devant la porte, lui bloquant le chemin.

– Qu'est-ce qui vous arrive ? s'inquiéta le patient.

– Je suis en train de devenir folle…

Il la colla contre sa poitrine et la laissa pleurer sur son épaule.

– Dites-moi que ce n'est pas ma faute, murmura-t-il, malheureux.

– Vous aviez raison au sujet de Cédric Orléans… Il est bleu…

– Je ne suis pas un menteur.

– Vous êtes en train de remettre en question tout ce que je sais de la vie…

– Nous passons tous par-là, docteur, même nous, car à moins que les jeunes reptiliens naissent dans une caverne, couvés par la reine des Dracos, ils se croient humains jusqu'à leur première transformation. Alors, leur univers bascule.

– Je ne comprends rien à cette histoire de castes, de rivalités entre certaines races…

– Lorsque vous vous serez calmée, je pourrai vous expliquer tout ça sur votre grand tableau noir.

– Êtes-vous un tueur, Damalis ?

– Je n'ai tué que des monstres, pour la plupart Dracos. J'ai une conscience, tout de même. Que diriez-vous de vous administrer vous-même un calmant et de dormir un peu ?

Elle recula en essuyant ses larmes. Elle était si énervée qu'elle ne remarqua même pas qu'il n'avait aucune difficulté à marcher.

– C'est une bonne idée… concéda-t-elle.

Il l'accompagna jusqu'à son armoire pour s'assurer qu'elle prenait le bon flacon et la déposa sur un lit dès qu'elle retira l'aiguille de son bras. Il resta aussi debout près d'elle jusqu'à ce qu'elle ferme les yeux.

– Au réveil, tout ira mieux, lui dit-il. Je vous le promets.

Lorsqu'il fut certain qu'elle dormait, Damalis se dirigea vers la sortie. Après quatre pas, il s'arrêta net.

– Pourquoi suis-je capable de marcher sans béquilles ?

Il tâta ses jambes sans ressentir les boulons qui tenaient ses os ensemble.

– Cassiopée, pouvez-vous me dire si Aodhan se trouve à la base ?

– Il est aux Renseignements stratégiques, monsieur Martell.

– Pourriez-vous lui demander discrètement de me rejoindre à l'infirmerie ?

– Oui, bien sûr. Éprouvez-vous des difficultés ?

– Il s'agit plutôt de questionnements.

– Je suis programmée pour répondre à toutes les questions.

– Dans ce cas, dites-moi pourquoi je n'ai plus mal aux jambes.

– Je vous envoie monsieur Loup Blanc immédiatement.

Jusqu'à ce que l'Amérindien se présente à la section médicale, Damalis étira ses jambes, les plia et les replia, toujours sans la moindre douleur. « Quelque chose ne tourne vraiment pas rond… » s'inquiéta-t-il.

– Que se passe-t-il, Damalis ? demanda Aodhan.

– Je voudrais bien le savoir. Depuis que je suis arrivé ici, j'ai subi des dizaines d'opérations, puis tout à coup, je me sens tout neuf.

– C'est une bonne nouvelle, non ?

– Je suspecte un miracle.

– Une petite minute… Ce n'est pas parce que j'ai mystérieusement nourri des centaines de personnes que je vais ensuite me mettre à guérir les maladies et les blessures.

L'air accusateur ne disparut pas sur le visage de Damalis.

– Es-tu capable de faire des radiographies ?

– Ça m'est déjà arrivé, lorsque je vivais au Nouveau-Brunswick, à la suite d'un accident de train. Mon frère est urgentiste.

Damalis grimpa sur la table d'examen et lui demanda de commencer par ses jambes. Dès que la machine eut développé les images en noir et blanc, le Naga écarquilla les yeux.

– Où sont mes boulons ?

– Comment veux-tu que je le sache ? s'étonna Aodhan.

Il lui fit faire des clichés de ses bras qui ne présentaient plus de fractures.

– Je te jure sur la tête de mes ancêtres que ce n'est pas moi. Cassiopée, quelqu'un a-t-il retiré des morceaux de métal du corps de monsieur Martell ?

– C'EST UNE QUESTION BIEN ÉTRANGE, MONSIEUR LOUP BLANC.

– Je suis parfaitement d'accord, mais la réponse l'est-elle aussi ?

– JE NE VOIS AUCUNE OPÉRATION CHIRURGICALE PRATIQUÉE DANS CE BUT SUR LES ENREGISTREMENTS VIDÉO DE L'INFIRMERIE. POURQUOI NE POSEZ-VOUS PAS LA QUESTION AU DOCTEUR LAWSON ?

– Parce qu'elle s'est injecté un somnifère, grommela Damalis, qui regrettait de le lui avoir suggéré. Soyez assurés que je lui montrerai les radiographies dès qu'elle ouvrira les yeux.

– En attendant, tu veux aller à la salle d'entraînement ?

– Non. Je veux que tu m'aides à retrouver l'endroit d'où la reine des Dracos a émis son message.

– Je ne suis pas aussi rusé que Vincent, mais je pense pouvoir y arriver. Viens.

Ils se rendirent aux Laboratoires, où le génie de l'informatique était absorbé dans ses calculs astronomiques, et s'installèrent à l'autre bout de la pièce pour ne pas le déranger.

– PUIS-JE VOUS AIDER ?

– Certainement, accepta Aodhan. Nous voulons savoir d'où est partie la transmission de la reine des Dracos.

Une carte géographique apparut sur l'écran devant eux. Lorsque Cassiopée refit entendre les sifflements discordants, Damalis serra les poings.

– ELLE PROVENAIT D'UN SATELLITE.

– Lequel ?

Cassiopée en fit apparaître l'identification à l'écran.

– IL APPARTIENT À LA CHINE.

Aodhan avait déjà été réprimandé pour avoir utilisé sans permission le satellite de l'ANGE, alors il se mordit les lèvres avec hésitation.

– Y a-t-il une façon d'analyser ses données récentes sans causer un incident diplomatique ? demanda-t-il finalement.

– IL S'AGIT D'UNE OPÉRATION QUI NÉCESSITE L'APPROBATION DE VOTRE DIRECTEUR, MONSIEUR LOUP BLANC.

– Pourriez-vous la lui demander ?

– C'EST PLUTÔT DIFFICILE, EN CE MOMENT, PUISQUE MES SYSTÈMES QUI SE TROUVENT DANS SON BUREAU N'ONT PAS ÉTÉ RÉPARÉS.

– Vincent me vante pourtant votre débrouillardise.

– JE VAIS VOIR CE QUE JE PEUX FAIRE.

Pascalina était assise devant sa console, à noter les événements marquants de la journée, tout comme Shane, Mélissa et Jonah. Jusqu'à présent, aucun pays n'avait remarqué d'objet céleste menaçant dans le ciel. Seul le gouvernement américain était au courant et il n'avait apparemment pas encore ébruité la nouvelle.

– MONSIEUR O'NEILL, POURRIEZ-VOUS OUVRIR LA PORTE DU BUREAU DE MONSIEUR ORLÉANS, JE VOUS PRIE ?

– Pour qui, exactement ? demanda Shane qui ne voyait aucun requérant autour de lui.

– POUR MOI.

– Ne me dites pas que vous allez enfin nous apparaître sous la forme d'un avatar ! s'exclama joyeusement le jeune agent.

– Je regrette de vous décevoir, mais cela n'arrive que dans les films de science-fiction.

– C'est là qu'il vit, marmonna Mélissa entre les dents.

– Êtes-vous certaine que je ne vais pas être condamné à la prison pour ça ?

– Nous n'avons actuellement aucun transport pour Arctique III.

– Très drôle.

Shane frappa quelques coups sur la porte d'acier, ignorant si Cédric pouvait les entendre à l'intérieur, et entrouvrit la porte de quelques centimètres.

– Chef, votre ordinateur aimerait vous parler.

– Juste comme je commençais à apprécier cette nouvelle sérénité, soupira Cédric.

Il sortit du bureau, intrigué.

– Qu'y a-t-il, Cassiopée ?

– Monsieur Loup Blanc requiert un code « Invasion ».

– Où est-il ?

– Aux Laboratoires.

Cédric se hâta de quitter la salle des Renseignements stratégiques pour aller rejoindre son agent.

– Qu'est-ce qu'un code « Invasion » ? demanda Jonah.

– C'est un code connu uniquement des directeurs. Ne perdez pas votre temps à le chercher dans mes bases de données. Il ne s'y trouve pas.

– Génial… maugréa le jeune homme.

Shane profita de l'absence de son patron pour jeter un coup d'œil à l'intérieur de son bureau. Alexa était assise dans une bergère, les jambes repliées contre sa poitrine. Il avait rarement vu une femme aussi belle.

– Prendriez-vous un café ?

– Vous êtes bien gentil, mais je ne bois que de l'eau, répondit-elle avec un sourire.

– Nous en avons aussi.

– Dans ce cas, j'en veux bien.

– Je vais vous en chercher tout de suite.

Au même moment, Cédric entrait aux Laboratoires. Il jeta un coup d'œil à gauche et vit Vincent concentré sur son travail. À droite, Aodhan et Damalis observaient l'écran de leur ordinateur.

– Habituellement, c'est Vincent qui fait ce genre d'incursion dans des systèmes étrangers et il m'en demande rarement la permission, indiqua le directeur en s'arrêtant derrière eux.

– Étant donné qu'il s'agit d'un satellite chinois, j'ai préféré suivre la procédure, répliqua Aodhan.

– Un satellite ? Es-tu en train d'en faire une spécialité ?

– Ce n'est pas moi qui ai choisi ce relais pour faire passer un message, mais Perfidia.

– Vous êtes en train de la retracer ? comprit finalement Cédric. Est-ce possible ?

– IL SUFFIT D'AVOIR DU DOIGTÉ, D'ÊTRE TRÈS RAPIDE ET D'EFFACER SES TRACES.

– Je me demande où vous avez appris cette tactique, soupira le directeur.

– De son créateur, évidemment, confessa Vincent en se joignant à eux. Pourquoi n'avez-vous pas fait appel à moi ?

– Parce que tu as une Bible à surveiller, répondit Aodhan.

L'informaticien tapota sur le clavier d'à côté et ramena instantanément toutes les données sur l'écran devant lui.

– Vous avez de la chance, parce que personne ne veille sur cet engin, en ce moment, les informa-t-il. J'imagine que les stations de contrôle doivent être en réparation. Néanmoins, je n'y resterai que quelques secondes à peine.

Vincent tapa une autre commande, enregistra les données et se retira en passant par son labyrinthe virtuel habituel qui faisait trois fois le tour du globe avant de se perdre quelque part en Russie. Encore quelques touches et les coordonnées apparurent à l'écran.

– Avez-vous besoin d'autre chose ?

– Non, répondit Aodhan. Merci, Vincent.

Tandis que le jeune savant retournait à son poste, les trois hommes regardaient les chiffres lumineux avec grand intérêt. « Si on réussit à trouver des missiles, j'en enverrai un sur l'astéroïde et un sur le repaire de Perfidia », se surprit à penser Cédric. Il tourna les talons et quitta les Laboratoires.

...020

Dans une petite caverne, creusée au pied d'une falaise, le prophète était resté longtemps immobile, tandis qu'Adielle surveillait surtout les environs, inquiète de voir surgir les soldats. À l'ANGE, elle avait appris à se défendre, mais pas contre tout un régiment. « Comment arriverons-nous à survivre pendant encore trois ou quatre ans ? » se demanda-t-elle en se rappelant les paroles de Cael. L'armée arrêterait-elle de les chercher au bout d'un certain temps ? Elle s'imagina vivre de longs mois dans une oasis, loin de tous les malheurs du monde. « Mais avec Jean le Baptiste, c'est moins romantique », soupira-t-elle intérieurement. Pour se détendre, elle fit le tour des hommes qu'elle connaissait pour choisir celui avec qui elle aimerait vivre cette retraite. Le visage de Yannick Jeffrey s'installa de façon persistante dans ses pensées. « Un apôtre, celui-là », se découragea-t-elle. Jamais elle ne l'aurait deviné lorsqu'il avait travaillé pour elle. Yannick aimait le vin, les soirées de karaoké, les exercices à l'extérieur de la base, même dans la chaleur la plus intense. Il savait aussi réciter les plus beaux poèmes...

Elle réussit à s'endormir, malgré la menace qui planait sur eux. À son réveil, le soleil se levait à peine à l'horizon. Elle tendit l'oreille, mais n'entendit aucun des bruits de moteur si caractéristiques des forces armées. Ils avaient encore une fois échappé à leurs poursuivants. Adielle se tourna alors vers le prophète et vit qu'il lui offrait quelque chose. Sans la moindre crainte, elle tendit la main et reçut ce qui ressemblait à un petit pain chaud.

– Tu as cuisiné toute la nuit ? lui dit-elle, moqueuse.

– C'est un cadeau de Dieu.

– De la manne ?

Son étonnement fit rire Cael.

– Ce qui a mené le monde au chaos dans lequel il se trouve actuellement, c'est son manque de foi, déclara-t-il sans pour autant adopter un ton de reproche.

– Tout ce qui est écrit dans l'Ancien Testament n'est pas forcément vrai, se défendit-elle.

– Je t'assure qu'au moins l'épisode de la nourriture providentielle tombée du ciel l'est.

– Pas de *falafels* ?

– Avant de réclamer autre chose, mange d'abord ce pain.

Elle prit une petite bouchée, par prudence, et fut surprise de son goût agréable. En quelques secondes, elle avait avalé toute sa ration.

– La plus belle qualité de la manne, c'est qu'une très petite quantité peut nourrir un homme pendant une journée entière, lui apprit Cael.

– Et pas besoin de la transporter.

– Nous allons bientôt nous remettre en route.

– Pas avant que nous ayons discuté de notre destination.

– Je t'ai déjà dit où je voulais me rendre.

– Oui, et c'est justement ce qui m'inquiète. Tu as déclaré à la télévision que tu voulais revoir le Jourdain, alors il est certain que l'armée l'a entendu aussi. C'est là qu'ils t'attendront, Cael.

Il baissa la tête comme un enfant qu'on venait de priver de dessert.

– Je sais qu'il est important pour toi de revoir ce lieu et je te promets de t'y emmener, lorsque le danger sera passé. Je t'en prie, fie-toi à mon expérience de combattante. Il nous faut choisir une destination différente. Nous pourrions descendre vers Bethléem, par exemple. Les soldats ne penseront jamais à nous chercher de ce côté.

– Tu as sans doute raison.

Il avala lui aussi un petit pain, puis ils se préparèrent à partir, tandis que la chaleur n'était pas encore torride. Ils marchaient en silence depuis une heure, quand Adielle se laissa emporter par sa curiosité.

– Sais-tu comment tu vas mourir, cette fois-ci ?

– Je l'ignorais la première fois.

– Un prophète n'est-il pas censé être omniscient ?

– Contrairement à ce que tu sembles penser, on ne lui confie que ce qu'il a besoin de savoir.

Cael s'arrêta net.

– Écoute.

Un vrombissement parvint aux oreilles d'Adielle, puis un nuage de poussière se leva non loin d'eux. « Ils ont dû nous repérer avec des jumelles », pensa l'espionne. Il n'y avait aucun refuge à des kilomètres à la ronde. Ils seraient faits comme des rats. C'est alors que Cael l'attira dans ses bras.

– Non ! hurla-t-elle tandis qu'ils s'enfonçaient dans la terre.

Elle ressentit aussitôt une sensation de froid et sa peau commença à s'engourdir. Au lieu de se concentrer comme elle sur sa survie, Cael écoutait plutôt ce qui se passait en surface. Les hélicoptères tournèrent en rond au-dessus de l'endroit où ils avaient disparu, puis s'éloignèrent. Le reptilien fit aussitôt surface, mais força Adielle à demeurer accroupie. Voyant que les appareils poursuivaient leur route vers l'est, les fugitifs s'élancèrent vers le sud.

Au bout d'un moment, ce fut au tour d'Adielle de forcer Madden à s'immobiliser. Elle le tira vers le sol. À environ un kilomètre devant eux, un détachement de fantassins approchait.

– Mais comment ont-ils su où chercher dans cette immensité ? s'étonna Adielle.

– Ils ont sans doute des informateurs partout.

– Ou un reptilien capable d'en flairer un autre.

– Ce n'est pas impossible.

– Nous allons tenter de les contourner en marchant très bas.

Ils avancèrent à croupetons en faisant bien attention de ne pas attirer l'attention de l'avant-garde. « Pourquoi autant de soldats pour un seul homme ? » s'étonna Adielle.

– Là-bas ! cria l'un d'eux.

Cael saisit les deux bras de la directrice.

– Pas sous la terre ! s'effraya-t-elle. Trouve un autre miracle !

Au lieu de les rendre invisibles, de piquer vers le ciel ou de carrément disparaître comme Yannick savait le faire, Cael se releva, s'offrant en cible.

– Es-tu fou ? hurla Adielle.

Or, les militaires ne tirèrent pas sur lui. Ils le voulaient donc vivant.

– Possèdes-tu le pouvoir de les figer dans le temps pendant que nous courrons de toutes nos forces vers Bethléem ?

– Non, mais je peux essayer de les charmer par des mots.

– Ton Dieu ne t'a pas très bien équipé pour cette mission, on dirait.

– Il n'y a qu'un seul Dieu et il sait ce qu'il fait.

Adielle avait elle-même été entraînée par l'armée israélienne, puis avait travaillé pour une escouade spéciale de la police avant d'être recrutée par l'ANGE. Elle décida donc de prendre les choses en main. Lorsque les militaires se furent suffisamment approchés pour les entourer, elle se rendit compte qu'ils n'étaient que douze. Il devait cependant y avoir plusieurs de ces petits groupes disséminés dans le désert.

– Les mains en l'air ! ordonna leur commandant.

Les fuyards obtempérèrent. Adielle observa les visages des soldats. Ils semblaient nerveux. Sans doute les avait-on menacés d'exécution s'ils ne ramenaient pas le prophète vivant. Elle décida donc de profiter de cette faiblesse. Quand l'un des hommes s'avança vers elle pour la fouiller, elle utilisa les techniques de karaté qu'elle avait apprises à Alert Bay et lui assena un coup mortel au visage. Avant que ses compatriotes puissent réagir, elle fit un croc-en-jambe à Cael, désarma le soldat inerte et se servit de son corps comme bouclier tandis que les militaires ouvraient le feu. Puis, elle se jeta sur le sol avec la mitraillette qu'elle venait de voler et faucha le reste de la section de combat.

– Cael, il faut fuir ! cria-t-elle.

Le prophète demeura toutefois immobile au sol.

– Oh non…

Elle se jeta à genoux près de lui. Son épaule gauche était ensanglantée. Elle la dénuda et découvrit, avec soulagement, que la balle était passée au-dessus du poumon et qu'elle était ressortie par le dos. Sans perdre de temps, elle trouva celui des soldats qui portait la trousse de secours, le retourna sur le ventre et lui arracha son sac. Aussi rapidement qu'elle le put, elle appliqua des sparadraps sur les points d'entrée et de sortie de la balle et utilisa les sels volatils pour faire revenir le prophète à lui. Il battit des paupières et serra les lèvres en ressentant la douleur.

– Si tu es capable de faire des miracles, c'est le bon moment, le pressa Adielle. Tu dois refermer cette blessure et arrêter le sang.

– Ça fonctionne très bien sur les autres…

– Tu n'es pas capable de te guérir toi-même ?

Elle le força à se lever, malgré ses grimaces, puis à marcher pour s'éloigner du massacre.

– Tu les as tués ? se désola-t-il.

– C'étaient eux ou nous.

– Le premier commandement de Dieu, c'est de respecter la vie.

– Nous en reparlerons lorsque nous serons en lieu sûr, d'accord ?

Ayant mis la trousse de secours sur son dos et conservé l'une des mitraillettes, Adielle obligea Madden à garder un rythme soutenu jusqu'à ce que ses jambes cèdent sous lui. « Ils vont nous trouver, c'est certain », se désespéra-t-elle. Elle lui fit boire de l'eau, lui humecta le visage et réitéra sa demande de miracle. À son grand étonnement, elle vit approcher une caravane. Un plan se forma aussitôt dans son esprit. Elle enterra la mitraillette dans le sable et se mit à sautiller pour attirer l'attention des voyageurs. En voyant une femme en détresse, ils se précipitèrent à son secours. Adielle leur raconta qu'ils avaient entendu des coups de feu et que son compagnon était tombé.

– Une balle perdue, déclara le chef de la caravane. Nous allons vers Bethléem. En chemin, nous trouverons un médecin.

Ils hissèrent le prophète sur un dromadaire, tandis qu'Adielle préféra marcher près de lui. Une femme la couvrit d'un manteau blanc pour la protéger du soleil. Ainsi, elle réussirait à ramener Cael en lieu sûr, tout comme elle le lui avait promis.

...021

Cédric était en train de se verser un café dans la salle de Formation lorsque Mithri le rejoignit. Le directeur lui jeta un regard de côté. Elle était toujours bien mise, peu importait les circonstances. Ce matin-là, elle portait une jupe noire et un tricot blanc cousu de petites perles noires. Ses cheveux argentés étaient coiffés en torsades de chaque côté de sa tête.

– Je vous en sers aussi ? demanda Cédric.

– Je préférerais de l'eau, s'il te plaît.

Il alla lui chercher une petite bouteille dans le réfrigérateur.

– As-tu le temps de t'asseoir un peu avec moi, Cédric ?

– Ici ?

– Oui, ici.

Ils s'installèrent à une table de la grande salle déserte. Mithri laissa son directeur avaler quelques gorgées de cette boisson chaude dont il ne pouvait plus se passer.

– Que comptes-tu faire d'Alexa ? lança-t-elle finalement.

– Je ne peux pas la laisser repartir sans qu'elle s'expose aux foudres des siens.

Ce que Cédric ne lui disait pas, c'est que la jeune Brasskins avait maintenant sur lui le même effet que le café.

– Tu veux la recruter ?

– J'y ai songé, mais il faudrait pour cela qu'elle fasse un stage à Alert Bay et nous n'avons aucune nouvelle de Christopher Shanks, en ce moment.

– Il est sûrement en train de réparer ses systèmes de communication et, puisque Vincent ne travaille plus chez lui, cela prendra un peu plus de temps. Comme tu le sais sans doute déjà, il y a eu des cas dans l'histoire de l'ANGE où des membres ont été acceptés sans se soumettre à notre formation, car ils avaient été entraînés ailleurs.

– Alexa n'est pas une espionne. Son rôle chez les humains était de contrôler la qualité de l'eau et, chez les Brasskins, de garder un œil protecteur sur nous. Elle ne faisait pas partie de l'équipe d'intervention d'Iarek.

– Mais elle pourrait nous rendre de fiers services.

– Elle le fera sans devenir membre de l'ANGE.

– Tu t'es attaché à cette femme, n'est-ce pas ?

Cédric baissa les yeux sur sa tasse, comme s'il s'agissait d'une accusation.

– Je trouve extraordinaire qu'un reptilien trouve l'amour, ajouta Mithri.

– Je ne suis pas certain de ce que je ressens…

– Tu finiras bien par accepter que tu es capable d'éprouver des sentiments, comme toutes les autres créatures de la Terre, Cédric. Mais je ne suis pas venue te parler uniquement d'Alexa.

Le reptilien s'aperçut avec étonnement que du visage de son interlocutrice irradiait une douce lumière, comme un hologramme. Avec un geste téméraire, il toucha sa main. Elle était pourtant bien réelle.

– Il est temps que je te révèle mon grand secret, car on me demande maintenant de jouer le rôle pour lequel on m'a préparée.

Cédric n'était qu'un directeur régional, alors il était normal qu'il ignore les plans confidentiels des hauts dirigeants. Jamais il n'aurait imaginé ce que la grande dame de l'ANGE était sur le point de lui dévoiler.

– Tout comme Yannick, je suis venue sur Terre pour remplir une mission spécifique, poursuivit-elle.

– Vous êtes une femme apôtre ?

Au lieu de le rassurer, le rire de Mithri sema encore plus de terreur dans son âme.

– Le Père a plus d'un serviteur.

Elle retira la chaînette qu'elle portait au cou depuis qu'il la connaissait. Il y pendait une sorte de petit œuf doré qu'elle faisait souvent rouler entre ses doigts. Elle prit la main de Cédric, la retourna et y déposa le pendentif.

– Si vous avez l'intention de partir, je juge que c'est un très mauvais moment, l'avertit le reptilien.

– Si je ne pars pas maintenant, il ne restera plus personne sur cette planète dans quelques jours.

– Je vous en conjure, expliquez-vous.

– Le rôle des Témoins est de donner un dernier avertissement aux âmes qui méritent le salut. Celui du prophète est de préparer le retour du Fils de Dieu sur la Terre.

– Et le vôtre ?

– Celui des trois anges est de contenir le Mal jusqu'à l'apparition de Jeshua.

– Vous êtes un ange ? s'étrangla Cédric, stupéfait.

– Pourquoi sembles-tu si surpris ? Je ne suis pas la seule à s'être manifestée dans la chair. Il y a des anges partout dans le monde. Ce sont les bons Samaritains qui aident les autres sans jamais demander de récompenses, qui se précipitent dans des immeubles en feu pour sauver des vies, qui arrivent sur les lieux des accidents pour extirper les victimes de leurs véhicules avant qu'ils explosent, qui empêchent les enfants de traverser les rues devant une voiture.

– Je n'ai jamais cru en Dieu, encore moins en ses anges.

– Pourtant, il existe et il t'aime.

Cédric ne put s'empêcher de penser aux mauvais traitements qu'il avait reçus de son père. Si Dieu avait existé, il l'aurait protégé de sa brutalité.

– Rien n'arrive pour rien, affirma Mithri. Tout ce que nous vivons, même lorsque ce n'est pas très agréable, nous prépare pour quelque chose de plus beau encore.

– La fin du monde ?

– Une grande ère de bonheur et de béatitude suivra, durant laquelle il n'y aura plus de guerre. Les gens de toutes les nations commenceront à se parler et à se comprendre, car ils auront fait face ensemble à la même menace.

– Les reptiliens aussi ? Ou les hommes seront-ils enfin heureux parce que nous aurons été éliminés jusqu'au dernier ?

– Tout comme chez les humains, il y a de bons et de mauvais sujets, Cédric. Seuls les méritants pourront profiter des bénédictions du ciel. Je sais que tu seras de leur nombre.

Cédric arqua un sourcil, incrédule.

– Ce bijou te révélera un grand secret, lorsque tu seras prêt à l'entendre, ajouta Mithri. De grandes et merveilleuses choses t'attendent. Aie confiance en nous.

Elle se leva et recula de quelques pas.

– Ce fut un grand honneur de travailler avec toi, Cédric Cristobal Orléans.

Un rayon de lumière éclatant jaillit du plafond, l'enveloppa et l'aspira. Le directeur demeura de longues secondes immobile, à se demander ce qui venait de se passer.

– Cassiopée ? parvint-il finalement à articuler.

– Je ne peux pas expliquer ce phénomène, monsieur Orléans. Mes capteurs vidéo ont enregistré la lumière, mais tous mes autres capteurs indiquent qu'il ne s'est rien passé dans la salle de Formation. C'était peut-être une projection.

– Non… J'ai touché sa main et le bijou qu'elle m'a donné est on ne peut plus réel.

– PEUT-ÊTRE EST-ELLE VRAIMENT UN ANGE.

Cédric referma la main sur le petit œuf doré et quitta la pièce en oubliant son café. Il retourna à son bureau, où l'attendait Alexa. Elle était assise en tailleur sur sa bergère et lisait une bande dessinée en buvant de l'eau. Lorsqu'elle vit l'air grave sur le visage de l'Anantas, elle crut qu'il n'approuvait pas son activité enfantine.

– C'est une édition pour adultes, expliqua-t-elle.

Il ne l'écouta pas et prit place à sa table de travail, incapable de comprendre pourquoi un ange s'était hissé jusqu'au sommet de la hiérarchie de l'Agence.

– C'est Shane qui me l'a prêtée, ajouta-t-elle.

Toujours aucune réaction de la part de Cédric.

– Est-ce que j'ai fait quelque chose de mal ?

– Je suis désolé, Alexa, lui dit-il enfin. Mon ébranlement n'a rien à voir avec ce que tu es en train de faire.

Elle déposa le livre sur l'autre bergère et contourna le bureau pour aller passer ses bras autour du cou de Cédric.

– Dis-moi ce qui t'arrive.

Il lui raconta la courte conversation qu'il venait d'avoir avec la directrice et sa soudaine disparition dans un rayon de lumière.

– Je pense que je souffre d'hallucinations, se troubla-t-il.

– Es-tu le seul à l'avoir vue ?

– Cassiopée dit avoir enregistré le phénomène, mais…

– Veux-tu en avoir le cœur net ?

– Je n'en sais rien.

– Chez les humains, ce genre de comportement indique un début de dépression, Cédric.

– Et chez les Anantas ?

– C'est parfois le début d'une nouvelle mue.

Il se redressa subitement et fit pivoter la chaise vers elle, terrorisé. Alexa s'écrasa le dos contre le mur pour éviter qu'il la renverse.

– Une quoi ?

– Les reptiliens passent par plusieurs transformations durant leur vie. Elles sont toujours précédées d'une période de découragement et de grande fatigue physique.

– C'est la dernière chose dont j'ai besoin, en ce moment !

– Alors, analysons ensemble les raisons de ta soudaine tristesse. Dis-moi ce que tu ressens relativement au départ de madame Zachariah.

Cédric prit le temps de sonder son propre cœur.

– L'ANGE a perdu sa directrice internationale et personne n'arrivera jamais à la remplacer, murmura-t-il. Et il fallait que ça se produise au beau milieu des Tribulations.

– Si je lis entre les lignes, tu crains qu'un chef moins compétent ne prenne sa place.

– Oui, ça aussi.

– Cherche plus loin.

– Je ne sais pas comment l'annoncer aux autres dirigeants de l'ANGE…

– As-tu peur qu'on t'accuse de l'avoir fait disparaître ?

– J'ai vécu une expérience semblable avec l'ancien directeur nord-américain. Il a été réduit en cendres sous mes yeux par un pouvoir divin, et je n'avais aucune façon de le prouver. Et puisque j'ai déjà été incarcéré jusqu'à ce que Vincent prouve que je n'avais pas saboté ma propre base, mon dossier est loin d'être exemplaire.

– Ne pourrais-tu pas tout simplement leur remettre ta démission ?

– Les agents peuvent le faire, mais pas les directeurs.

– Je vais donc t'aider à préparer le message que tu pourrais transmettre à toute l'Agence avec un extrait visuel de ce qui s'est passé. Après, ce sera à toi de décider si tu veux l'envoyer.

Elle se risqua à l'embrasser sur les lèvres pour le faire sourire un peu.

– Mithri voulait que je te recrute, avoua-t-il, mais j'ai refusé.

– Pourquoi ?

– Parce que nous avons un règlement qui interdit à deux membres de l'ANGE d'entretenir des relations intimes…

– Tu préfères m'avoir dans ton lit que sur l'un des fauteuils des Renseignements stratégiques ?

– Ce n'est pas moi qui ai inventé ce code de conduite.

– Ont-ils vraiment besoin de savoir que j'existe ?

– Peut-être pas…

Elle grimpa sur ses genoux et l'enlaça en l'embrassant pour lui apporter un peu de réconfort.

– Prenons les choses une à la fois, susurra-t-elle.

Cédric regarda l'œil démantelé de Cassiopée, content qu'elle ne puisse plus l'épier.

...022

Pendant que l'armée israélienne était à la recherche de Cael Madden en direction de Jéricho, Thierry et Cindy purent avancer vers Jérusalem. Le Naga n'avait pas capté la présence des Brasskins depuis qu'ils avaient quitté le temple dans la montagne. Ils ne les pistaient donc pas. Son seul problème consistait maintenant à persuader la jeune femme de se cacher dans un village jusqu'à ce qu'il tue l'Antéchrist. Les livres sacrés prétendaient qu'il serait jeté dans un lac de feu avec son Faux Prophète, mais Silvère disait que les prophéties ne devaient jamais être prises au pied de la lettre et qu'elles servaient surtout d'avertissement à ceux qui marchaient dans la mauvaise voie. « Mais comment savoir si je suis sur le bon chemin ? » se demanda intérieurement Thierry.

– Il y a un campement, non loin, indiqua-t-il en flairant le vent.

– Un campement de quoi ? demanda Cindy.

– C'est difficile à déterminer uniquement par l'odeur, mais je peux affirmer que ce ne sont pas des reptiliens.

– Et si c'étaient des soldats ?

– Nous verrons bien qui ils sont.

Ils marchèrent encore une heure dans le soleil couchant, puis le Naga fit signe à l'ex-espionne de s'accroupir. Ils étaient si près du groupe d'hommes qu'ils pouvaient entendre leurs voix.

– Ce sont des chasseurs, murmura Thierry.

– Mais que peuvent-ils bien piéger dans le désert ?

– N'apprenez-vous donc rien du monde dans vos bases de formation ?

Cindy lui décocha un coup d'œil courroucé, mais il ne le vit pas.

– Reste ici, lui imposa-t-il.

Elle savait qu'il était le mieux placé des deux pour juger de la sociabilité des campeurs, mais elle commençait à en avoir assez de recevoir des ordres.

– Cael ne me traitait pas de la sorte, grommela-t-elle.

Thierry se redressa avant d'arriver au campement, pour que son approche ne soit pas interprétée comme une agression. Les sept hommes se tournèrent vers lui en même temps. Leurs fusils étaient sur le sol près d'eux, mais ils ne cherchèrent pas à les saisir. Le Naga s'adressa à eux en hébreu, ce qui les rassura. Il demanda si lui et sa compagne pouvaient partager leur repas, avant de poursuivre leur route vers Jérusalem, et ils donnèrent tous leur assentiment. Thierry les remercia et retourna chercher Cindy.

– Pourquoi êtes-vous dans le désert ? voulut savoir le plus vieux des chasseurs.

– C'est un pèlerinage, répondit le Naga.

Puisqu'ils conversaient dans une langue qu'elle ne parlait pas, Cindy se préoccupa surtout de manger à sa faim. Elle espérait toutefois que son compagnon de voyage ne soit pas en train de persuader ces hommes de la garder avec eux.

– Vous n'avez pas de boussole ?

– Nous n'y avons pas pensé. Heureusement, de bonnes gens comme vous nous indiquent la direction à suivre depuis le début.

– Vous ne devriez pas vous promener seuls. L'armée est à la recherche d'un homme et d'une femme qui ont tué des soldats.

– Nous n'avons croisé aucune armée.

– Pourtant, vous venez du même endroit.

Thierry se contenta de hausser les épaules.

– Vous parlez bien notre langue, étranger.

– J'en ai appris plusieurs durant ma vie et cela me sert fort bien aujourd'hui.

Une fois repu, le Naga remercia ses hôtes avec effusion et voulut continuer sa route. Le chef de la bande lui suggéra de ne pas s'aventurer dans la nuit noire et d'attendre au lendemain, quand ils lèveraient le camp.

– Il sera plus facile de vous dire où aller s'il fait clair.

Thierry accepta leur hospitalité et alla s'allonger près de Cindy. Le craquement du feu et le bourdonnement des insectes les endormirent. Mais le *varan* possédait un sixième sens qui servait à le prévenir du danger et, quelques heures plus tard, il rouvrit les yeux. Il faisait encore très sombre, mais les chasseurs parlaient entre eux.

– Je suis sûr que ce sont les personnes que l'armée cherche, murmura l'un d'eux. Vous avez vu les sabres attachés à leur ceinture ?

– Le gouvernement offre une forte somme pour leur capture.

– Il va falloir les désarmer, d'abord. Youssef, tu es le seul qui peut le faire sans troubler leur sommeil.

Avec une lenteur de tortue, Thierry posa la main sur l'étui de son katana. Toute sa vie, il n'avait tué que des reptiliens tyranniques, jamais d'humains. Il préféra ne pas réveiller Cindy, même s'il la savait capable de faire beaucoup de dommages avec un katana lorsqu'elle était en état de panique.

Le dénommé Youssef approcha à pas feutrés, mais le Naga entendait le sable crisser sous ses bottes. Lorsqu'il fut à quelques pas de lui, celui-ci bondit sur ses pieds, arrachant un cri d'effroi à son assaillant. Une main sur le manche de son épée, l'autre sur son étui, le traqueur attendit que son adversaire fasse le premier geste.

– Vous nous offrez votre hospitalité, puis vous tentez de nous dépouiller ? se fâcha-t-il.

– Vous nous avez menti, cracha le chasseur. Vous êtes les criminels que l'armée essaie de retrouver.

– C'est faux, mais il semble bien que vous ayez décidé de croire le contraire.

L'homme leva son fusil vers lui, mais ne put rien faire de plus. Dans la nuit, la lame du katana reluisit et lui coupa la main. Il hurla de douleur, faisant sursauter Cindy. Youssef incitait ses amis à venir à son aide. Puisque la faible intensité du feu ne lui permettait pas de distinguer tous ses opposants, Thierry prit son apparence reptilienne, car cette forme lui procurait une vue plus perçante. Son sabre tendu devant lui, il attendit que les chasseurs initient un mouvement vers leur arme. Cependant, ils étaient tous si terrorisés d'avoir vu un homme se transformer en lézard qu'ils s'étaient mis à reculer. Le Naga ne pouvait pas les laisser fuir sans risquer d'avoir toute l'armée à ses trousses. Il fonça comme un animal sauvage et abattit les hommes les uns après les autres, souvent d'un seul coup de son arme élégante, sans perdre le compte de ses cibles. Après le sixième, il n'y eut plus personne à sa portée et, pourtant, ses yeux reptiliens pouvaient voir très loin dans le noir.

Un bruit de pas derrière lui le fit pivoter à la vitesse de l'éclair. Le coup de feu partit et Thierry eut tout juste le temps d'esquiver la balle qui le frôla de si près qu'elle troua le rebord de son long manteau de nomade. Il effectua une rapide pirouette pour décapiter son adversaire, mais stoppa son sabre à quelques centimètres de sa gorge, car celle-ci venait d'être transpercée par la pointe d'un autre katana.

Cindy appuya la plante de son pied dans le dos de l'homme et le poussa violemment pour dégager son sabre. Le tireur tomba face contre terre à quelques pas de Thierry, qui venait de reprendre sa forme humaine.

– Je ne suis pas inutile ! s'écria la jeune femme.

Après avoir égoutté son épée du sang qui la souillait, Thierry la rengaina.

– Ne restons pas ici.

Ils ramassèrent leurs affaires, ainsi que les provisions des campeurs, et poursuivirent leur route vers l'ouest. Thierry se doutait bien que le massacre serait attribué à Cael, mais il ne pouvait pas rester pour expliquer aux soldats que ce dernier n'y était pour rien. Ils marchèrent en suivant de loin la route qui traversait les monts de Judée.

– Dès que nous aurons franchi ces montagnes, nous ne serons plus loin de Jérusalem, annonça Thierry.

– Je ne change pas d'idée.

Ils continuèrent pendant quelques minutes en silence.

– Mes parents m'ont souvent parlé d'Israël, mais jamais je n'ai pensé qu'il y avait si peu de verdure.

– C'est que nous sommes dans le désert de Judée. Le paysage va bientôt changer.

Ils s'arrêtèrent au milieu de la journée, ayant suivi le lit d'une rivière, où il ne coulait presque plus d'eau, et se réfugièrent dans l'une des nombreuses cavernes creusées par l'érosion dans la paroi du canyon.

– Ces grottes ont servi de refuge et d'abri aux rebelles et aux zélotes au cours de l'histoire, lui dit Thierry en s'asseyant à l'ombre. Elles ont aussi été des lieux de retraite et de solitude pour des moines et des ermites.

– Comment ont-ils fait pour survivre ?

– Ils accumulaient des aliments non périssables et de l'eau dans des jarres, lorsque les pluies gonflaient la rivière.

– Moi, je n'aurais jamais été capable de passer toute une vie, ici.

– Leurs séjours étaient temporaires. Jadis, les gens étaient moins sédentaires qu'aujourd'hui.

– C'est ton mentor qui t'a appris tout ça ?

– Silvère exigeait que ses élèves soient instruits, surtout en ce qui concernait les pays où il entendait les faire chasser. J'étais censé traquer surtout en Europe, mais pour une raison que j'ignorais à l'époque, il m'a enseigné tout ce qu'il savait sur le Moyen-Orient. Aujourd'hui, je sais qu'il avait lu et interprété certaines prophéties sur le rôle que devrait y jouer le plus grand *varan* de tous les temps.

– S'il y a une centaine de Nagas sur la Terre, comment pouvait-il être sûr que c'était toi ?

– Apparemment, je serais le plus sanguinaire, lui avoua-t-il en riant. Moi, je ne me trouve pas plus efficace que tous ceux qui m'ont précédé. Je suis même certain que Neil surpassera mon record d'exécutions.

– Ce doit être terrible de passer toute une vie à tuer…

– Pas quand on élimine des tyrans et des criminels Dracos. Certains systèmes judiciaires font la même chose au moyen de chaises électriques, de chambres à gaz et d'injections mortelles. Nos méthodes sont seulement plus rapides et ne coûtent rien aux contribuables. Maintenant, essaie de faire un somme. Nous repartirons à la tombée de la nuit.

Cindy rêvait de s'arrêter enfin dans un hôtel, car elle en avait assez de dormir par terre et de laver son visage avec l'eau de sa gourde. « Au moins s'il pleuvait de temps à autre, je pourrais prendre un semblant de douche », songea-t-elle en s'assoupissant. Elle sombra finalement dans le sommeil sans se douter que son compagnon de voyage était sur le point de vivre une expérience des plus étonnantes.

En fermant les yeux, Thierry s'était mis à méditer, car le recueillement lui apportait plus de repos que le sommeil. Sans qu'il sache comment, il se retrouva debout dans un couloir de pierre, semblable à ceux des vieux bâtiments de Rome. « Ce n'est qu'un rêve », se dit-il. Une lumière crue l'enveloppa, comme si un projecteur de cinéma avait été allumé juste au-dessus de sa tête.

– Tu as transgressé l'une des lois que nous avons gravées pour vous dans la pierre, l'accusa une voix cristalline.

– Qui êtes-vous ? demanda le Naga en tournant sur lui-même.

– Nous sommes les seigneurs *malachims.*

Thierry chercha rapidement ce mot dans la mémoire de Silvère. « Ce sont eux qui validaient les cibles que mon mentor détectait dans les glandes des rois Dracos », devina-t-il.

– De quelle loi parlez-vous ?

– Seuls les Nagas choisis par le Grand Conseil peuvent recevoir nos directives. Tu ne fais pas partie de ce groupe et, pourtant, nous sentons en toi l'essence d'un grand maître.

– J'ai dû avaler la glande de Silvère Morin à sa mort, pour qu'elle ne tombe pas entre les mains de mes poursuivants.

– Si tu avais été formé pour être le réceptacle d'autant de savoir, tu aurais su qu'on doit détruire la glande d'un mentor. Ne peut pas l'ingérer qui le désire.

– Il est un peu tard pour me le reprocher, mes seigneurs.

– Ton âme est montée jusque dans le grand hall des *varans*, mais où se trouve ton corps ?

– Vous ne le savez pas ? s'étonna Thierry. Mon maître disait pourtant que vous êtes omniscients.

– Nous n'habitons pas la même dimension que les Nagas. Nous les dirigeons à partir de notre propre plan d'existence.

– Je suis au beau milieu d'un désert, loin de tout.

– N'ingère la glande d'un maître que celui qui a formé des traqueurs.

– J'ai déjà affranchi mes deux apprentis. À mon avis, il est trop tard pour me faire des remontrances. Ce qui est fait est fait. Je préférerais que vous me fassiez grâce de vos conseils, car j'ai une mission difficile à accomplir.

– De grandes transformations vont bientôt avoir lieu sur la Terre et elles entraîneront la disparition des Nagas.

– En fait, c'est toute la population qui risque d'être anéantie, tant reptilienne qu'humaine.

– Les temps sont révolus. Les exécuteurs n'ont donc plus leur raison d'être.

– Ils se débrouilleront pour survivre.

– Nous ne pourrons plus leur indiquer leurs victimes et ils deviendront inutiles.

– Vous n'êtes pas très encourageants.

– Tu ne pourras jamais plus faire appel à nous.

– Mais cela n'a jamais…

Thierry ouvrit les yeux dans la petite caverne où il était entré en transe.

– … été mon intention, termina-t-il, à voix haute.

Même s'il était vrai que ces êtres d'une autre dimension avaient toujours guidé les mentors des traqueurs depuis la nuit des temps, leur soudain désengagement ne pouvait pas signifier la disparition des Nagas. Si les rois et les princes Dracos suivaient les ordres de leur reine à la lettre, et Thierry ne doutait pas une seconde qu'ils les exécuteraient, les *varans* arriveraient à les repérer par le nombre de morts qui se compteraient dans leur entourage. Ils n'avaient plus besoin des *malachims* pour trouver leurs cibles.

« Comment pourrais-je entrer en contact avec tous les mentors de la planète ? se demanda-t-il. Silvère, comment vous y preniez-vous ? » Ses paupières devinrent lourdes une fois de plus, et il se laissa emporter par un tourbillon de douces sensations. Lorsqu'il rouvrit les yeux, il se tenait au milieu du dojo sous le Vatican, où son maître l'avait si longtemps formé !

– Tu en as mis du temps à te rendre jusqu'à moi.

Thierry sursauta et fit volte-face. Silvère Morin se tenait dans la porte de la grande pièce, sous sa forme humaine.

– Maître ?

Le Naga s'agenouilla aussitôt devant lui.

– Non, relève-toi, Théo. Maintenant que tu me portes en toi, tu es mon égal.

– Je suis encore en train de rêver…

– Non, tu es en train de méditer, mais d'une façon différente.

– Vous êtes donc vraiment là, devant moi ?

Silvère s'approcha de lui, prit ses mains et l'incita à se lever. Thierry s'étonna de sentir ses doigts sur les siens.

– Le corps n'est qu'une enveloppe physique pour une toute petite étincelle qu'on appelle la vie, Théo. Est-ce que je ne te l'ai pas déjà dit plusieurs fois ?

– Oui, mais je ne voyais pas les choses comme ça.

– Chez tous les êtres vivants, l'étincelle de vie se cache dans la glande que nous avons au milieu du front. Chez les reptiliens, elle est plus importante. Chez les humains, elle est toute petite. Mais elle est bel et bien là.

– J'ai donc avalé votre âme ? s'inquiéta le traqueur.

– D'une certaine manière.

– Suis-je en train de vous priver de votre repos éternel ?

– Temporairement. Lorsque ton corps mourra, tu nous libéreras, tous les deux. D'ici là, tu es coincé avec moi.

– Vous ne savez pas à quel point cette nouvelle me rassure.

– Tu te débrouilles fort bien, même si je considère que tu as laissé partir tes jeunes frères un peu trop tôt.

– J'ai été placé devant une alternative, maître. Les Dracos nous ont en quelque sorte déclaré la guerre. De toute façon, je ne savais pas comment choisir leurs prochaines cibles.

– Et toi, que comptes-tu faire ?

– Je dois d'abord trouver un refuge pour la jeune femme Naga qui m'accompagne.

– Une femme Naga ?

– Une erreur que les généticiens ont tenté de dissimuler en la confiant à un couple du Canada. Elle a été mêlée aux événements de la fin du monde par son association à un prophète qui l'a emmenée en Israël, où elle est finalement tombée sur moi et les jumeaux. C'est une histoire compliquée.

– Toi qui n'aimes pas les complications, le taquina Silvère. Que feras-tu ensuite ?

– J'irai à Jérusalem régler son compte à celui qui vous a assassiné.

– Nous avons pourtant eu des discussions sur la vengeance, Théo.

– Je m'en souviens très bien, mais maintenant que je sais que cet homme voudra détruire toute la Terre, je crois que mon geste est justifié.

– J'ai tenté de l'exécuter et j'ai échoué, jeune homme. J'ai oublié que c'est un puissant Anantas.

– Je vous remercie de l'avertissement, mais cela ne me fera pas changer d'idée.

– Tu as toujours été têtu. Mais dis-moi, comment t'en es-tu tiré avec les jumeaux ?

– Leur formation a été plus longue que s'ils étaient restés avec vous, parce que le poison que m'a injecté

Perfidia me tuait à petit feu. Je ne pouvais pas leur démontrer ce que j'attendais d'eux. Une fois que l'antidote m'a débarrassé du venin, les choses se sont accélérées. Neil sera, à mon avis, un plus grand *varan* que moi.

– Permets-moi d'en douter. Ce garçon est trop impulsif. Il commettra beaucoup plus d'erreurs que toi. Je suis toutefois plus inquiet pour Darrell.

– Moi aussi… Il est très émotif et ce trait de caractère pourrait éventuellement lui jouer un tour, s'il devait être obligé d'exécuter une princesse Dracos. Elle pourrait fort bien le séduire.

– Je me demande à qui il me fait penser…

– J'ai payé pour ma faiblesse, maître. Ne retournez pas le couteau dans la plaie.

– Les Pléiadiens n'ont pas pensé que leurs créations auraient les mêmes besoins que les autres reptiliens. Personnellement, je préfère que tu fréquentes une Naga plutôt qu'une Anantas.

– Et me faire encore distraire de mon but ?

– C'est à toi de dompter ton cœur pour qu'il se contente sans interférer avec ton travail.

Thierry sentit le sol bouger. Il battit des paupières et se retrouva une fois de plus assis dans la petite caverne du désert de Judée. Cindy le secouait pour le réveiller.

– Que se…

La jeune femme lui plaqua la main sur la bouche pour le faire taire. De l'autre, elle indiqua avec des yeux effrayés qu'il se passait quelque chose à l'extérieur. Thierry utilisa aussitôt ses sens de *varan*, mais il ne détecta pas la présence de reptiliens. Toutefois, son odorat lui indiqua celle de soldats. Il prit Cindy par la main et la fit pénétrer avec lui dans le roc. Il s'approcha de la paroi extérieure et ouvrit les yeux à la surface de la falaise. Une troupe d'une quarantaine d'hommes, armés jusqu'aux dents, avançait le long de la rivière. Les soldats avaient dû découvrir les cadavres des chasseurs et suivi leurs traces.

Pressée contre la poitrine du traqueur, Cindy ne bougeait pas. Contrairement à Adielle qui ne pouvait pas respirer dans la matière, la jeune Naga s'y sentait plus à l'aise. Elle ne remuait pas un seul muscle et laissait à son compagnon le soin de choisir leur prochaine action. Thierry observait ce qui se passait à l'extérieur. Il ne pouvait pas se mesurer à autant d'adversaires. Il les laissa donc poursuivre leur route en se demandant de quel côté se diriger pour éviter de les croiser une nouvelle fois.

...023

Puisque la Bible se tenait tranquille, Vincent continuait de travailler sur les scénarios d'impact de la météorite. Plus le gros morceau de roche interstellaire approchait, plus il devenait facile d'effectuer des calculs. Mélissa lui apportait régulièrement ses repas, car elle voyait d'un mauvais œil son régime de tablettes de chocolat. Elle venait de déposer un sandwich et un verre de lait à côté de lui, lorsque Cassiopée les informa que Cédric avait fait parvenir une nouvelle importante à toutes les bases de l'ANGE.

– Passe-nous la communication, je t'en prie, demanda Vincent.

Le visage sévère de Cédric apparut sur tous les écrans des Laboratoires.

– J'ai le regret de vous annoncer le départ de Mithri Zachariah pour un monde meilleur. Contrairement à ce que vous croyez, elle n'est pas décédée, mais je ne saurais vous expliquer, même si je le voulais, où elle s'en est allée. Je vous laisse le soin de tirer vos propres conclusions en regardant ces images.

Vincent et Mélissa restèrent bouche bée devant le ravissement de la directrice internationale.

– Cassiopée, ces images sont-elles truquées ? réussit enfin à articuler l'informaticien.

– NON, VINCENT. C'EST EXACTEMENT CE QUI S'EST PASSÉ.

– Où est-elle allée ?

– J'ai tenté de la suivre, mais l'énergie qui l'a enlevée est indétectable.

– Pourquoi monsieur Orléans dit-il qu'elle n'est pas morte si elle est montée au ciel ? s'étonna Mélissa.

– Parce que ce n'est peut-être pas là qu'elle est allée, répliqua Vincent. Cassiopée, madame Zachariah porte-t-elle encore sa montre ?

– Nous ne l'avons pas retrouvée dans ses affaires, mais si elle la portait, je pourrais la localiser. Je dois donc en déduire qu'elle l'a enlevée avant son départ.

– Ça me rappelle quelque chose… réfléchit Vincent. À Montréal… quand je me suis fait kidnapper…

– As-tu besoin de consulter les archives ?

– Non. Je me souviens d'avoir lu dans les rapports qu'on ne pouvait pas me retrouver, même si je portais ma montre.

– Si ce qu'on nous a dit à Alert Bay est vrai, il est impossible d'empêcher nos montres de transmettre leur position, même sur la Lune, protesta Mélissa.

– Mais on dirait que les forces du Mal et les forces du Bien parviennent à les neutraliser.

– Alors, même si elle portait encore la sienne, on serait dans l'impossibilité de savoir où elle est rendue.

– C'est bien ce que je pense. Ne perdons pas de temps avec ça et continuons notre travail. Il est plus important, en ce moment, de trouver une façon d'éviter le pire.

Au bout de quelques heures de savantes équations, les deux agents parvinrent à établir à quelques kilomètres près le point d'impact de la météorite. Vincent imprima les résultats et fonça vers le bureau de Cédric, Mélissa lui emboîtant le pas. Ils s'arrêtèrent devant la porte et frappèrent.

– Est-ce que tu es là pour la réparer ? demanda Shane.

– Désolé, j'ai des choses plus urgentes à faire.

Ne recevant pas de réponse, Vincent entrouvrit la porte.

– Cédric, puis-je entrer ?

Alexa lui répondit que oui. Les deux agents pénétrèrent dans le bureau et aperçurent leur patron debout devant l'écran mural, en état de choc. Pourtant, c'était le logo de l'ANGE qui s'y affichait.

– Tu n'aimes plus notre sigle ? se risqua Vincent.

– Il vient de recevoir une nouvelle plutôt surprenante, expliqua Alexa, qui n'osait même pas s'approcher de lui.

L'informaticien alla se placer entre le mur et le directeur pour le regarder droit dans les yeux.

– De quoi s'agit-il, Cédric ? De qui as-tu reçu une communication ?

– De Gustaf… articula-t-il péniblement, tellement il avait la gorge serrée.

– Le directeur de la division nord-américaine ?

Cédric hocha doucement la tête pour dire oui.

– Va-t-il falloir te torturer pour savoir ce qui se passe ?

Puisqu'il restait muet, Alexa se posta derrière la table de travail et entra quelques commandes sur le clavier pour lancer le message. Le visage de Gustaf Ekdahl apparut, encadré de ses cheveux blonds très clairs et illuminé de ses yeux bleus rieurs.

– Bonjour Cédric. Nous n'avons pas encore eu la chance de nous rencontrer, mais cette situation va bientôt changer, et voici pourquoi. Il y a quelques mois, madame Zachariah m'a confié une enveloppe que je ne devais ouvrir que s'il lui arrivait malheur ou si elle disparaissait. Après avoir reçu ta communication, plus tôt aujourd'hui, je l'ai décachetée. Elle contient les dernières volontés de notre chef à tous. Laisse-moi te lire ses mots : « Lorsque mon âme aura été rendue à Dieu et que je ne pourrai plus diriger l'ANGE, je veux que ce soit Cédric Orléans qui prenne ma place. » Alors, mon cher Cédric, toutes mes félicitations. Lorsque la vie aura repris son cours normal et que les aéroports recommenceront à laisser décoller les avions, tu pourras gagner Genève, mais nous apprécierions que tu passes par Toronto, avant de partir. D'ici quelques minutes, à moins que tu m'appelles pour refuser cette nomination, ce dont je doute, je vais rendre la nouvelle publique.

– Super ! se réjouit Mélissa. C'est une vraie nouvelle !

– Sauf que nous ne te laisserons pas partir avant que tu aies vu ce rapport, ajouta Vincent.

Cédric tituba comme s'il allait perdre connaissance. Ses agents le saisirent aussitôt par les bras et le firent asseoir dans une bergère.

– Es-tu content ou terrorisé ? voulut savoir l'informaticien.

– C'est une grosse responsabilité, se troubla le directeur.

– En fait, c'est la même chose qu'ici, mais avec plus d'agents à votre disposition, voulut le réconforter Mélissa.

– Je vois que ce n'est pas le moment de te parler de notre dernière découverte, constata Vincent, alors je vais laisser le rapport sur ton bureau. Quand tu l'auras lu, si tu veux nous consulter, nous serons aux Laboratoires, d'accord ?

Il acquiesça d'un signe de tête, mais sans conviction. Vincent agrippa la manche de Mélissa et la tira à l'extérieur du bureau. Avant que la porte se soit complètement refermée, Cédric entendit l'informaticien hurler : « Notre directeur va diriger toute l'ANGE ! » Alexa vint s'agenouiller devant lui et se contenta d'observer son visage pendant un long moment.

– Elle savait que je suis un Anantas, murmura-t-il, inquiet. Pourquoi a-t-elle décidé de me confier la direction de cette agence ? Ceux de ma race deviennent belliqueux lorsqu'on les place en position de pouvoir.

– Ce n'est pas dans ton tempérament, Cédric.

– Et si c'était moi, l'Antéchrist, comme les Nagas l'ont cru il y a une trentaine d'années ?

– Je ne coucherais pas avec toi, le taquina-t-elle.

Il n'avait franchement pas le cœur à rire. Elle s'assit sur ses genoux et l'étreignit en caressant sa nuque.

– Tu n'as aucune raison de paniquer, susurra-t-elle. C'est un honneur qu'on vient de te faire. Je ne suis pas avec toi depuis longtemps, mais je vois que tu es un bon commandant.

– M'accompagneras-tu à Genève ?

– Je te suivrai jusqu'au bout du monde…

Ils s'embrassèrent pendant un moment, et Cédric finit par se détendre.

– Gustaf ne m'a pas dit qui prendrait ma place, se rappela-t-il, soudain.

– Qu'attends-tu pour l'appeler ?

Alexa se leva et le laissa se rendre à sa table de travail, soulagée de le voir reprendre des couleurs. Même s'il appréciait la quiétude de son bureau depuis que l'œil de Cassiopée avait été détruit, son assistance informatique commençait à lui manquer. Il parvint à retracer les codes téléphoniques et demanda une ligne sécurisée pour parler au directeur nord-américain.

– Cédric ! s'exclama le Scandinave, qui venait d'apparaître sur l'écran. Je me demandais quand tu finirais par me répondre.

– Il a fallu que je me remette du choc.

– Mithri m'a souvent parlé de toi. Je suis content qu'elle t'ait choisi.

– Merci, Gustaf. Mithri avait-elle aussi prévu ma relève ?

– Je ne te l'ai pas lu tout de suite, pour te laisser le temps de savourer ta nouvelle affectation, mais oui, elle a tout prévu. Monsieur Aodhan Loup Blanc te succédera.

– Un excellent choix, admit Cédric, sans pouvoir s'empêcher de penser que tous les satellites étaient désormais susceptibles de remplir de nouvelles fonctions peu orthodoxes.

– Puisque tu n'as aucune façon de rejoindre ta nouvelle base, je te suggère de diriger l'Agence à partir de Montréal, pour l'instant. Je ne crois pas que monsieur Loup Blanc s'y oppose.

– Je ferai de mon mieux.

– Encore toutes mes félicitations, monsieur le directeur international.

Le logo de l'ANGE réapparut à l'écran, et Cédric se tourna vers la Brasskins.

– Tu veux bien m'aider à rassembler mes affaires ?

– Mais ton collègue vient de te dire que tu peux rester à Montréal…

– C'est ce que j'ai l'intention de faire, mais ce bureau n'est plus le mien.

Il ouvrit un tiroir et en retira ses plumes préférées, ainsi que quelques flacons de poudre d'or.

– Il y a une valise dans la penderie.

Alexa la lui apporta et l'aida à y ranger non seulement ses effets de bureau, mais aussi ses vêtements de rechange.

– Où comptes-tu t'installer, maintenant ?

– Dans une autre pièce où Cassiopée pourra malheureusement me harceler. Il y a des salles vitrées, dans les Laboratoires, qui ne sont occupées par personne. Elles sont insonorisées et bien équipées.

– Mais transparentes…

– Il nous faudra être plus discrets, c'est tout.

– Sais-tu à quel point c'est difficile au début d'une relation ?

Elle s'approcha de lui et alla chercher un baiser sur ses lèvres.

– Ce soir… murmura-t-il en s'arrachant à l'étreinte. J'aimerais aller voir Aodhan, maintenant. Peux-tu m'attendre un peu ?

– Je vais aller importuner tes agents dans la salle d'à côté.

Elle l'embrassa une dernière fois et sortit du bureau avant lui. Cédric transporta sa valise jusqu'aux Laboratoires et alla la déposer dans la salle la plus éloignée des postes où s'affairaient généralement ses agents, car il ne voulait pas gêner leur travail. Puis, il marcha jusqu'à l'ordinateur devant lequel était assis Aodhan.

– Je ne suis pas suffisamment discipliné pour devenir directeur, lui dit l'Amérindien en soupirant.

– Tu as tout ce qu'il faut, rétorqua Cédric en s'asseyant près de lui. Je suis rassuré de confier ma base à un agent aussi compétent que toi. Et puis, il y a un gros avantage à devenir directeur : tu n'auras plus de permissions à demander à qui que ce soit.

– Les directeurs ne sont pas censés quitter leur poste.

– Il n'y a aucun règlement qui t'empêche d'aller prêcher de temps à autre devant une foule massée à quelques kilomètres de ton centre d'opérations. Tu as aussi de la poigne sur les amateurs de science-fiction qui te serviront d'agents. Ce n'est pas négligeable.

– Quand devras-tu partir ?

– C'est justement de cela que je voulais te parler. Nous allons être obligés de partager cette base jusqu'à ce que je puisse m'envoler vers Genève. J'ai déposé mes effets personnels là-bas, tout au fond, où je serai tranquille pour communiquer avec les directeurs nationaux et régionaux. Moi aussi, il faut que j'apprenne mon nouveau rôle.

– Il n'est pas question que je te chasse de ton bureau, voyons.

– Ce ne sera pas nécessaire, puisque j'en suis parti. Je ne sais pas si on te l'a dit, mais tu peux le décorer selon tes goûts. Ce sera ton antre et, bien souvent, l'endroit où tu voudras te retirer pour réfléchir et pour décider de tes prochaines actions.

– Je crois savoir comment tu te sens.

– Prenons les choses une à la fois.

Cédric alla déballer ses affaires dans son nouveau refuge, laissant Aodhan seul avec ses appréhensions.

– IL A RAISON. VOUS SEREZ UN BON CHEF.

L'Amérindien alla à reculons jusqu'aux Renseignements stratégiques, incapable de dissiper l'horrible impression qu'en s'installant dans le bureau de son patron, il agissait comme un traître. Lorsqu'il arriva au centre névralgique de la base, toutes les têtes se tournèrent vers lui. « Ils le savent déjà », comprit-il.

– Quel est votre premier commandement, chef ? demanda Shane.

– D'arrêter de m'appeler chef, répliqua Aodhan en s'approchant de plus en plus lentement de la porte du bureau.

– Désirez-vous la faire réparer ? s'enquit Sigtryg.

– Le plus tôt sera le mieux. Et l'œil de l'ordinateur aussi.

– ENFIN.

Aodhan entra dans le bureau et resta planté devant la table de travail, hésitant. La sagesse de Mithri, qui ressemblait beaucoup à celle de son grand-père, lui manquerait énormément. « La plupart des gens ignorent ce que peuvent leur apporter leurs aînés », se dit-il. L'Amérindien savait mieux que quiconque que si le corps se détériorait avec le temps, l'âme, elle, devenait de plus en plus éclairée. Pourrait-il enseigner sa philosophie à ses jeunes agents qui se régalaient de films d'anticipation et pour qui le travail d'espion était un jeu ?

« Cette nomination ne durera-t-elle que quelques jours ? » songea-t-il, car l'astéroïde que Vincent et Mélissa surveillaient se rapprochait dangereusement vite. Mithri était allée à la recherche d'un pays ou d'une base de l'ANGE capable d'intercepter l'objet céleste avant qu'il cause davantage de destruction sur la Terre. Les humains se remettaient à peine du tremblement de terre…

Les décisions qui attendaient Cédric Orléans étaient beaucoup plus difficiles que les siennes. Une fois que le nouveau directeur international se serait installé dans les Laboratoires, il aurait une discussion avec lui, pour savoir comment la base de Montréal pourrait lui venir en aide.

...024

De toutes les bases de l'ANGE, les installations qui avaient été les plus secouées durant le tremblement de terre étaient celles d'Alert Bay. Située dans une zone de failles de la Colombie-Britannique, sa structure en acier avait été rudement mise à l'épreuve et certains de ses murs en béton, endommagés. Heureusement, les trois quarts du personnel avaient été mutés ailleurs dans le pays après le Ravissement, si bien qu'il ne restait qu'une vingtaine de membres lorsque le cataclysme avait frappé la Terre tout entière.

Christopher Shanks se rendit compte de ce qui s'était passé seulement lorsque l'éclairage d'urgence de son bureau s'alluma. Il était assis sur le sol, coincé entre le mur et sa table de travail, et il avait du mal à respirer.

– Ordinateur… murmura-t-il, souffrant.

Il ne reçut aucune réponse et comprit que les communications internes étaient interrompues. Il bougea d'abord les jambes et constata qu'elles étaient libres. Il poussa donc sur le lourd meuble afin de se créer suffisamment d'espace pour se redresser. Dans la pénombre, il vit ses livres et ses dossiers éparpillés sur le plancher. En explorant le fouillis, il trouva finalement son téléphone, toutefois, il était hors service.

– Mais qu'a-t-il bien pu se passer ? s'étonna-t-il.

Il appuya sur le bouton de son ascenseur personnel, mais, sans électricité, ce dernier ne pouvait pas fonctionner. Christopher dut donc se résoudre à utiliser la sortie d'urgence. Une fois qu'il eut dégagé la trappe dans le plancher, il parvint à la soulever, à son grand soulagement, car c'était la seule façon de quitter son bureau et d'aller chercher des secours. Les marches de métal de l'escalier en colimaçon lui semblèrent solides et il se mit à descendre. Lorsqu'il arriva à l'étage du long couloir, identique dans toutes les bases, il fit glisser le verrou et poussa la porte. Le corridor était également éclairé par les lampes de secours.

– Il y a quelqu'un ? appela-t-il.

Il poursuivit sa route jusqu'à la salle des Renseignements stratégiques, comme le dictait la procédure, mais la porte refusa de s'ouvrir lorsqu'il inséra le cadran de sa montre à l'endroit prévu.

– Ça ne va vraiment pas bien.

Il baissa les yeux sur sa montre dont le cadran avait été fracassé lors de sa chute. Sans ce dispositif, il ne pouvait pas donner les impulsions à la montre qui l'aurait mis en contact avec son personnel ou avec d'autres directeurs. Il entreprit donc de démonter le panneau de contrôle à la gauche de la porte en utilisant son couteau suisse et remercia ses parents de l'avoir forcé à étudier l'électricité lorsqu'il était jeune, avant qu'il découvre sa passion pour la physique quantique. C'étaient ses travaux en électromagnétisme qui avaient attiré l'attention de l'ANGE. Elle l'avait alors embauché dans ses laboratoires privés de Vancouver. Il avait longtemps servi l'Agence à titre de physicien avant de travailler sur le terrain comme agent à Toronto et à Vancouver.

En manipulant les fils à l'intérieur de la boîte électrique, il parvint à faire glisser la porte. Si l'ordinateur central avait été actif, il aurait tout de suite bloqué cette intrusion, mais, apparemment, plus rien ne fonctionnait. Les trois techniciens qui travaillaient aux Renseignements stratégiques, au moment du séisme, lui sautèrent dans les bras tellement ils étaient soulagés de voir quelqu'un de vivant et surtout une porte ouverte sur l'extérieur.

– Dans quel état est la base ? s'informa aussitôt Shanks.

Les génératrices maintenaient la circulation de l'air, mais elles ne pourraient tourner à ce régime que durant quelques jours. Il leur faudrait effectuer les réparations sur les systèmes essentiels avant de suffoquer.

– Pouvons-nous communiquer avec l'extérieur ?

– Pas pour le moment. Toutes les antennes et les paraboles ont dû être endommagées. Votre montre fonctionne-t-elle ?

– Non. J'ai fracassé le cadran en tombant.

Malheureusement, seul le directeur en portait une à Alert Bay. Le reste du personnel comprenait des techniciens et des formateurs.

– Nous allons devoir nous mettre au travail tout de suite, avant de ne plus pouvoir respirer. Si nous n'avons fait aucun progrès dans quatre jours, nous remonterons à la surface. Avez-vous été capables de déterminer s'il y a des survivants ou même l'étendue des dommages ?

– Nous sommes aveugles sans l'ordinateur central.

– Alors, commencez par le remettre en fonction et laissez la porte ouverte. Je vais aller vérifier chaque salle.

L'accès aux Renseignements stratégiques requérait l'autorisation de l'ordinateur central ou les vibrations spécifiques d'une montre de l'ANGE, mais celui aux différents laboratoires ne nécessitait qu'un code à quatre chiffres qu'on entrait sur un petit clavier. Christopher tapa le premier en retenant son souffle. La porte s'ouvrit dès qu'il eut retiré son doigt du dernier chiffre. Ces dispositifs étaient donc branchés au système d'urgence. Le directeur inspecta ainsi chacun des locaux de l'étage principal, puis remonta dans l'escalier en colimaçon pour faire le même examen à celui au-dessus. La seule porte qui refusa de s'ouvrir fut celle du hangar, car elle exigeait l'utilisation de sa montre.

Shanks finit par rassembler tout le personnel de sa base aux Renseignements stratégiques au bout d'une heure. Ceux qui avaient été blessés par des objets tombés sur eux durant le séisme furent installés dans un coin, tandis que les autres se divisaient en équipes pour effectuer les réparations qui s'imposaient.

S'il n'était pas très doué avec les logiciels, Shanks se débrouillait cependant fort bien avec la quincaillerie informatique. Il se glissa dans un conduit pour voir l'état des fils de l'ordinateur central et répara ceux qui avaient été arrachés. À la fin de la première journée, il remercia le concepteur de la base qui avait relié les douches au système de secours, car il avait bien besoin de se laver. Il mangea avec ses employés et coucha même dans les dortoirs des recrues avec eux, prenant le soin de laisser les portes ouvertes, ce qui, finalement, se révéla fort judicieux, car la première réplique les coinça presque toutes dans le plancher. Si elles avaient été fermées à ce moment-là, ils auraient été pris au piège.

Ils ne dormirent que quelques heures et se remirent tout de suite au travail, comprenant que la base risquait de devenir leur tombe s'ils ne parvenaient pas à réparer l'ordinateur qui leur ouvrirait les portes du hangar. Il y avait évidemment les silos dont les échelles atteignaient la surface, mais cela représentait une escalade de plusieurs heures et ceux qui avaient été blessés aux jambes seraient bien incapables de grimper. Christopher ne voulait plus qu'une chose : évacuer sa base de la manière la plus efficace possible.

Ils réussirent d'abord à rétablir l'électricité à peu près partout, puis travaillèrent d'arrache-pied pendant plusieurs jours à remettre l'ordinateur central en marche. Christopher regrettait d'avoir laissé partir Vincent, qui aurait réglé cette fâcheuse situation en un tour de main. Ses techniciens n'étaient pas des génies, mais ils avaient tout de même été formés dans les meilleures écoles du pays, alors, au bout de centaines d'heures de travail, ils finirent par entendre un bip dans les haut-parleurs. Encouragés, ils redémarrèrent le système et se croisèrent les doigts.

– ALERTE GÉOLOGIQUE ! furent les premiers mots de l'ordinateur.

– Dites-moi ce qui a secoué la base, ordonna Shanks.

Le cerveau informatique ne répondit pas tout de suite.

– C'est Christopher Shanks, directeur de la base d'Alert Bay, qui vous le demande.

– JE RECONNAIS MAINTENANT VOTRE VOIX, MONSIEUR SHANKS. MES CAPTEURS M'INDIQUENT QU'IL Y A EU UNE IMPORTANTE ACTIVITÉ SISMIQUE À TRAVERS TOUT LE PAYS.

– Tout le pays ? s'étonna-t-il.

– JE PEUX ÉTENDRE MES RECHERCHES PLUS LOIN.

– Pas maintenant. Établissez une communication avec Mithri Zachariah.

Il y eut encore quelques instants de silence angoissant.

– LES ANTENNES NE RÉPONDENT PAS.

– S'agit-il de réparations que je peux effectuer moi-même ?

– JE PEUX VOUS GUIDER PAR LE BIAIS DE VOTRE MONTRE.

– Le cadran a été mis en pièces quand je suis tombé dans mon bureau.

Un des techniciens lui fournit aussitôt un petit écouteur et le synchronisa à la fréquence de l'ordinateur. Un autre alla lui chercher la veste dans laquelle étaient rangés tous les outils dont il aurait besoin. Shanks entreprit alors l'escalade de l'échelle dans le silo qui contenait tous les câblages et la tuyauterie. « Quand je pense que je rêvais de faire ça quand j'étais jeune… » se rappela-t-il en cherchant son souffle.

Il s'arrêta à tous les endroits où les secousses avaient abîmé les branchements et referma les gaines déchirées. Au bout de quelques heures, il se retrouva à la surface, dans une salle qui se situait juste au-dessus de la base. Ce centre contrôlait plusieurs antennes paraboliques, installées sur le toit. Il vit que l'une était fendillée et qu'il ne pouvait pas la réparer, mais il rebrancha au moins les fils.

– Recevez-vous quelque chose ?

– Le nombre de renseignements qui nous parvient à la seconde est très important.

– Je redescends.

Trempé de sueur, Shanks se défit de la veste et se planta devant le plus grand des écrans.

– Maintenant êtes-vous en mesure de me dire quelque chose ?

– Plusieurs bases de l'ANGE ont tenté de communiquer avec nous. Elles ont toutes subi des dommages plus ou moins importants.

– Les bases du Canada ?

– Celles de toute la planète.

Le directeur décida de ne pas perdre de temps à débattre dans son esprit la possibilité d'une catastrophe mondiale et exigea d'entendre le reste des nouvelles dont il avait été privé pendant plusieurs jours. L'annonce du départ étrange de Mithri lui causa beaucoup de chagrin, mais la nomination de Cédric le réjouit aussitôt. Il aimait bien cet homme, malgré tout ce dont on l'avait accusé par le passé.

– Mettez-moi en communication avec monsieur Orléans.

– Tout de suite, monsieur Shanks.

Quelques secondes plus tard, le visage de Cédric apparut sur l'écran géant.

– Je suis soulagé de te voir vivant, Christopher. Avez-vous subi beaucoup de pertes ?

– Tout le personnel est sauf, mais les dommages matériels semblent assez étendus. Avant de continuer à parler de choses déprimantes, je tiens à te féliciter. Mithri a choisi le meilleur d'entre nous pour lui succéder.

Shanks voulut ensuite savoir si le phénomène géologique avait vraiment frappé tous les autres pays ct Cédric lui transmit l'information qu'il possédait à ce sujet.

– Mais ce n'est pas le plus grave de nos problèmes. Un astéroïde se dirige tout droit vers la Terre et les nations qui possèdent des missiles ne peuvent procéder à un lancement, car leurs silos sont inutilisables. Si nous ne réagissons pas très bientôt, nous serons tous exterminés.

– J'imagine que tu veux savoir dans quel état sont les miens.

– Oui, dans quel état et si tu as la capacité de lancer une fusée sur une cible dans l'espace d'ici une semaine.

– Ordinateur, avons-nous un visuel ?

Plusieurs images des installations de défense apparurent sur les écrans autour du visage de Cédric.

– À première vue, nos silos semblent avoir moins souffert que la base. Je vais quand même me rendre sur place afin de te faire un rapport plus exact.

– Appelle-moi dès ton retour.

– C'est promis, monsieur le directeur international.

L'ombre d'un sourire apparut sur les lèvres de Cédric avant que son visage disparaisse de l'écran central.

...025

Progressivement, Internet fut de nouveau accessible aux communautés qui avaient rétabli le courant dans leurs centrales électriques et réparé leurs lignes téléphoniques. Les usagers s'empressèrent de prendre des nouvelles des êtres chers et de leurs familles qui vivaient à l'étranger. Puis, ils utilisèrent le réseau pour s'informer de ce qui se passait dans le monde, car les stations de télévision n'étaient pas encore toutes fonctionnelles.

Assis dans son nouveau bureau, dont on avait commencé à réparer la porte, Aodhan suivait avec intérêt les bulletins d'actualité de tous les continents. Puis, ne trouvant rien sur l'approche de l'astéroïde, il se mit à naviguer pour voir si des groupes de scientifiques indépendants avaient quelque chose à dire à ce sujet. C'est alors qu'il tomba sur une annonce fort intéressante. Une jeune femme du nom de Chantal Gareau venait de publier un livre sur la fin du monde qui s'intitulait *L'Ultimatum de Dieu*.

Inquiet des conséquences que pourrait avoir cet ouvrage sur les nombreux fidèles dont il avait la responsabilité, l'Amérindien le téléchargea aussitôt sur son ordinateur personnel, puis afficha la table des matières à l'écran mural. Le livre exposait le rôle des deux Témoins, Képhas et Yahuda, à Jérusalem, avec de nombreuses photos, et relatait plusieurs de leurs prédications devant le Mur des lamentations. On y citait aussi de nombreux passages de la Bible qui avaient trait à leurs sermons.

Puisque leur mission n'était pas encore terminée, l'auteure promettait d'offrir les derniers chapitres en ligne, au fur et à mesure que se dérouleraient les événements précédant le Jugement dernier.

Shane entra dans le bureau et déposa une tasse de café devant son nouveau directeur. Aodhan ne l'avait même pas remarqué. Avant de ressortir, l'agent jeta un coup d'œil à la page du livre qui apparaissait sur le mur. Le titre du chapitre lui fit froncer les sourcils. « Repentez-vous ou mourez. »

– J'espère que ce n'est pas ce que vous dites aux disciples de Cael, se permit-il de commenter.

– J'essaie de les rassurer, pas de les effrayer, affirma Aodhan.

– Pourquoi lisez-vous ce truc, alors ?

– Parce qu'il est important d'en savoir le plus possible sur son champ d'expertise. Et, en passant, ce n'est pas mon seul genre de lecture.

– Y croyez-vous à cette fin du monde qu'on nous prédit ?

– Je suis conscient qu'on en a annoncé plusieurs dans le passé et qu'elles ne se sont jamais produites, mais elles n'étaient pas accompagnées d'autant de signes dont parlent les prophètes.

– En d'autres mots, vous n'en savez rien ?

– C'est à peu près ça, oui. La Bible en parle actuellement à Vincent et Cael Madden est persuadé que la fin du monde aura lieu d'une année à l'autre, mais…

– Il est difficile de croire que tout ce qu'on a connu pourrait disparaître demain matin.

– Les textes sacrés nous promettent toutefois mille ans de bonheur après les terribles événements de l'Apocalypse, lui rappela le directeur.

– Mais qui en profitera si nous sommes tous morts ? Les reptiliens ? Parce que c'est à peu près tout ce qui reste à la surface, en ce moment.

– Ceux qui ne sont pas partis lors du Ravissement ne sont pas tous des criminels, comme le prétendent les journaux. Les indécis sont restés, eux aussi. Heureusement, certains ont enfin ouvert les yeux. Ce sont ces gens dont je m'occupe. Je veux croire que ce paradis sur Terre sera créé pour eux.

Shane hocha doucement la tête pour acquiescer et fit quelques pas vers la porte.

– Il y a une autre question qui me trotte dans la tête, confessa-t-il.

– Posez-la toujours, monsieur O'Neill. Je verrai si je peux y répondre.

– De toutes les bases de l'ANGE, il semble que ce soit la nôtre qui compte le plus de personnes reliées de près ou de loin à la fin des temps. Ce que j'aimerais savoir, c'est pourquoi un apôtre âgé de deux mille ans a soudain eu envie de devenir un agent secret.

– Tout ça m'a aussi torturé l'esprit lorsque je travaillais à Toronto et j'en suis venu à la conclusion que c'était la meilleure façon pour lui d'observer ce qui se passait dans le monde entier, jusqu'à ce que ce soit à lui d'entrer en scène à Jérusalem.

– Mais un apôtre qui tire sur les criminels avec un revolver, vous trouvez ça normal ?

L'image que ces mots évoquèrent dans l'esprit d'Aodhan le fit sourire.

– Ce que Yannick Jeffrey s'est efforcé de faire, justifia l'Amérindien, c'est de s'adapter à chaque époque qu'il a vécue. Il ne savait pas exactement quand il serait appelé à se rendre en Terre sainte, alors il a appris tout ce qu'il pouvait.

– Je n'avais pas vu les choses sous cet angle. Merci de m'éclairer, monsieur Loup Blanc.

– Ça fait partie de mon travail, monsieur O'Neill.

– Peut-être pourriez-vous aussi m'expliquer pourquoi Dieu a choisi Vincent McLeod pour recevoir ses paroles, Cindy Bloom pour accompagner Jean le Baptiste, vous pour prêcher aux disciples de ce dernier et Océane Chevalier pour épouser l'Antéchrist ? Vous êtes tous reliés à la base de Montréal.

– Je n'ai malheureusement aucune réponse à vous offrir.

– La même chose va-t-il nous arriver à Mélissa, à Jonah et à moi ?

– Rien n'est impossible, monsieur O'Neill. Maintenant, cessez de vous poser des questions existentielles et retournez au travail.

– Oui, monsieur.

Lorsque Shane revint dans la vaste salle des Renseignements stratégiques, il constata que Jonah, Pascalina et Sigtryg avaient, eux aussi, téléchargé le livre de madame Gareau et qu'ils en parcouraient des extraits tout en surveillant les écrans.

– Est-ce une épidémie ? s'exclama Shane.

– On veut juste comprendre ce qui se passe vraiment là-bas, se défendit Pascalina.

– Les médias ne nous disent jamais toute la vérité, ajouta Sigtryg.

Il s'assit à son poste et les imita. Au bout de quelques pages, il ne put s'empêcher de penser que cette histoire ressemblait beaucoup aux romans de science-fiction qu'il avait lus au cours de sa vie. Incapable de s'arrêter, il dévora tout l'ouvrage et éprouva une grande frustration de ne pas pouvoir connaître la fin du récit tout de suite. Toutefois, il avait désormais une plus grande compréhension des missions de Cael Madden et des deux Témoins. « Madame Zachariah est-elle allée les rejoindre ? » se demanda-t-il.

Shane passa un long moment à réfléchir, sans vraiment regarder ce qui se passait sur son écran. Il voulait savoir si tous ces acteurs de la fin du monde avaient autre chose en commun que leur appartenance à la base de Montréal, ou si Dieu avait décidé de recruter ses soldats en lançant sur une carte géographique un dard qui s'était fiché sur cette ville…

« De nous trois, c'est Mélissa qui semble le mieux se greffer à ce groupe d'élite », reconnut Shane. Elle passait maintenant le plus clair de son temps aux Laboratoires avec Vincent et sa Bible. Ou était-ce pour d'autres raisons ? Il se mit à la recherche, sur Internet, du site qui suivait les progrès des Témoins à Jérusalem et apprit qu'on les avait momentanément perdus de vue, après le tremblement de terre. Cependant, certains rapports anonymes prétendaient qu'ils sillonnaient la ville pour aider les survivants. Shane fouilla donc les sites de nouvelles et trouva des bouts de film qui montraient les apôtres à l'œuvre. Il observa la façon dont ils dispensaient des soins aux blessés, surpris de voir ces derniers se relever après avoir reçu de gros blocs de pierre sur le corps.

– Ils font vraiment des miracles, constata-t-il.

...026

Les répliques étaient de moins en moins nombreuses et elles diminuaient d'intensité. Képhas et Yahuda ne s'en préoccupaient plus. Après avoir parcouru les quartiers du nord de la vieille cité, ils redescendirent dans le sud, guérissant les blessés, redonnant courage à ceux qui avaient tout perdu et ressuscitant parfois des morts. Plus les jours passaient, plus Yahuda devenait nerveux. Alors, un soir, après une journée bien remplie de prodiges accomplis au nom de Dieu, ils se retirèrent dans la grotte des chrétiens, qui leur servait toujours de refuge.

– Dis-moi ce qui t'angoisse, voulut savoir Képhas en s'asseyant en tailleur sur le sofa poussiéreux.

– Il se passe des choses étranges dans l'Éther. Ne les entends-tu pas ?

– Mes sens ne sont plus aussi aiguisés qu'avant, mon frère. Décris-moi ce que tu perçois.

– C'est comme un sifflement, mais il n'est pas de nature reptilienne. On dirait le bruit que fait un avion dans le ciel.

– Tu crois que ce pourrait être Satan ?

– Je n'en sais rien. Pourquoi ne viens-tu pas avec moi t'en informer, Képhas ? Il y a longtemps que tu n'as pas quitté ce plan.

L'hésitation de son ami surprit Yahuda.

– Tu es trop attaché à ce monde, n'est-ce pas ?

– J'ai vu toute l'histoire des hommes…

– Le Père t'a accordé l'immortalité pour que nous puissions sauver ses brebis lorsque arriverait la fin des temps. Tu as passé deux millénaires à t'instruire, et cela est tout à ton honneur, mais notre place ultime n'est pas ici. Elle est aux côtés du Père. Le serpent est sur le point de montrer son horrible tête.

– Et nous, de perdre la nôtre.

Yahuda s'assit sur la table à café et prit les mains de son frère apôtre.

– As-tu peur ?

– Un peu, avoua Képhas en baissant les yeux.

– Comment pourrais-tu avoir peur de mourir, alors que tu n'es même pas vivant ?

– Je ne crains pas la douleur, car j'en ai eu mon lot. C'est de ne plus pouvoir revenir ici qui me terrorise.

– Pourtant, le royaume du Père est parfait.

– Je ne sais pas comment t'expliquer ce que je ressens, Yahuda.

– Ce qu'il te faudrait, c'est la sagesse de Jeshua. Il saurait calmer tes craintes. Je t'en conjure, viens avec moi, ce soir.

Képhas posa un regard infiniment triste sur lui, mais ne protesta pas. Alors, Yahuda considéra qu'il acquiesçait à sa demande. Leurs vibrations corporelles s'élevèrent et ils changèrent instantanément de dimension. Contrairement à ce qu'il redoutait, Képhas ne se sentit pas déraciné de la Terre en suivant son ami. Il se laissa flotter dans un espace sans fin, se dirigeant vers une étincelante lumière au milieu de l'univers. Il savait qu'il n'était plus mortel et que sa place était au ciel, mais toute cette perfection l'effrayait.

Au lieu de le guider vers l'endroit où ils pourraient reprendre des forces, Yahuda choisit de lui faire visiter un jardin que son ami avait toujours omis de fréquenter durant ses deux mille ans de vie, sans doute pour oublier les souffrances de sa première incarnation. Képhas sentit la terre ferme sous ses pieds, ce qui ne s'était jamais produit dans l'espace infini. Il huma le parfum des oliviers et comprit où il se trouvait.

– Pourquoi m'as-tu amené ici ? demanda-t-il à Yahuda, sur un ton de reproche.

– Parce que tu en as besoin, évidemment.

Avant de quitter ses apôtres pour de bon, Jeshua leur avait parlé de ce jardin qui était réservé aux plus méritants. Si Képhas ne s'y était jamais rendu de lui-même, c'est qu'il ne se sentait pas digne de faire partie de cette élite.

– Shimon ! s'écria un homme dont il reconnut immédiatement la voix.

– Andréas…

Les deux frères s'étreignirent avec joie.

– Yacob parlait justement de toi. Es-tu revenu pour de bon ?

– Ma mission n'est pas encore accomplie, Andréas.

– Tu ne pourras donc pas rester longtemps. Dans ce cas, dépêche-toi.

Andréas entraîna le nouveau venu vers une grande place entourée de fleurs où discutaient la majorité des soixante-dix apôtres de Jeshua.

– Regardez qui nous rend visite ! s'écria Andréas pour les faire taire.

Le reconnaissant, les saints hommes vinrent saluer celui que le Seigneur avait nommé chef de ses disciples. Képhas les serra tous dans ses bras, s'abreuvant de leur force. Le dernier à s'approcher de lui fut Yacob, l'un des deux fils du tonnerre.

– Où est Yohanan ? lui demanda Képhas.

– Il est en mission lui aussi, répondit Yacob en l'emmenant s'asseoir sur un banc de pierre.

– Depuis quand ?

– Pas depuis aussi longtemps que toi, mais dans le même monde.

– A-t-il dit ce que Jeshua attendait de lui ?

– C'était quelque chose en rapport avec la propagation de ses connaissances par écrit. Pardonne-moi de ne pouvoir mieux te l'expliquer, car je n'ai jamais eu le bonheur de ressusciter après ma mort.

– Beaucoup de choses ont changé et tu t'étonnerais de la taille des maisons maintenant, mais malheureusement, le monde est toujours aux prises avec de cruelles hostilités.

Képhas décida de ne pas lui parler du séisme qui avait presque tout démoli, car le choc aurait été trop grand pour cet homme qui s'imaginait que ses descendants se promenaient toujours à dos d'âne et qu'ils continuaient de pêcher pour gagner leur vie. L'absence du frère de Yacob peina beaucoup Képhas. Jadis, les trois hommes formaient le noyau intime du Messie. Yahuda s'y était greffé plus tard.

– Je suis vraiment content de te revoir, Shimon.

– Moi de même, Yacob. Vous m'avez tous manqué…

– Raconte-moi ce que tu as fait depuis notre séparation.

– J'ai vu trop de merveilles en deux mille ans pour te les décrire toutes pendant le peu de temps que je peux passer avec toi.

– Alors, promets-moi de le faire à ton retour.

Képhas acquiesça d'un signe de la tête. Il comprenait maintenant pourquoi Yahuda l'avait conduit dans ce jardin. Il voulait qu'il connaisse la récompense qu'il obtiendrait, une fois son travail terminé dans le monde des mortels.

– Sais-tu où Yohanan a été envoyé ? demanda Képhas.

– J'ai entendu Jeshua lui dire d'aller quelque part qui s'appelle Amérique.

– Qu'y fait-il ?

– Il écrit des récits terrifiants pour mettre les hommes en garde contre leur folie. Je crois bien que tu seras en mesure de le trouver dans le monde des vivants.

« Il y a des centaines d'écrivains qui se spécialisent en science-fiction, songea Képhas. Comment saurais-je qui il est ? À moins qu'il ne soit toujours obsédé par l'Apocalypse… »

Il bavardait encore avec son vieil ami, lorsque Yahuda réapparut et lui fit signe de revenir vers lui.

– Je dois partir, Yacob.

Les deux hommes se donnèrent une dernière accolade, puis se séparèrent.

– Voilà ce qui nous attend lorsque le Prince des Ténèbres nous fera exécuter, lui dit Yahuda en le faisant sortir du jardin.

Le cœur gros, Képhas le suivit en silence. Ils allaient s'élancer tous les deux dans le vide lorsqu'ils ressentirent une intense chaleur dans leur dos. Ils se retournèrent en même temps et virent, nimbé de lumière dorée, Jeshua qui les observait avec bienveillance.

– Je vous ai choisis, car je connais votre loyauté et votre force, leur dit-il. Votre sacrifice marquera le début de la fin pour la Bête. Ne l'oubliez jamais.

Képhas n'eut pas le temps d'ouvrir la bouche qu'il basculait vers l'arrière, dans le froid glacial de l'Éther. Lorsqu'il ouvrit les yeux, il était de retour dans la grotte. Malgré toute la belle énergie qu'il venait de recevoir, il éclata en sanglots. Croyant que sa tristesse provenait de sa séparation d'avec leurs frères, Yahuda se contenta de lui frictionner le dos en silence.

...027

Les agents de la base de Montréal, à Longueuil, épluchaient les nouvelles en provenance du monde entier, tout en s'informant régulièrement des progrès des équipes de réparation de l'ANGE, qui tentaient de remettre toutes les installations en marche. Ce fut Jonah qui entendit le premier ce qu'il lui sembla être un flash à l'intérieur d'un segment scientifique à la télévision américaine. Il s'empressa d'approfondir sa recherche avant de sonner l'alarme et se retrouva sur le site de la Société américaine d'astronomie.

– Nous allons bientôt assister à une grande panique, laissa-t-il tomber, découragé.

– Qu'as-tu découvert ? s'empressa de demander Shane.

– Ils ont réparé un gros télescope dans le Pacifique et ils viennent d'annoncer qu'une météorite va frapper la Terre dans quelques jours.

– Il faut avertir tout de suite les directeurs.

Puisque Aodhan s'était absenté pour aller apaiser les multiples inquiétudes des disciples de Cael, les deux agents filèrent vers les Laboratoires pour prévenir Cédric. Lorsqu'ils le virent en compagnie de Vincent et de Mélissa, ils comprirent qu'il savait déjà ce qui se passait.

– Entrez, les invita le grand directeur sans même se retourner.

Tout comme eux, Shane et Jonah se mirent à lire ce qui apparaissait à l'écran. La nouvelle avait commencé à filtrer sur Internet et l'affolement se mettait à gagner certaines villes. Les gens avaient déjà vu plusieurs films de catastrophe dont l'action était l'écrasement d'une météorite sur la Terre, et ils craignaient le pire.

– Dans peu de temps, ils vont se mettre à dévaliser les épiceries et les pharmacies, commenta Mélissa.

– À quoi est-ce que ça leur servirait ? s'étonna Jonah. Même s'ils réussissaient à survivre pendant un mois avec ces provisions, enfermés dans leurs maisons, ils ne trouveront plus rien à manger lorsqu'ils en sortiront. Tout le monde sait qu'un impact, n'importe où dans le monde, sera dévastateur.

– Je préférerais un peu d'optimisme, ici, les avertit Vincent.

– Vous avez trouvé une façon de modifier la trajectoire de l'astéroïde ? se réjouit Shane.

– Pas encore, mais mon cerveau tourne à plein régime.

– Je suggère de poursuivre ce travail aux Renseignements stratégiques, intervint Cédric qui commençait à être à l'étroit dans son bureau vitré.

Il n'eut pas à le répéter. En quelques minutes, ils étaient tous plantés devant les écrans du centre névralgique de la base. Vincent avait apporté sa Bible avec lui, au cas où elle se déciderait enfin à offrir des paroles encourageantes.

– Où est notre belle dame rousse ? voulut savoir Shane.

– Elle n'est pas ici, répondit Cédric, sans plus de précisions. Si vous le voulez bien, révisons ce que nous savons.

Les images de la simulation conçue par le jeune savant apparurent sur le plus grand des écrans.

– Un astéroïde d'environ quarante-quatre mètres de diamètre, qui pèse environ quatre-vingt-cinq millions de kilogrammes, se dirige droit sur nous, les informa Vincent. Le CFHT vient tout juste de confirmer mon évaluation de l'objet.

– Le quoi ? s'enquit Shane.

– C'est le sigle du télescope Canada-France-Hawaï situé au sommet du Mauna Kea, à Hawaï.

– Continue, Vincent, le pressa Cédric.

– L'astéroïde que j'ai baptisé *Absinthium*, inspiré par les révélations de la Bible, voyage dans l'espace à une vitesse moyenne de vingt-cinq kilomètres à l'heure. Sa taille est suffisante pour causer des dégâts considérables en touchant la Terre.

– Quand nous atteindra-t-il ?

– Selon mes nouveaux calculs, dans douze jours.

– De quelle façon peut-on éviter l'annihilation ?

– Plusieurs scénarios ont déjà été imaginés par la NASA. Attention, j'ai dit « imaginés », car ils ne sont pas tous réalisables. Celui qui revient le plus souvent, c'est d'intercepter l'astéroïde avant qu'il entre dans l'atmosphère. Il faut cependant le faire avant qu'il soit à quatre cent quarante-quatre mille kilomètres de la Terre. Le mieux, c'est de le frapper lorsqu'il sera à un demi-million de kilomètres.

– Comment intercepte-t-on un astéroïde ? s'inquiéta Jonah.

– Avec des missiles.

– À ogives nucléaires ? demanda Shane.

– Même si la force d'une telle explosion le réduirait à coup sûr en fragments, les conséquences pour nous seraient plus dangereuses que l'objet lui-même. Le mieux, c'est de le heurter pour qu'il change de trajectoire. Théoriquement, il suffirait de modifier sa vitesse de quelques centimètres à la seconde.

– Théoriquement... répéta Cédric, songeur. Quels sont les autres scénarios ?

– Aller installer des moteurs de fusée sur l'astéroïde pour lui donner une impulsion latérale.

– On commence à s'approcher des films de science-fiction dont raffolent les recrues de Montréal, déplora Cédric.

– C'est vrai que j'ai déjà vu une super production à ce sujet, avoua Jonah.

– Puisque nous ne pourrons jamais organiser une telle expédition en douze jours, il ne nous reste que la solution des missiles, réfléchit tout haut Cédric. J'ai effectué le suivi des appels faits par madame Zachariah pour conclure qu'aucun des pays possédant des missiles n'est en mesure de les lancer avant des mois. C'est la même situation parmi les bases de l'ANGE. La seule qui pourrait nous aider, c'est celle de Christopher Shanks, mais elle a été fortement secouée par le séisme.

– Moi, ce qui me tracasse, c'est que les observatoires sont capables de détecter la présence de corps célestes des années à l'avance, déclara Shane. Pourquoi vient-on seulement d'apercevoir celui-là ?

– Les orbites des astéroïdes varient en fonction d'une foule de facteurs, répondit Vincent. C'est pour cette raison qu'on surveille autant le ciel.

– Donc, quelque chose a perturbé la trajectoire d'*Absinthium*. Mais quoi ?

– Ce peut être le champ gravitationnel des grosses planètes, mais Cassiopée a une théorie encore plus intéressante.

– Nous vous écoutons, l'invita Cédric.

– IL Y A QUELQUES MOIS, DES MISSILES LANCÉS SUR JÉRUSALEM ONT ÉTÉ REPOUSSÉS DANS L'ESPACE OÙ ILS ONT EXPLOSÉ.

– Et puisque l'espace est comme un grand vide composé d'électrons, d'atomes, de molécules et de poussière d'étoiles, ajouta Vincent, la moindre impulsion prend de grandes proportions.

– Donc, celui qui a sauvé Jérusalem a condamné la Terre…

– Si on avait son adresse, on pourrait lui demander de réparer son erreur, fit remarquer Shane.

– La Bible prédit-elle l'extinction de la race humaine ? s'enquit Cédric.

– Pas jusqu'à présent.

Ils observèrent les images en silence pendant quelques minutes.

– Cassiopée, mettez-moi en communication avec Christopher Shanks, ordonna Cédric.

– Tout de suite, monsieur Orléans.

Le visage du directeur d'Alert Bay apparut à l'écran, les traits tirés. Il était visiblement au bord de l'abattement.

– Cédric, j'allais justement t'appeler, déclara-t-il.

– Tu as donc des nouvelles pour moi.

– Avant de t'en parler, laisse-moi dire bonjour à Vincent, à Mélissa, à Shane et à Jonah.

– Bonjour, monsieur Shanks ! firent-ils en chœur comme des écoliers.

– J'espère qu'ils ne te causent pas trop d'ennuis.

– Ça dépend des jours, soupira Cédric. Dis-moi que tes missiles ne sont pas coincés dans leurs silos.

– Ils ne le sont pas et nous sommes en train de les armer.

Un cri de joie retentit autour de Cédric qui, lui, gardait la tête froide, en bon reptilien.

– Quand désires-tu les lancer ? demanda Shanks, lorsque les agents de Montréal se furent calmés.

– Vincent ?

– Pour ne courir aucun risque, dans cinq jours.

– J'aimerais que vous travailliez ensemble là-dessus, exigea le nouveau directeur international.

– Si tu me le permets, Cédric, je vais retourner aux Laboratoires pour lui transmettre mes données, requit Vincent.

– Oui, bien sûr, mais tenez-moi au courant.

– À plus tard, Cédric, lui dit Shanks.

L'écran redevint sombre, tandis que Vincent filait dans le corridor, suivi de près par Mélissa.

– Nous, patron, qu'est-ce qu'on peut faire ? voulut savoir Jonah.

– Prier pour qu'ils réussissent. Cassiopée, je serai chez moi pendant quelques heures.

Shane et Jonah échangèrent un regard amusé. Jamais le directeur n'avait passé autant de temps à son appartement que depuis qu'Alexa était entrée dans sa vie.

Cédric quitta la base sans se presser. L'ascenseur le déposa dans le garage de son immeuble d'habitation, mais il sortit pour regarder le ciel. Rien ne laissait encore présager les terribles événements qui allaient se produire. Il monta à son appartement et trouva Alexa au salon, à écouter avec attention les bulletins de nouvelles à la télévision. En entendant la porte se refermer, la jeune femme vint aussitôt à la rencontre de Cédric et l'embrassa.

– On ne parle plus que de l'astéroïde, lui apprit-elle.

– Je sais, mais il ne faut surtout pas paniquer.

Elle l'emmena s'asseoir.

– Vous avez trouvé la façon d'enrayer cette menace, conclut-elle.

– Nous avons une ébauche de solution, mais rien n'est encore certain.

– Si elle devait échouer, jure-moi que tu mourras dans mes bras.

Il ouvrit la bouche pour répondre, mais ravala toute parole rationnelle juste à temps, car l'amour qui brillait dans les yeux d'Alexa n'était pas feint.

– Je te le jure, dit-il plutôt.

Elle se blottit contre lui, comme une enfant. Cédric continuait de se demander pourquoi une Brasskins s'éprenait ainsi d'un Anantas. « Je me pose toujours trop de questions, finit-il par admettre. Il ne nous reste peut-être que douze jours à vivre… » Il écouta les actualités avec elle et s'installa ensuite à la salle à manger pour la regarder préparer le repas. Il avait été privé de ces petits gestes de tendresse toute sa vie. Pourquoi le bonheur frappait-il si tard à sa porte ?

Cédric ne retourna pas à la base ce soir-là. S'il y avait une urgence, Cassiopée ou Aodhan le préviendrait. Il avait besoin de prendre du temps pour lui. Il s'endormit dans les bras d'Alexa, et ouvrit les yeux quelques heures plus tard. La réflexion d'une lueur clignotait sur la porte de la chambre à coucher. Il se leva sans réveiller sa compagne. Prudemment, il jeta un coup d'œil dans le couloir. La lumière dorée provenait du salon. Il s'y rendit, prêt à se métamorphoser en reptilien au moindre signe de danger, mais s'aperçut que c'était le petit pendentif en forme d'œuf que lui avait légué Mithri, qui scintillait sur la table à café.

Il s'assit sur le sofa et l'observa pendant un moment avant de se décider à le prendre entre son pouce et son index. L'objet ne cessa pas de briller pour autant.

– Que suis-je censé comprendre de ce phénomène ? murmura-t-il, découragé.

Il redéposa le bijou sur la table. Aussitôt, il s'ouvrit en deux et projeta une image devant lui : celle de Mithri, grandeur nature.

– Si tu me vois maintenant, Cédric, c'est que le réceptacle de mes secrets juge que le moment opportun de te les dévoiler est arrivé.

– C'est une machine électronique ? s'étonna-t-il.

– Pas tout à fait.

« Un enregistrement ne peut pas répondre à des questions », songea Cédric.

– En fait, c'est une technologie qui n'est pas de ce monde. Les Pléiadiens m'en ont fait cadeau, il y a des centaines d'années.

– C'est donc un appareil de communication.

– Non plus. C'est un dispositif qui emmagasine les émotions, les pensées, les joies et les peines.

– Si tel était le cas, vous ne seriez pas en train de dialoguer avec moi.

– Ce n'est pas à moi que tu parles, mais à mes souvenirs, et tu en fais partie.

Il fallait, en effet, que cette machine miniature émane d'une civilisation extraterrestre, car il n'avait jamais eu vent d'une telle percée scientifique.

– Vous m'avez dit, avant de disparaître comme tous ceux qui ont été victimes du Ravissement, que ce bijou m'apprendrait quelque chose d'important.

– Avant que je te le révèle, sache que les gens que Dieu a ravis ne sont pas des victimes, mais d'heureux élus.

– Sont-ils morts ?

– Pas du tout. Contrairement à ce que vous croyez, ils n'ont pas été pulvérisés. Ils ont tout simplement été enlevés et transportés dans un monde meilleur, en attendant que le vôtre se réforme.

– Où sont-ils ?

– Dans de grands vaisseaux spatiaux qui sont repartis en direction des Pléiades.

– C'est impossible. S'il y avait eu autant d'engins à proximité de la Terre, nous les aurions détectés.

– L'état actuel de vos connaissances ne vous permet pas de tout voir, Cédric.

– Alors, toutes ces personnes sont encore vivantes…

– Et très heureuses.

– Mais comment avez-vous su qui prendre, ce jour-là, parmi les milliards de personnes qui habitent cette planète ?

– Ils ont tous reçu à un moment ou un autre de leur vie un vaccin qui contenait des radioisotopes.

« Les Pléiadiens sont-ils seulement conscients des fatalités engendrées par la soudaine disparition de pilotes d'avion, d'aiguilleurs du ciel, de chauffeurs d'autobus, de chirurgiens, d'infirmières, d'ouvriers de machinerie lourde et de toutes les autres personnes responsables de la sécurité publique ? » songea Cédric.

– Quand les calamités cesseront-elles de s'abattre sur nous ? voulut-il aussi savoir.

– Lorsque vous aurez décidé de vivre en paix et de cesser de dépouiller la planète.

– En kidnappant ceux qui se souciaient du sort de la Terre, vous nous avez condamnés à périr.

– Dieu croit que c'est la seule façon de vous conscientiser.

Il aurait pu débattre cette question pendant des heures avec l'hologramme de Mithri, mais il lui fallait prendre du repos pour braver l'un des plus graves dangers que l'humanité allait affronter depuis sa création.

– Dites-moi votre secret, Mithri.

– Tu auras un grand rôle à jouer dans les événements de la fin du monde.

Le visage de Cédric devint blanc comme de la craie.

– Ne me dites pas que je suis l'Antéchrist… s'étrangla-t-il.

– Tu es son frère aîné.

– Je suis le frère d'Asgad Ben-Adnah ?

– Après la disparition de ton père, ta mère est retournée en Espagne, où elle a eu un dernier enfant avec le roi Anantas, avant que celui-ci soit exécuté par un Naga. Pour éviter le même sort à son bébé, elle l'a confié à une famille israélienne. À la naissance, il s'appelait Herryk Arturo Baldriksen.

– Donc mon véritable père, c'est aussi ce roi Anantas.

– Oui, Cédric. Il s'appelait Leif Baldriksen.

– Pourquoi n'ai-je pas été donné en adoption, comme mon frère ?

– Sache que tu as trois frères, tous plus jeunes que toi. Elle aurait bien aimé les élever au Canada, où elle était moins en danger qu'en Europe, mais le destin en a voulu autrement.

– Les Dracos et les Nagas, vous voulez dire.

– Il est bien malheureux que même les reptiliens de votre monde n'arrivent pas à s'entendre.

– Qui sont mes deux autres frères ?

– J'ai promis à ta mère de ne jamais en parler.

– Vous savez qui est ma mère ?

– Oui, je la connais bien. Je vous ai même rendu visite à quelques reprises pour m'assurer que tu étais un bon candidat pour l'ANGE, comme elle le prétendait.

– Elle connaissait l'existence de l'Agence ?

– Bien sûr, puisqu'elle en faisait partie.

– Mais j'ai fait faire des recherches sur elle par l'ordinateur central. Nous avons retrouvé son adresse en Espagne, mais aucune mention qu'elle était agente.

– En fait, c'est une collaboratrice qui utilise un pseudonyme à l'ANGE.

Cédric n'en croyait pas ses oreilles ! « Ai-je passé toute mon existence dans l'ignorance ? » se demanda-t-il, abasourdi.

– Votre grand secret concernait donc ma véritable identité, articula-t-il finalement.

– Tu dois savoir qui tu es pour pouvoir surmonter les obstacles qui surgiront bientôt sur ta route. Cesse de te rabaisser tout le temps, Cédric. Tu as le potentiel d'un grand chef. C'est à toi de décider de quel côté du conflit tu te rangeras.

– Mais j'ai déjà choisi mon camp.

– Mes souvenirs sont en train de s'effacer. En portant ce bijou sur toi, ce sont les tiens qui s'y accumuleront. Je te dis à bientôt, car je sais que nous nous reverrons avant que tout soit accompli. Essaie de raisonner moins et de suivre davantage ton cœur.

La projection s'éteignit et Cédric se cala profondément dans le sofa en réfléchissant. « Pourquoi craint-elle que je change d'allégeance ? » s'étonna-t-il. Il ne resta pas seul longtemps dans le noir. Alexa mit le nez dans le salon et alluma une lampe.

– Tu n'arrives pas à dormir ? se désola-t-elle.

– Non…

Elle vint lui prendre la main pour le ramener à la chambre.

...028

En retournant aux Laboratoires, Vincent jeta un coup d'œil rapide à la Bible, mais elle demeurait coite. Il s'installa donc devant l'ordinateur, et Mélissa prit place à ses côtés. Cette dernière savait qu'elle aurait une carrière passionnante à l'ANGE, mais jamais elle n'avait imaginé, lorsqu'elle étudiait à Alert Bay, qu'elle participerait aux travaux du plus grand informaticien de l'Agence. Vincent pensait parfois plus vite que ses ordinateurs. Il avait toujours un pas d'avance sur tout le monde.

– Cassiopée, mets-moi en contact avec monsieur Shanks, ordonna l'informaticien.

– TOUT DE SUITE, VINCENT.

– Je suis content de te voir en si grande forme, jeune homme, déclara le directeur d'Alert Bay, lorsque son visage apparut sur l'écran. Cependant, je croyais que tu étais à Ottawa.

– Le climat de travail est meilleur ici.

L'informaticien tapa plusieurs commandes sur le clavier.

– Je vais encoder tout ce que j'ai pour que la transmission soit sécurisée. La dernière chose que je veux, c'est de voir ces graphiques dans les tabloïdes.

– Nous commençons à peine à recevoir des nouvelles de l'extérieur, ici, mais j'imagine que ce doit déjà être la panique un peu partout dans le monde.

– Je suis content que notre base possède ses propres entrepôts de nourriture. Je n'aimerais pas être au supermarché, en ce moment.

Vincent appuya sur une dernière touche.

– Voilà, c'est parti. En attendant que vous me confirmiez la réception de ces données, je veux que vous soyez conscient que n'importe quoi pourrait faire dévier la course de cet astéroïde. Nous allons devoir le surveiller étroitement.

– As-tu obtenu la permission d'utiliser notre satellite pour te faciliter la vie ?

– Pas officiellement, mais étant donné que Cédric est le nouveau directeur international, ce ne devrait pas être un problème.

– L'ordinateur vient de me signaler que nous avons reçu ton matériel. Laisse-moi regarder tout ça avec toi.

Il y eut un court silence, pendant lequel Shanks leva les yeux et parcourut les colonnes de chiffres. Vincent savait que le directeur possédait un esprit scientifique et qu'il n'aurait pas à lui expliquer grand-chose.

– J'ai accepté ce poste au milieu de nulle part, croyant que, pour le reste de ma vie, je formerais de solides agents de l'ANGE, avoua le directeur. Jamais une seule seconde je n'ai pensé que j'aurais à me servir des missiles contre qui que ce soit.

– Au moins, ce n'est pas contre une autre nation. J'espère que vous comprenez que votre geste passera à la postérité.

– Les habitants de cette planète ignorent qui nous sommes, Vincent. Ils ne sauront même pas d'où sont parties les fusées qui les ont sauvés.

– Mais nous, nous le saurons.

– Je vais faire entrer tes coordonnées dans l'ordinateur qui contrôle les missiles. Ce sera facile de leur apporter des changements de dernière minute.

– Je ne voudrais surtout pas passer pour un paranoïaque, monsieur Shanks, mais si vous pouviez établir un relais avec la base de Montréal pour que je puisse programmer moi-même les projectiles, je vous en serais très reconnaissant.

– En fait, je suis soulagé que tu me le proposes. Personne n'est plus doué que toi en informatique dans toute l'Agence. Mais es-tu sûr de pouvoir prendre toute cette pression sur tes épaules ?

– Connaissant mon patron, je vais être obligé de la partager avec lui.

– Je m'occupe de la retransmission de tous les signaux vers toi. Bonne chance, Vincent. Communication terminée.

Le visage de Christopher fut remplacé par le logo de l'ANGE.

– Il a raison, l'appuya Mélissa. C'est une énorme responsabilité.

– Je ne me serais pas enrôlé dans cette Agence si j'avais été un indécis chronique. Il y a des tâches faciles et il y en a des plus compliquées. L'important, c'est de les accomplir au meilleur de notre connaissance en gardant à l'esprit le bien de tous.

– Tu as raison.

– Toutefois, je ne mettrai pas à mon crédit ces sages paroles qui m'ont été répétées à maintes reprises par Cédric Orléans.

Il jeta un coup d'œil aux dernières distances enregistrées par le satellite.

– Certains policiers font le guet près d'établissements où ils soupçonnent des activités criminelles, ajouta Vincent, et nous, nous surveillons un astéroïde…

– Et je suis contente de le faire avec toi.

Le savant détourna son attention de ses écrans et croisa le regard admiratif de Mélissa.

– J'aimerais que tu saches tout de suite que malgré les sentiments que j'éprouve pour toi…

– Nous venons de recevoir les coordonnées qui nous permettront de diriger nous-mêmes les missiles.

– Merci, Cass.

– Tu disais ? demanda Mélissa.

– Malgré l'amour que je ressens pour toi, il se pourrait que je devienne très nerveux durant les prochains jours et que je te semble insensible.

– Ne t'en fais pas, Vincent. Je saurai rester en retrait, mais tu pourras me demander de l'aide, si tu en as besoin.

– Ce type de calculs ne peut être effectué que par un ordinateur.

– C'est vrai, mais au chapitre du réconfort, rien ne vaut une petite caresse.

Il y eut quelques fluctuations de tension.

– Cass, si tu refais ça une autre fois, je vais m'adresser à Cybèle.

– Tu n'oserais pas, Vincent.

– Me mets-tu au défi ?

Le silence de l'ordinateur rassura l'informaticien.

– Nous sommes tous dans la même galère, Cass. Il est important que nous ramions ensemble si nous voulons survivre. Donne-moi accès aux données de Christopher Shanks.

– Tout de suite, monsieur McLeod.

Le passage de son prénom à son nom de famille fit comprendre au savant que la partie n'était pas encore gagnée. Il avait conçu un module émotif dans la programmation de ses unités centrales, mais il ne se souvenait pas d'y avoir intégré la jalousie.

– Qui est Cybèle ? voulut savoir Mélissa.

– C'est un petit projet secret…

Pendant plusieurs heures, il se familiarisa avec les commandes des missiles, les incorpora dans son propre logiciel et recalcula une fois de plus la trajectoire de l'astéroïde. Tout à coup, il avait l'impression de travailler à la NASA et de se préparer au lancement d'une navette spatiale. « Je ne sais pas si j'aurais aimé ne faire que ça », se demanda-t-il.

Aux petites heures du matin, tout était prêt pour intercepter *Absinthium*. Les yeux de Vincent étaient de plus en plus rouges, tant il avait besoin de sommeil. Il sentit alors les doigts de Mélissa se glisser entre les siens. Elle avait été si discrète qu'il avait oublié sa présence. Sans dire un mot, elle se mit à le tirer vers la sortie. Il étira un bras et s'empara de la Bible. L'agente l'emmena dans la section attenante à la salle de Formation, où on avait aménagé une vingtaine de petites pièces qu'on surnommait le Dortoir.

Mélissa poussa Vincent dans l'une d'elles et referma la porte. L'informaticien déposa l'ouvrage ancien sur l'unique bureau et se tourna vers la jeune femme. Il n'y avait aucune caméra dans ces chambres, mais, par mesure de sûreté, on y avait installé des micros. Toujours en silence, Mélissa fouilla dans les poches de la blouse de Vincent et en retira un petit dispositif de brouillage.

– Tu veux que je… commença-t-il.

Elle plaça sa main sur ses lèvres pour le faire taire et lui montra le minuscule appareil. Vincent l'activa et le déposa à côté de la Bible.

– Pourquoi tout ce mystère ? s'étonna-t-il.

– Pour éviter que nous soyons électrocutés, évidemment.

– Quoi ?

Mélissa lui enleva sa blouse et la laissa tomber sur le sol.

– Mais qu'est-ce que tu fais ?

– J'ai une confiance absolue en tes talents, expliqua la jeune femme, mais un accident, c'est quelque chose qui n'est pas censé se produire. Admettons qu'une force inconnue et imprévisible déplace l'astéroïde de quelques mètres ou que les missiles interprètent mal tes commandes, nous pourrions disparaître de la surface de la Terre dans moins de onze jours…

– Tu m'as emmené ici pour me parler de tes craintes ?

– D'une seule, en fait : celle de n'avoir pas fait l'amour avec toi.

– Oh…

Mélissa le fit tomber sur le dos sur le lit et s'étendit sur lui.

– Est-ce que je t'ai déjà dit que je n'ai jamais eu de petite amie avant toi ? se troubla-t-il.

– Détends-toi, Vincent. Tu vas adorer ça.

Elle lui enleva ses lunettes et se mit à l'embrasser. Vincent oublia la fin du monde, les beaux yeux de Cindy Bloom et tous les tourments qu'il avait endurés à Alert Bay et à Ottawa pour se laisser emporter par le tourbillon de sensations nouvelles que lui faisait vivre la jeune femme. Heureux comme un roi, il garda Mélissa dans ses bras après l'amour et commençait à s'assoupir, lorsqu'un vent glacial fit claquer la couverture rigide de la Bible sur le bureau.

Vincent fit rouler la jeune femme endormie à côté de lui, trouva ses lunettes et alluma la lampe. Des mots commencèrent à se former sur les pages ouvertes. Il éteignit le petit appareil de brouillage.

– Cassiopée, est-ce que tu m'entends ?

– MAINTENANT, OUI.

– La Bible se prépare à me parler.

– TU PEUX COMMENCER À LIRE. J'ENREGISTRE TOUT.

– L'étoile bleue frappera la Terre, empoisonnant l'eau et l'air, et une pluie de feu détruira le tiers de tous les arbres. Une montagne de feu s'écroulera dans l'océan et l'eau submergera le tiers des nations.

– Pourquoi est-ce toujours le tiers ?

– La compagne du Prince des Ténèbres le quittera pour mettre son enfant sous la protection des anges… s'étrangla Vincent, puisque ce texte parlait d'Océane.

Des larmes se mirent à couler sur ses joues.

– Un grand massacre suivra l'appel de la reine blanche, poursuivit le savant en essuyant ses yeux. Le peuple réclamera du plus grand de tous les chefs qu'il punisse les coupables.

D'autres mots se formèrent sous les premiers.

– Un grand silence tombera sur la Terre tandis que les anges affronteront les démons. Lorsque vous verrez ces signes, vous saurez que le Prince du ciel est à votre porte.

Plus rien ne s'écrivit et le texte reprit son apparence normale.

– Je transmets le tout à Ottawa.

Vincent ne l'entendit pas. Il connaissait la prophétie sur l'étoile bleue, cet objet céleste qui s'apprêtait à semer la destruction. Il l'avait même identifié, mais de quelle montagne de feu s'agissait-il ? Il se vêtit en vitesse et emporta la Bible aux Laboratoires. Il s'assit devant l'ordinateur et chercha la liste de tous les volcans en bordure de l'océan.

– La Palma…

– L'une des îles Canaries, située à vingt-huit degrés, quarante secondes de latitude nord et dix-sept degrés, cinquante-deux secondes de longitude ouest. Elle est d'origine volcanique et le cratère en son centre est l'un des plus grands du monde.

– Une éruption pourrait-elle causer un important tsunami ?

– La roche poreuse qui couvre l'île stocke l'eau et pourrait provoquer une très forte pression pendant une éruption, déclenchant un important glissement de terrain.

– Qui la ferait s'écrouler dans l'océan.

– UNE ÉTUDE MENÉE À LONDRES A DÉMONTRÉ QU'UNE TELLE ÉVENTUALITÉ POURRAIT CAUSER UNE TITANESQUE ONDE OCÉANIQUE. SES VAGUES INONDERAIENT LA CÔTE EST DES ÉTATS-UNIS, LES CARAÏBES, LE BRÉSIL ET LES CÔTES DE L'EUROPE, DU CÔTÉ DE L'ATLANTIQUE.

– Quelle est la base la plus proche des îles Canaries ?

– CELLE D'AGADIR, AU MAROC.

– Envoie-leur tout de suite un avertissement.

– SEUL UN DIRECTEUR PEUT TRANSMETTRE UNE TELLE RECOMMANDATION À UNE AUTRE BASE.

– Mets-moi en communication avec Cédric.

– IL EST TROIS HEURES DU MATIN, ET MONSIEUR ORLÉANS DIRIGE MAINTENANT LA DIVISION INTERNATIONALE, PAS LA BASE DE MONTRÉAL.

– Aodhan, alors.

– TU VEUX QUE JE LE RÉVEILLE ?

– N'es-tu pas capable de comprendre que c'est très important, Cass ?

– JE FERAI DE MON MIEUX.

Pendant que Cassiopée cherchait à contacter le nouveau directeur, Vincent enleva ses lunettes, s'accouda à la table et se cacha le visage dans les mains.

– Océane…

À Jérusalem, c'était le matin. Lui causerait-il des ennuis en l'appelant par le biais du bijou qu'il lui avait offert ?

– J'AI LOCALISÉ MONSIEUR LOUP BLANC. IL RENTRAIT JUSTEMENT AU GARAGE.

– Tu vois bien que nous ne sommes pas tous couchés à trois heures du matin.

Alerté par l'ordinateur de la base, Aodhan se dirigea tout de suite aux Laboratoires, où Vincent travaillait encore.

– As-tu au moins dormi quelques heures ? lui demanda l'Amérindien en s'approchant de lui.

L'informaticien fit pivoter sa chaise vers lui.

– La Bible me parle quand elle en a envie.

– Cassiopée me dit que tu voulais me voir à tout prix. Dis-moi ce qui ne peut pas attendre demain.

Vincent lui répéta ce qu'il avait lu.

– Es-tu bien certain que c'est de ce volcan qu'il s'agit ?

– C'est le seul qui puisse causer la destruction que mentionne le texte.

– A-t-il spécifié que l'éruption aurait lieu cette nuit ?

– Non…

– Alors, nous en reparlerons plus tard, car tu dors debout, mon pauvre ami. Va te coucher.

Il lui prit le bras et l'obligea à se lever.

– Tu auras les idées plus claires après un peu de repos.

Aodhan le reconduisit à sa chambre du Dortoir et se laissa tomber sur son propre lit, mort de fatigue, après une journée entière de prédication.

...029

Il devenait de plus en plus difficile d'éviter les détachements de soldats qui passaient le désert de Judée au peigne fin. S'étant procuré des manteaux dans un village où il y avait également un médecin, Adielle et Cael ne passaient inaperçus que lorsqu'ils marchaient derrière une caravane ou en compagnie des rares pèlerins qui visitaient encore la Terre sainte. Madden souffrait toujours de sa blessure à l'épaule, mais il insistait pour faire la route à pied. Il se réjouissait chaque fois qu'il rencontrait un homme ou une femme qui n'était pas parti lors du Ravissement en raison de ses doutes, mais qui, depuis, avait ravivé sa foi.

L'espionne et le prophète approchaient de Bethléem. Même si Adielle ne ressemblait pas du tout à Cindy, le fait qu'on recherchait un Américain voyageant avec une femme mettait en péril la mission de Cael. Dès qu'ils seraient rendus à leur destination commune, la directrice avait l'intention de continuer seule vers Jérusalem.

Après de multiples détours, ils atteignirent finalement la ville de naissance de Jésus. Adielle utilisa l'argent qu'il lui restait sur elle pour leur payer une chambre dans une auberge. Ils choisirent une table dans un coin pour parler en paix tandis qu'ils mangeaient un repas chaud. Cael but toute la cruche d'eau à lui seul, puis huma le ragoût.

– Maintenant que tu es à Bethléem, je vais poursuivre ma propre mission, lui annonça la directrice de la base de Jérusalem. Comment va ton épaule ?

– De mieux en mieux, assura-t-il avec un sourire.

– Avant que je parte, j'aimerais satisfaire ma curiosité à ton sujet.

– Pendant tout le temps que nous avons passé ensemble, tu n'as rien appris sur moi ? la taquina-t-il.

Le sourire du prophète continuait d'exercer un charme magnétique sur Adielle, mais il était un homme de Dieu et elle n'allait certainement pas se laisser tenter.

– Je crois avoir deviné plusieurs choses, mais, par déformation professionnelle, je vérifie tout.

Cael lui fit signe de procéder à son interrogatoire.

– Es-tu un reptilien ? demanda-t-elle en baissant la voix.

– Oui, mais je suis un cas spécial.

– Un hybride ?

– En fait, je suis une version perfectionnée de Naga.

– J'ai déjà entendu ce nom, mais j'aimerais que tu me rafraîchisses la mémoire sur leur compte.

– Ce sont des exécuteurs créés génétiquement dans des pouponnières pléiadiennes sur la Terre. Leur rôle est d'éliminer les rois et les princes Dracos les plus dangereux pour les empêcher d'étendre leur domination sur toute la planète.

– Tu n'es pourtant pas un tueur…

– Nous sommes seulement une poignée de Nagas à avoir été programmés différemment. Au lieu d'avoir été engendrés ici, nous avons été produits à bord d'un vaisseau mère pour des motifs distincts.

Adielle, qui venait de piquer sa fourchette dans un morceau de viande, arrêta son geste.

– J'ai l'esprit ouvert, mais il y a des limites, articula-t-elle enfin. Je suis prête à croire que lorsque nos ancêtres sont sortis de l'océan, il y a des millions d'années, une branche d'entre eux a évolué jusqu'à devenir des mammifères et que l'autre a gardé ses caractéristiques de lézards, mais…

– Les reptiliens ne sont pas originaires de la Terre, Adielle. Ils viennent d'autres planètes où les conditions de vie sont légèrement différentes. La raison pour laquelle tu as tant de mal à croire ce que je suis en train de te dire, c'est que les Dracos ont faussé tous les livres d'histoire et de sciences. Ils vous ont menti pour ne pas être découverts.

Elle le regarda fixement, incapable de répliquer.

– Tu veux savoir qui je suis, alors je vais être franc avec toi. Les Nagas ordinaires sont un croisement entre Pléiadiens et Dracos. Les Nagas perfectionnés sont créés à partir d'un embryon purement Pléiadien avec des apports génétiques de Dracos, d'Anantas et de Brasskins.

– Les serpents dorés qui nous ont enlevés sont parents avec toi ?

– D'une certaine manière, mais les Brasskins ne possèdent pas la faculté de reconnaître les autres reptiliens lorsque ces derniers conservent leur forme humaine. Ils n'ont pas compris qui j'étais.

– Pourquoi les généticiens ont-ils mêlé autant de races ?

– Pour nous doter des qualités de chacune d'entre elles. Des Pléiadiens, nous avons la douceur extrême, et des Dracos, l'instinct de survie. Comme les Anantas, nous possédons des facultés surnaturelles et pareilles aux Brasskins, nous éprouvons un besoin viscéral de vivre en paix. Nous n'avons pas reçu le gène de la violence, comme les traqueurs.

– J'ai du mal à croire qu'il y a autant de reptiliens dans l'univers.

– Pourtant, leurs civilisations sont antérieures à celles des humains.

Des militaires entrèrent dans l'auberge, armés jusqu'aux dents.

– Pourquoi n'utilisent-ils pas leur énergie pour aider ceux qui ont souffert durant le tremblement de terre au lieu de harceler un prophète, murmura Adielle en baissant le nez vers son assiette.

– Ils ne font qu'obéir à leurs ordres, expliqua Cael. C'est le commandant de l'armée qui est insensible à la douleur d'autrui.

– Parce qu'il est reptilien, j'imagine ?

– Un Dracos, sans l'ombre d'un doute.

– Comment allons-nous leur échapper, cette fois ? Si nous abandonnons notre repas pour foncer vers la porte de derrière, non seulement les soldats devineront que nous sommes les fugitifs qu'ils recherchent, mais l'aubergiste va nous poursuivre.

– Détends-toi, Adielle. Je t'ai exaucée, cette fois-ci.

Elle haussa un sourcil avec un air interrogateur.

– Ils ne peuvent pas nous voir.

– Nous sommes invisibles ?

– Seulement à leurs yeux. J'espère qu'ils n'ont pas décidé de manger ici, car c'est un subterfuge qui ne dure pas très longtemps.

Pour s'assurer que Cael disait vrai, elle regarda les militaires dans les yeux, mais ils ne réagirent pas. Après avoir fait le tour de toutes les tables, ils quittèrent l'établissement.

– Tu as douté de moi, s'attrista Cael.

– Ça n'a rien de personnel, affirma Adielle. C'est dans ma nature. Dans mon travail, on ne peut faire confiance à personne.

– C'est pour cette raison que tout va de travers sur cette planète. Le Père ne désire rien de plus que voir tous ses enfants se tenir par la main et vivre en paix. Il a fait connaître sa volonté à certains hommes que vous appelez les prophètes. Il a même écrit sa loi sur des tablettes de pierre, et elle a été traduite dans toutes les langues qui sont parlées dans le monde. Mais les hommes continuent de se battre et de s'entretuer.

– Est-ce pour cette raison qu'il en laisse mourir des centaines de milliers dans des catastrophes naturelles ?

– Contrairement à ce que proclament les soi-disant experts religieux, sache qu'il n'est pas responsable de tous ces désastres. Jamais le Père ne pourrait faire de mal à ses enfants. C'est la force grandissante du Mal qui exacerbe la violence sur la Terre. Puisque les hommes ont reçu en cadeau le choix d'agir à leur guise, le Père ne peut pas les forcer à devenir bons. Il peut seulement les inviter à repousser Satan et toutes ses tentations.

– Est-ce lui qui a fait disparaître le tiers de la population ?

Cael opina d'un doux mouvement de la tête.

– Il voulait leur épargner toutes les calamités que se sont attirées ceux qui n'ont pas voulu l'écouter.

– Alors, c'est loin d'être terminé…

Les chiffres sur la montre d'Adielle se mirent à clignoter en orange. Elle appuya sur le cadran pour les éteindre et termina son repas avant de rappeler sa base. Sans se presser, elle incita Cael à quitter la salle à manger et à se diriger vers l'escalier. C'est alors que deux hommes dans la vingtaine leur barrèrent le passage. Adielle fit un pas pour se placer devant Cael, mais ce dernier posa la main sur son bras.

– Ce ne sont pas des ennemis, affirma-t-il.

– Tu les connais ?

– Ils sont de la tribu de Siméon, si je ne m'abuse.

Un large sourire apparut sur le visage des étrangers.

– Pourrions-nous parler ailleurs ? murmura l'un d'eux.

Cael leur fit signe de les précéder dans l'escalier. Quelques minutes plus tard, ils s'asseyaient tous les quatre dans la petite chambre des fugitifs. Adielle choisit de rester près de la porte pour s'assurer que personne ne s'en approcherait pour écouter leur conversation.

– Je m'appelle Dagane Galil, se présenta l'un des deux jeunes.

– Et moi, Haskel Liram.

– Nous vous avons cherché longtemps, et ce n'était pas facile de le faire sans attirer l'attention des soldats.

– Que me voulez-vous ? s'enquit Cael.

– Nous voulons vous protéger.

– Croyez-moi, il se débrouille fort bien, laissa tomber Adielle.

– Les douze tribus ont entendu l'appel des Témoins, ajouta Liram. Elles ont commencé à converger vers Jérusalem et elles aimeraient que vous preniez la tête du groupe.

– C'est un grand honneur que vous me faites, mais ce n'est pas le rôle que le Père m'a demandé de jouer parmi vous.

– Si vous ne voulez pas devenir leur chef, accepterez-vous de leur parler, lorsqu'elles seront toutes réunies ?

– Oui, je le ferai.

« Il a vraiment le don de mettre les pieds dans le plat », songea Adielle. Puis, elle se rappela qu'il pouvait facilement se cacher dans la terre ou dans le roc et ne lui fit aucune remarque à ce sujet.

– D'ici là, vous ne pouvez pas rester dans une auberge, enchaîna Galil. Une forte récompense est offerte par l'armée à celui qui vous dénoncera. Nous préférerions vous abriter dans des familles que nous connaissons à Bethléem. Vous ne resterez jamais plus de deux jours au même endroit.

« Mais il ne pourra pas s'empêcher de prêcher à la foule et il sera découvert », soupira intérieurement Adielle. Cael était un véritable cauchemar pour un garde du corps.

– Nous viendrons vous chercher au coucher du soleil, annonça Liram en se levant.

– Essayez de ne parler à personne.

Adielle réprima un sourire moqueur.

– Ou si vous le faites, ne révélez pas votre nom et parlez en hébreu.

– C'est promis.

Ils quittèrent la chambre en douce, considérant qu'en passant plus de temps avec lui à l'auberge, ils feraient naître des soupçons dans l'esprit des habitués de l'établissement.

– Et si c'étaient eux, les traîtres ? demanda Adielle après avoir jeté un dernier coup d'œil dans le couloir.

– Je le saurais.

– Encore une autre faculté des super Nagas ?

– J'ai dit perfectionnés, pas super. En fait, la majorité des gens pourraient deviner la pureté des intentions des autres s'ils utilisaient leur intuition.

– Comment y arrive-t-on ?

– On peut tout voir dans les yeux. Je dois toutefois avouer que j'ai un pas d'avance sur les humains, puisque je possède une glande qui a pour fonction de détecter la vérité dans les propos des autres.

– Quelle note est-ce que j'obtiens sur l'échelle de vérité ? le taquina la directrice.

– Dix sur dix.

Adielle se rappela alors que sa montre avait signalé une communication urgente quelques minutes plus tôt. Elle accrocha son mini-écouteur à son oreille et appela la base en exerçant de petites pressions sur le cadran. Cael en profita pour fermer les yeux et entra en transe.

– Madame Tobias, enfin ! s'exclama Eisik.

– Désolée Eisik, mais je t'ai déjà expliqué que je ne répondrais à mes appels que lorsque je pourrais le faire sans danger. Quelles sont les nouvelles ?

– Madame Zachariah est partie.

– Partie où ?

– Tout le monde se pose la même question, mais si on en juge par la vidéo que nous avons reçue, je pense qu'elle est allée rejoindre ceux qui ont disparu lors du Ravissement.

– Quoi ?

– Un rayon de lumière est descendu sur elle et elle s'est désagrégée.

– En d'autres mots, elle est morte ?

– Peut-être bien. Elle a cependant nommé quelqu'un à sa place, dans une note qu'elle a confiée au directeur nord-américain avant de nous quitter.

– Qui ?

– Cédric Orléans de Montréal est le nouveau directeur international.

– Lui as-tu envoyé nos félicitations ?

– C'est la première chose que j'ai faite dès que j'ai appris la nouvelle. Je pense que ses débuts doivent être très exigeants, car il est à la recherche de missiles qui pourraient être lancés d'ici trois jours.

– Contre qui ? s'alarma Adielle.

– Un astéroïde qui fonce sur la Terre.

– On avait bien besoin de ça, siffla la directrice entre les dents.

– Avez-vous des directives à me donner, jusqu'à ce que vous rentriez enfin à la base ?

– Si Cédric a besoin de quoi que ce soit et que tu ne sois pas en mesure de me contacter, donne-lui ce que tu peux. Je vais essayer de m'approcher de Jérusalem. L'entrée de la base a-t-elle été déblayée ?

– Le restaurant a été détruit par le séisme, mais on peut encore accéder à ses cuisines en se faufilant entre les débris. Le chef de la sécurité l'a vérifié lui-même.

– Merci, Eisik. Je te reverrai bientôt. Communication terminée.

Adielle enleva son écouteur et marcha jusqu'à la fenêtre afin d'observer le ciel, tout en restant près du cadre, pour éviter de devenir une cible facile.

– L'étoile bleue approche, affirma Cael en ouvrant les yeux.

– Dieu nous en préservera-t-il ?

– Il offrira une solution aux hommes qui voudront bien l'entendre. Viens prier avec moi, Adielle.

Elle monta sur le lit, s'assit en tailleur et prit les mains qu'il lui tendait.

...030

En se laissant bercer par les flots, Océane écoutait les nouvelles sur le petit téléviseur de sa chambre qu'elle ne quittait plus. Les rares stations de télévision qui n'avaient pas été détruites par le tremblement de terre se faisaient un devoir de ne parler que de tragédies et de pertes humaines. Le nombre de morts dans chaque pays était incalculable. « À quoi cela nous sert-il de nous battre si, au bout du compte, il ne reste plus personne sur la Terre ? » se demanda-t-elle, les larmes aux yeux.

Elle se mit soudain à penser à ses chers parents adoptifs et à sa petite sœur Pastel, avec qui elle avait vécu de si bons moments dans le jardin de leur tante Andromède. Océane avait eu une enfance dorée. Sa famille l'avait toujours encouragée dans ses projets, même les plus fous. Pis encore, sa tante, qui était en réalité sa mère, l'avait aidée à en réaliser une partie. En plus de partager ses aventures dans son jardin, dont les décors étaient continuellement renouvelés, elle avait voyagé à quelques reprises avec Andromède, à la recherche de véritables antiquités.

Elle songea aussi à ses amis qui l'avaient accompagnée, au cégep et à l'université. « Où sont-ils maintenant ? » À son avis, ils ne pouvaient pas avoir disparu lors du Ravissement, puisque la plupart avaient un penchant pour les excès. Occupaient-ils des postes importants dans la société ou avaient-ils sombré dans une vie de débauche ?

Elle revit le visage souriant de Yannick qui avait fait chavirer son cœur lorsqu'elle lui avait serré la main pour la première fois à la base de Montréal. Jamais elle n'avait éprouvé autant d'attirance pour un homme. Il l'avait invitée au restaurant pour qu'ils apprennent à mieux se connaître, et ils s'étaient retrouvés dans son appartement à explorer leur anatomie. Tous deux avaient très mal accepté leur séparation forcée. « Il ne s'en est pas remis, lui non plus », songea-t-elle en se rappelant l'expression sur son visage, lorsqu'ils s'étaient revus à Jérusalem. Et leur destin avait pris des directions différentes.

Puis, ce fut au tour de Thierry d'occuper ses pensées. Même si elle avait aimé Yannick à la folie, c'était ce bel Italien qu'elle aurait voulu épouser. « Aurions-nous cessé de nous disputer tout le temps ? » Certes il était beau lui aussi, mais ce n'était pas ce qui avait attiré la jeune femme. Maintenant qu'elle connaissait ses origines reptiliennes, elle aurait pu croire que c'était la source de sa fascination pour Thierry. « Non, il y a plus que ça… décida-t-elle. Je pense que c'est mon âme de mère Teresa qui m'a poussée dans ses bras. Il semblait très sûr de lui, à l'extérieur, mais, à l'intérieur, il n'était qu'un petit garçon en quête de tendresse. Nos enfants auraient été des Anangas ou des Nanantas… » extrapola-t-elle.

Océane se revit en belle robe de mariée, debout devant la psyché de la villa. Dans son imagination, elle remontait l'allée au milieu de l'église et aperçut Thierry qui l'attendait, vêtu de blanc, lui aussi. Puis, le plafond s'écroula devant elle, l'empêchant de se rendre jusqu'à l'homme qui faisait battre son cœur. Elle vit Asgad escalader la montagne de débris pour se précipiter à son secours. Au lieu de lui tendre les bras, elle avait lancé ses fleurs parmi les invités et avait pivoté sur ses talons pour prendre la fuite en sens inverse.

« Si je suis en train de revoir tous les événements marquants de ma vie, est-ce que ça signifie que je suis sur le point de mourir ? » se demanda-t-elle, stupéfaite. Elle s'étonna davantage de ne pas s'en effrayer. « Ce doit être une dépression », diagnostiqua-t-elle. Les symptômes de cet état mental pathologique étaient la lassitude, le découragement, la faiblesse et l'anxiété. « Je les ai tous ! » constata-t-elle.

Elle se tourna vers le hublot et crut voir passer un œil géant. « Ce n'est pas une dépression, c'est de la folie, pure et simple », s'alarma-t-elle.

– Il n'y a pas de monstre dehors, dit-elle à haute voix pour se convaincre. Les monstres n'existent pas.

La vision d'une baleine avalant le yacht la fit frissonner. Persuadée que c'étaient toutes les mauvaises nouvelles qui lui faisaient imaginer ces horreurs, elle s'empara de la télécommande avec l'intention d'éteindre le téléviseur pour toujours, mais les images de l'éruption d'un volcan freinèrent son geste. Elle augmenta plutôt le volume pour en apprendre davantage sur ce nouveau fléau. Le journaliste espagnol qui commentait l'événement affirma que les habitants de l'île de La Palma n'avaient perçu aucun signe avant-coureur de l'explosion de la montagne.

– Les volcans n'éclatent pas sans raison, murmura Océane, pour elle-même.

Après avoir vu le versant ouest du volcan glisser d'un seul coup dans l'océan, la jeune femme changea de chaîne et tomba sur les informations concernant l'astéroïde qui allait bientôt frapper la Terre. Les commentateurs tentaient de deviner ce qui allait se passer après sa chute et aucun des scénarios ne prévoyait la survie de la race humaine.

– J'en ai assez...

Elle éteignit le téléviseur et quitta sa chambre en robe de nuit, car elle n'avait pas eu le courage de s'habiller en se levant. Elle passa comme un fantôme dans l'étroit couloir qui menait au salon et à la salle à manger. Il était un peu plus de midi. Elle regarda à l'intérieur de chaque pièce et vit Asgad qui s'entretenait avec des hommes politiques par le truchement de la caméra de son ordinateur. Dans la grande pièce commune, Andromède, Benhayil et Antinous jouaient encore aux cartes. Sa mère était en train de leur transmettre sa passion.

Océane poursuivit sa route et grimpa sur le pont. L'air était frais, mais elle ne le sentit pas. Elle marcha pieds nus jusqu'à l'avant du bateau et n'entendit pas les avertissements de l'équipage tandis qu'elle se dirigeait vers la proue en conservant son équilibre avec difficulté. « Le tsunami que va provoquer l'impact de la météorite va tous nous tuer… songea-t-elle en s'approchant dangereusement du bord. J'espère que les Nagas et les Anantas vont au même paradis… »

La jeune mariée ferma les yeux et se laissa tomber dans la mer. Elle n'entendit pas les cris des hommes sur le pont. Le choc de l'eau froide la saisit, mais elle refusa de se débattre. Au bout d'un moment, elle se sentit aspirée vers les profondeurs. « Y a-t-il vraiment des sirènes dans cet océan ? » se demanda-t-elle. Ulysse en avait bien vu, lui. Comme en réponse à sa question, deux mains lui agrippèrent la taille et la firent remonter à la surface. Sa première respiration la fit violemment tousser.

Une bouée atterrit près d'elle, lui éclaboussant le visage. Elle ne chercha même pas à s'y accrocher. La personne qui lui maintenait la tête hors de l'eau le fit pour elle. Elle n'eut pas le temps de résister qu'on l'avait hissée sur le pont et qu'on déposait une couverture sur ses épaules. C'est alors qu'elle découvrit que son sauveteur n'était nul autre que son mari. Ses vêtements collés sur la peau, il la dévisageait avec un mélange de soulagement et d'effroi. Le second à bord examina sommairement Océane et affirma qu'elle n'avait aucun mal. Aussitôt, Asgad la souleva dans ses bras et la ramena à l'intérieur du yacht.

Une fois dans leur chambre, il dévêtit sa femme, l'enroula dans une autre couverture et la déposa dans leur lit. Il enleva ses propres vêtements avec beaucoup de difficulté et enfila son peignoir avant de s'allonger près d'Océane et de la serrer contre lui. Cette dernière gisait dans un état de torpeur.

– Pourquoi t'es-tu aventurée sans chaussures sur cette partie glissante du bateau ? chuchota-t-il à son oreille.

– Je n'ai pas glissé, Asgad.

– Quelqu'un t'a-t-il poussée ? s'étonna-t-il.

– Non plus.

– Le vent, alors ?

– Non. Je me suis laissée volontairement tomber à l'eau.

– Mais pourquoi ?

Comme elle ne répondait pas, il la retourna face à lui.

– Pourquoi ? répéta-t-il.

– Je n'ai plus envie d'exister…

Elle éclata en sanglots et il la pressa contre sa poitrine.

– Mais qu'est-ce que j'ai bien pu faire pour que tu sombres ainsi dans le chagrin ? se désola-t-il.

– Ce n'est pas toi, c'est tout l'univers… Je ne veux pas vivre dans un monde qui tombe dans la déchéance. C'est au-dessus de mes forces…

– Dans ce cas, c'est vraiment ma faute, car il se passe beaucoup de graves événements autour de nous et, au lieu de te rassurer, j'ai plutôt cherché à les régler.

– Tu ne peux pas empêcher une météorite de s'écraser sur la Terre, ni un volcan de semer la destruction sur des kilomètres à la ronde. Il y a eu combien de répliques depuis que nous sommes en mer ?

– Des centaines…

– Combien d'autres villes ont été anéanties ?

– Je n'en sais rien…

Elle pleura dans ses bras sans qu'il trouve les mots qui auraient pu la calmer.

– Je veux voir ma mère… articula-t-elle au milieu d'un sanglot.

Puisqu'il ne savait plus comment la consoler, il jugea que c'était une excellente idée. Il l'embrassa sur le front et alla chercher Andromède. La Pléiadienne commença par reprocher à son gendre de ne pas l'avoir prévenue tout de suite du drame qui venait de se dérouler, puis elle vola au secours de son enfant. Elle s'assit sur le bord du lit et dégagea le visage d'Océane de ses cheveux trempés.

– Maman, je veux que tu répondes franchement à la question que je vais te poser.

– Tu sais bien que je dis toujours la vérité, ma chérie.

– Non, pas toujours… pas quand tu veux me protéger.

– Je n'aime pas te causer du chagrin.

Océane rassembla son courage et parvint à se redresser.

– Est-ce que je suis enceinte ?

Andromède plaça une main sur le ventre de sa fille et demeura silencieuse un instant. Puis, un large sourire illumina son visage.

– Oh non… s'étrangla Océane, effrayée. Maman, tue-moi.

– Tu oses demander ça à une Pléiadienne ? Décidément, tu tiens plus de ton père que de moi.

– Je ne veux pas mettre au monde l'enfant de l'Antéchrist…

– Sur ce point, je suis d'accord avec toi, mais il y a certainement d'autres solutions que la mort.

– L'avortement.

– Cela va aussi à l'encontre de mes convictions, mais nous pourrions sans doute trouver un médecin qui en pratique.

– Je t'en supplie, emmène-moi loin d'ici.

– Tu es bien certaine de ce que tu veux, Océane ? Car si je t'exauce, il n'est pas question que je te ramène ici, si tu changes d'idée par la suite.

– Je n'aurais jamais dû accepter cette mission.

Andromède ferma les yeux afin de se concentrer profondément. Il se produisit alors un phénomène des plus inusités : une fenêtre se dessina au beau milieu de la chambre. Ce carré lumineux ressemblait à s'y méprendre à un morceau d'arc-en-ciel !

– Viens, ordonna la Pléiadienne. Nous avons très peu de temps.

Océane descendit du lit et s'aperçut qu'elle était nue comme un ver. Elle se précipita dans la penderie, enfila une robe d'été et saisit la main que sa mère lui tendait. Elles s'engouffrèrent toutes les deux dans le portail et se retrouvèrent instantanément dans le jardin d'Andromède, à Saint-Hilaire. La fenêtre magique disparut dans un sifflement.

Au lieu de se réjouir d'être revenue au Québec, Océane s'attrista de constater que la maison de sa mère s'était écroulée pendant le tremblement de terre.

– C'était une très vieille construction, lui dit la Pléiadienne. Nous en bâtirons une autre ensemble.

Andromède se retourna et vit que sa pyramide n'avait pas bougé d'un millimètre.

– Les Égyptiens, par contre, érigeaient de solides monuments, ajouta-t-elle. Nous pourrons y vivre pendant un certain temps.

Elle poussa sa fille à l'intérieur de la structure de pierre.

– Je n'y ai pas fait installer l'électricité, mais j'ai une bonne réserve de flambeaux. Pour la nourriture, je ne sais pas encore ce que nous ferons.

Océane s'assit sur le trône doré qui faisait face à l'entrée.

– Maman, dans quelques jours, un astéroïde va s'écraser sur la Terre et nous condamner tous à une mort certaine…

– Alors, ça règle ton problème d'avortement.

– Je suis cynique, mais jamais autant que toi. Est-ce que tu comprends la gravité de ce que je viens de te dire ?

– Il y a des choses dans la vie que nous ne pouvons pas changer, Océane. Combien de fois te l'ai-je répété ? Lorsque nous sommes aux prises avec un problème insurmontable, il faut suivre le courant et ne pas résister.

– Tu as raison, je tiens davantage de mon père. Crois-tu que ton téléphone fonctionne encore ?

– Tu ne vas pas te risquer dans les ruines de la maison, tout de même ?

– Mourir écrasée sous des centaines de briques ou sous une grosse roche en provenance de l'espace, c'est quoi la différence ?

L'ex-agente s'approcha des décombres. Le sol était parsemé de morceaux de verre et elle était toujours pieds nus.

– Pourquoi n'ai-je pas aussi pris mes chaussures de sport ? soupira-t-elle.

– Parce que ça ne se porte pas avec une robe, évidemment, répondit sa mère qui se tenait derrière elle. Tu tiens vraiment à ce téléphone ?

Océane hocha vivement la tête. Andromède poussa un profond soupir, mais se mit tout de même à l'œuvre. Utilisant une énergie tourbillonnante que seuls les gens de son peuple maîtrisaient, elle fora un trou bien rond au travers des débris jusqu'au salon.

– Je ne sais pas combien de temps tout ça tiendra debout, dit-elle à sa fille.

La jeune femme s'élança dans les ruines et revint avec le téléphone sans fil.

– C'est incroyable, j'entends une tonalité ! s'exclama-t-elle.

– Je suis contente de te revoir de bonne humeur, ma chérie.

– Heureusement qu'on nous faisait tout apprendre par cœur à l'ANGE.

Enveloppée des rayons du soleil couchant, elle composa le numéro du mobile de Cédric.

– Il est bien dommage que cet enfant soit celui d'Asgad, soupira Andromède en posant les fesses sur le dos d'un petit sphinx, car j'aurais bien aimé être grand-mère.

– Pourquoi ne répond-il pas ? s'impatienta Océane.

– Il est probablement en train de chercher son téléphone partout. Laisse sonner.

La jeune femme se mit à faire les cent pas devant la pyramide.

– Qui est à l'appareil ? fit finalement la voix de Cédric.

– Tu parles d'une façon de répondre à ses appels !

– Océane ? D'où appelles-tu ?

– De Saint-Hilaire.

– Quand es-tu revenue ?

– Il y a à peine cinq minutes et, avant que tu me le demandes, non, l'Antéchrist n'est pas avec moi.

– Aux dernières nouvelles, l'aéroport ne laisse pas encore atterrir les avions…

– Ma mère possède sa propre compagnie aérienne et le vol n'a duré que quinze secondes.

– Tu es donc en train de me dire que tu t'es échappée de Jérusalem.

– Merci de me confirmer que je tiens de toi.

– Pourquoi m'appelles-tu, exactement ?

– La maison d'Andromède a été rasée par le séisme et je voulais savoir si tu avais un endroit sûr à nous suggérer.

– J'envoie un hélicoptère vous chercher toutes les deux.

– La base de Montréal possède un hélicoptère ?

– Non, mais la division internationale, oui.

– Il me manque certains renseignements, ici, on dirait.

– Je ne suis plus le directeur de la base de Montréal. J'ai remplacé Mithri.

– Madame Zachariah est morte ? s'attrista Océane.

– Il ne va pas te faire pleurer lui aussi ! protesta Andromède. Donne-moi le téléphone !

– Elle est plutôt montée directement au ciel. C'est difficile à expliquer. Restez où vous êtes.

– Ne t'inquiète pas, nous ne pouvons aller nulle part. Tout le quartier est dans le même état que la maison d'Andromède. Merci, Cédric.

Elle raccrocha et s'assit, elle aussi, sur le dos d'un des sphinx qui bordaient l'allée en petites pierres bleues qui menait à la pyramide.

– Il envoie quelqu'un nous chercher, annonça-t-elle à sa mère.

– Voilà à quoi servent les parents.

Pendant qu'elles attendaient leur transport, Andromède voulut savoir si sa fille avait des regrets, après son séjour au Moyen-Orient.

– Je déplore de ne pas avoir tué Asgad dès le début. Nous n'en serions pas là si j'avais été capable de triompher de ses phéromones.

– Alors, cette faiblesse, tu la tiens de moi, ma petite chérie, car je suis incapable de résister aux charmes des hommes.

– Ouais… toi aussi tu t'es laissé séduire par un Anantas…

– Le philtre d'amour est en partie responsable de notre petite aventure, mais je n'ai pas détesté la faire durer plus longtemps que prévu.

Océane alla porter le téléphone à l'intérieur de la pyramide.

– Je voudrais voir l'air que feront les archéologues du XXIIIe siècle quand ils viendront excaver ici et qu'ils trouveront un téléphone dans un tombeau égyptien, dit-elle en revenant vers Andromède. Nous ferions mieux d'aller attendre l'hélicoptère dans la rue, parce que le pilote ne pourra jamais se poser dans ton jardin, même s'il est très grand.

– Crois-tu que ton père nous permettra d'aller acheter des vêtements ? demanda sa mère en la suivant.

Quelques minutes plus tard, les deux femmes montaient à bord d'un aéronef tout noir.

...031

Les règlements de l'ANGE défendaient aux bases de laisser entrer d'anciens agents dans leurs installations, mais Cédric n'était plus le directeur de celle de Montréal. Il était le chef de toute l'Agence. Il se crut donc habilité à autoriser ce passe-droit à sa fille. Tandis que l'hélicoptère était en route pour Saint-Hilaire, il s'enferma dans son bureau vitré avec Alexa, se demandant de quelle façon il présenterait Océane et Andromède à sa maîtresse...

– MONSIEUR ORLÉANS, NOUS RECEVONS DES RAPPORTS QUE VOUS DEVRIEZ ENTENDRE.

– Affichez-les à l'écran, je vous prie.

Du coin de l'œil, il vit Aodhan arriver à la course dans les Laboratoires et se planter derrière Vincent qui surveillait attentivement l'écran de son ordinateur. L'astéroïde avait-il changé de trajectoire ?

– Quelle est l'urgence qui préoccupe monsieur Loup Blanc ?

– UN VOLCAN VIENT D'EXPLOSER DANS LES ÎLES CANARIES TOUT COMME LA BIBLE L'AVAIT ANNONCÉ À MONSIEUR MCLEOD. EN FAISANT DES RECHERCHES, HIER, C'EST EXACTEMENT À CET ENDROIT QUE MONSIEUR MCLEOD AVAIT PRÉVU L'ÉRUPTION.

– Si j'en juge à l'expression de ces deux messieurs, ce n'est pas un simple volcan.

– NON, MONSIEUR. L'EXPLOSION A DÉTACHÉ UNE PARTIE DE LA MONTAGNE QUI A GLISSÉ DANS L'OCÉAN. IL S'AGIT D'UNE MASSE ÉNORME QUI RISQUE DE CRÉER UN TSUNAMI.

– Qui toucherait quelles côtes ?

Cassiopée fit apparaître devant lui la carte dessinée par Vincent, qui montrait toutes les zones qui seraient inondées.

– Cela fait-il partie des rapports urgents qu'on m'envoie ?

– Non. Il s'agit d'un incident secondaire.

Cédric sortit de son bureau.

– Monsieur Orléans ?

– Je reviens tout de suite.

Cédric alla se poster à côté d'Aodhan.

– Pourquoi n'ai-je pas été prévenu de cette éventualité ?

– Parce que je n'y croyais pas moi-même, confessa Aodhan.

– La Bible nous prédit des événements sans nous donner de coordonnées, ajouta l'informaticien. C'est une chance inouïe que je sois tombé sur le bon volcan dans mes recherches.

– Est-ce tout ce que la Bible t'a prédit ?

– Malheureusement, non.

– Cassiopée, avez-vous enregistré ces prophéties ?

– Oui, monsieur Orléans.

– Je veux les entendre, maintenant.

Vincent n'eut pas le temps de le préparer à ce qu'il allait apprendre.

– L'étoile bleue frappera la Terre, empoisonnant l'eau et l'air, et une pluie de feu détruira le tiers de tous les arbres. Une montagne de feu s'écroulera dans l'océan et l'eau submergera le tiers des nations… La compagne du Prince des Ténèbres le quittera pour mettre son enfant sous la protection des anges… Un grand massacre suivra l'appel de la reine blanche. Le peuple réclamera du plus grand de tous les chefs qu'il punisse les coupables… Un grand silence tombera sur la Terre tandis que les anges

AFFRONTERONT LES DÉMONS. LORSQUE VOUS VERREZ CES SIGNES, VOUS SAUREZ QUE LE PRINCE DU CIEL EST À VOTRE PORTE.

– L'étoile bleue est l'astéroïde, précisa Aodhan, et la montagne de feu, nous venons de la trouver.

– Et le grand massacre est sans doute relié à Perfidia… soupira Cédric.

Vincent ne fut pas le seul à remarquer que le directeur international avait éludé la partie concernant le bébé.

– SI VOUS ME PERMETTEZ D'INTERVENIR, JE CROIS QUE LES RAPPORTS QUI VOUS ATTENDENT DANS VOTRE BUREAU CONCERNENT CETTE PROPHÉTIE.

– Faites-les jouer ici.

– MAIS LE PROTOCOLE SUR LA CONFIDENTIALITÉ DES…

– Je vous ai donné un ordre.

Il était vrai que les communications adressées au directeur international n'étaient destinées qu'à lui seul, mais Cédric n'était pas en présence d'étrangers.

Les deux hommes qui se trouvaient avec lui connaissaient tous ses dossiers. Toutefois, c'était la jeune femme rousse qui inquiétait Cassiopée. Elle se tenait à l'écart et écoutait attentivement tout ce qui se disait.

– TRÈS BIEN, MONSIEUR ORLÉANS. IL Y EN A CENT QUARANTE-DEUX ET IL CONTINUE D'EN ARRIVER D'AUTRES.

Les premiers messages provenaient d'Europe et furent suivis par des communiqués de tous les autres continents. Curieusement, ils faisaient état de la même situation et montraient essentiellement le même genre de photos. Partout dans le monde, presque au même moment, des politiciens et des dirigeants de grandes multinationales, des commandants d'armée et des chefs de police avaient été décapités dans l'exercice de leurs fonctions, sur les lieux de leur travail, dans la rue et même dans leur foyer, peu importait leur nationalité, tandis que leurs assistants avaient été égorgés.

Pendant que les documents se succédaient à l'écran, Cédric tourna la tête vers Alexa qui était tout aussi horrifiée que lui.

– Ce ne sont pourtant pas ses propres enfants que Perfidia voulaient faire tuer, s'étonna Cédric.

– Il n'y a qu'une centaine de Nagas dans le monde, mais ils sont certainement capables de tuer autant de Dracos aussi rapidement, fit une voix derrière eux.

Damalis s'approcha sans s'appuyer sur des béquilles ou sur une canne. En fait, il se tenait très droit et marchait sans boiter.

– Ce que je ne m'explique pas, poursuivit le Spartiate, c'est que leurs mentors leur aient demandé de s'exposer ainsi en plein jour. Ce n'est pas leur modus operandi.

– MONSIEUR ORLÉANS, JE CAPTE UN AUTRE MESSAGE REPTILIEN.

– Transmettez-le ici.

Le timbre, l'intensité et la durée des sifflements étaient fort différents de ceux des ordres qu'avait lancés Perfidia.

– Ce n'est pas du Dracos, remarqua Damalis. Je n'arrive pas à déchiffrer cette langue.

– C'est de l'Anantas, leur apprit Cédric d'une voix presque inaudible.

Ressentant son désarroi, Alexa s'approcha de lui et lui prit la main.

– Que dit-on ? demanda Aodhan lorsque les grincements prirent fin.

– La reine des Anantas avertit Perfidia qu'elle ne laissera pas les Dracos dominer le monde.

– Ces meurtres ne peuvent pas avoir été commis par des Anantas, puisqu'il n'y en a que cinq sur toute la planète, y compris la reine, fit remarquer Damalis.

– La reine des Anantas a conclu une alliance avec les Nagas, ajouta Cédric.

– C'est impossible ! protestèrent en chœur Alexa et le Spartiate.

– MONSIEUR ORLÉANS, VOS VISITEUSES SONT ARRIVÉES.

– Attends-moi dans mon bureau, chuchota le directeur à Alexa.

Cédric se rendit au garage où les deux femmes venaient d'être conduites. Il ne put s'empêcher de les examiner de la tête aux pieds. L'une portait un chemisier fleuri, des bermudas et des sandales, et l'autre, une robe rouge moulante et rien de plus.

– Venez.

Océane aurait tellement aimé qu'il oublie, pendant un instant, qu'il était reptilien et qu'il la serre dans ses bras. En retenant ses larmes, elle le suivit dans cette nouvelle base qui ressemblait à toutes les autres. Cédric les emmena dans la salle de Formation et leur offrit du café. Océane but la première gorgée en fermant les yeux.

– As-tu accompli ta mission ? lui demanda froidement son père.

– Elle a tout essayé, mais chaque fois qu'elle s'approche d'Asgad, elle perd tous ses moyens, répondit Andromède à sa place. Je suis restée auprès d'elle jusqu'à ce qu'elle s'avoue vaincue.

– Merci de piétiner mon amour-propre, maman.

– Qu'as-tu l'intention de faire, maintenant ? voulut savoir Cédric.

– Je vais me coucher dans l'herbe et observer l'arrivée de l'astéroïde.

– J'aimerais que tu répondes à mes questions avec un peu plus de sérieux.

– Je n'ai aucune idée de ce que je vais faire... Je connais les règlements de l'ANGE. Une fois qu'on devient un agent fantôme, il n'y a plus rien après.

– C'est toi qui as demandé à le devenir.

– Tu peux t'amuser à remuer le couteau dans la plaie tant que tu veux, ça ne changera rien à ma situation.

– Vincent a lu quelque chose d'assez troublant dans sa Bible.

– Ne me dis pas que tout le monde le sait déjà ?

– Cassiopée, pourriez-vous nous répéter la prophétie qui a trait au Prince des Ténèbres, je vous prie.

– Qui est Cassiopée ? s'étonna Océane.

– JE SUIS L'ORDINATEUR CENTRAL DE LA BASE, MADEMOISELLE CHEVALIER.

– C'est malheureusement madame Ben-Adnah, maintenant, et je suis enchantée de faire votre connaissance, Cassiopée.

– LA COMPAGNE DU PRINCE DES TÉNÈBRES LE QUITTERA POUR METTRE SON ENFANT SOUS LA PROTECTION DES ANGES…

– Es-tu enceinte ?

– J'imagine que tu ne sauteras pas de joie si je te dis que oui…

– Est-ce que Ben-Adnah le sait ?

– Non.

– Sait-il que tu es ici ?

– Non plus. Nous étions en pleine mer, alors il va sûrement croire que je me suis jetée à l'eau.

– Parce qu'elle l'a déjà fait une fois, précisa Andromède, sur un ton de reproche.

Le froncement de sourcils de Cédric fit comprendre à Océane qu'il n'approuvait pas ce geste, et elle n'avait certainement pas envie de le lui expliquer.

– Je t'ai appelé parce que je ne savais plus vers qui me tourner, dit-elle plutôt. Je n'ai aucune idée de ce que je vais faire du reste de ma vie, même si elle ne doit durer que quelques jours, et je voudrais vraiment parler à un médecin pour le bébé.

– Dans toute l'histoire de l'ANGE, trois agents fantômes ont réintégré ses rangs après avoir accompli leur mission, les informa Cassiopée pour leur venir en aide.

– Sauf que moi, j'ai échoué. Théoriquement, je ne devrais même pas être dans cette base, mais j'avais besoin de me sentir en sécurité pendant un petit moment. Excusez-moi, j'ai vraiment besoin d'aller à la salle de bains.

C'était surtout pour ne pas pleurer devant son père qui ne comprenait rien à ses émotions. Cédric se retrouva alors seul avec Andromède.

– Ces derniers mois n'ont pas été faciles pour elle, Cédric. Rien n'a fonctionné comme elle le voulait. Elle sait que j'ai les moyens de prendre soin d'elle, à moins que tous mes fonds soient indisponibles depuis le séisme.

– Certaines banques ont repris leurs activités.

– Je pense qu'elle a surtout besoin de te dire en personne qu'elle n'est pas la grande espionne qu'elle croyait être et qu'elle aimerait que ça se termine bien entre vous deux.

– J'ai besoin de réfléchir à tout cela. Il y a des chambres tout au fond, là-bas. Certaines sont déjà occupées par des membres de l'ANGE, mais quelques-unes sont libres. Prenez le temps de vous reposer. Je vais vous faire apporter des vêtements.

– Merci, Cédric. Surtout, ne t'inquiète pas. Nous ne resterons pas longtemps.

Il quitta la salle de Formation, complètement bouleversé, et revint aux Laboratoires en essayant de se donner une contenance. Aodhan, Vincent et Damalis étaient toujours plantés devant l'écran de l'ordinateur, où le jeune savant effectuait des calculs. Cédric jeta un coup d'œil vers son bureau et vit qu'Alexa y était installée pour suivre les plus récents événements sur l'écran mural.

– Avez-vous appris autre chose ? demanda le directeur international.

– Vincent a calculé que l'onde océanique frappera les côtes canadiennes, américaines et sud-américaines dans une dizaine d'heures, environ. Les Caraïbes et l'Amérique centrale seront touchées quelques heures plus tard.

L'informaticien fit apparaître une carte du monde où il avait modélisé les effets du raz de marée.

– L'Afrique et l'Europe seront fouettées bien avant ça, déplora-t-il.

– J'ai demandé à Cassiopée de donner l'alerte à toutes nos bases, ajouta Aodhan. Il était impensable d'avertir tout le monde à temps en le faisant de vive voix.

– Tu as bien fait. À part le tsunami, l'astéroïde, la pluie de feu, le massacre par les Nagas et l'éventuel affrontement entre les deux reines reptiliennes, quelque chose d'autre risque-t-il de nous tomber sur la tête ?

– Est-ce du cynisme que j'entends là ? le taquina Vincent tout en continuant de travailler.

« Océane est à peine revenue à la base qu'elle commence déjà à m'influencer », soupira intérieurement Cédric.

– Vous avez oublié l'Antéchrist et son futur enfant, le silence sur la Terre et le combat entre les anges et les démons, indiqua Damalis.

– Si toutes ces choses sont censées se produire, cela veut donc dire que nous arriverons à dévier la course de l'astéroïde, les encouragea Cédric. Nous nous occuperons du reste en temps et lieu.

Le directeur retourna dans son antre vitré et en ferma la porte. C'était évidemment le rôle du chef international de régler crise après crise, mais ce jour-là, ce fardeau lui sembla très lourd.

– Qui sont tes visiteuses ? voulut tout de suite savoir Alexa.

Le petit ton de jalousie dans sa voix surprit Cédric.

– Ce sont ma fille et sa mère.

– Tu es marié ?

– Non, affirma Cédric en s'asseyant devant sa maîtresse. J'ai eu une courte aventure il y a plus de trente ans, et je n'ai su que tout dernièrement que cette femme avait eu un enfant. Ce qui est le plus curieux dans cette histoire, c'est que ma fille travaillait pour moi et je ne savais même pas qui elle était.

– Elle est donc reptilienne, elle aussi, s'assombrit Alexa.

– Océane n'a qu'une fraction de mon hérédité, puisque sa mère est Pléiadienne. Elle revient d'une mission au Moyen-Orient et elle est enceinte.

– Puisque tu m'as dit ne rien savoir du fascinant monde des reptiliens, il est de mon devoir de t'informer que si le père de cet enfant en est un, ta fille va subir une étonnante transformation en accouchant.

– Elle n'a pas l'intention de le mettre au monde, puisque c'est l'enfant de l'Antéchrist.

Il vit le visage de la belle rousse passer de l'inquiétude à l'effroi.

– Il est donc doublement important que ce bébé ne naisse jamais, car ta fille deviendra une Anantas et la reine Anantas ne supportera pas sa présence sur la Terre. Il ne peut y avoir qu'une seule reine, Cédric. Pis encore, si ta fille survit à la fureur de cette dernière, c'est elle qui prendra sa place.

« Les relations de famille laissent vraiment à désirer chez les Anantas », pensa le directeur.

– Je ne manquerai pas de le lui dire.

– J'aimerais bien la rencontrer, si tu me le permets.

– C'était justement ce que je voulais te proposer.

– Surtout, ne t'en fais pas. Je serai très gentille avec elle.

Elle alla chercher un baiser sur les lèvres de Cédric et il ne le lui refusa pas, même si tout le monde pouvait les voir à travers les murs transparents de son bureau.

...032

Sur le yacht qui permettait à Asgad Ben-Adnah de faire son voyage de noces en toute quiétude, c'était l'affolement. Avec l'aide de Benhayil, d'Antinous et de tout l'équipage, l'homme d'affaires avait fouillé partout sans retrouver son épouse ni sa belle-mère. Lorsque le capitaine avait finalement déclaré qu'elles avaient sans doute été projetées par-dessus bord sans que personne ne s'en aperçoive, Asgad poussa un cri de désespoir qui ne laissa personne indifférent. Son seul bateau ne pourrait jamais retrouver Océane et Andromède dans cette mer immense et, en raison du tremblement de terre et des répliques, il était impossible d'obtenir l'aide des garde-côtes qui participaient aux opérations de secours.

Comme si ce n'était pas suffisant, la menace d'un astéroïde fonçant sur la Terre était en train de causer une véritable panique dans son pays comme partout ailleurs. Il avait donc ordonné au capitaine de mettre le cap sur Israël. La mort dans l'âme, il s'était enfermé dans la petite cabine où étaient réunis tous les ordinateurs. Il écoutait les messages angoissés des dirigeants membres de l'Union sans sourciller. La perte de sa bien-aimée était une bien plus grande tragédie pour lui que tout ce qui se passait dans le monde.

« J'ai tout fait pour la rendre heureuse », songea Asgad, dépité. Ce n'était tout de même pas sa faute si le séisme avait gâché leur cérémonie de mariage et détruit leur villa. Il se souvint alors qu'autrefois le peuple blâmait toujours l'empereur pour ses souffrances... Il était perdu dans ses pensées lorsque Antinous entra sans faire de bruit dans son repaire. Le jeune Grec s'agenouilla devant lui, dans cet espace restreint, et leva les yeux sur son maître.

– Pourquoi les dieux me punissent-ils ainsi, Antinous ?

– Et s'ils l'avaient éloignée pour vous protéger, Excellence ? Elle exerçait sur vous un charme néfaste qui vous empêchait de vous occuper des affaires de l'État.

Asgad tendit la main pour caresser la joue de l'adolescent.

– Ne parle pas d'elle en mal ...

– Je ne fais que vous révéler ce que tous les autres ont peur de vous dire.

– Alors, tu es le plus brave d'entre tous.

L'avertisseur sonore de l'ordinateur se fit entendre.

– Qu'y a-t-il encore ? soupira Asgad avec lassitude.

Il appuya sur la touche qui lui donnait accès à la visioconférence Web. Les visages terrifiés de ses conseillers apparurent sur l'écran, serrés les uns contre les autres pour qu'Asgad les voie tous.

– Excellence, le peuple vous réclame, lui dit l'un d'eux. Pas seulement celui d'Israël, mais celui d'une vingtaine de pays dont certains ne sont pas membres de l'Union. Nous vous en conjurons, rentrez.

– Ils ont raison, commenta Antinous. Votre place est à la tête de votre empire, pas sur un bateau de plaisance.

Asgad était loin de se douter, pendant qu'il retournait chez lui, qu'un autre fléau l'attendait, et celui-là sortait tout droit de l'enfer. Le chaos étant l'élément préféré des démons, Asmodeus profitait du désarroi de la population pour ajouter à son malheur. Il ne reprenait son apparence de Shesha que lorsqu'il avait faim et n'avait qu'à tendre le bras pour se saisir d'un humain, au milieu de la confusion qui régnait dans les rues de la ville. Craignant de retourner dans les maisons, la population cherchait à quitter les quartiers dangereux pour se réfugier dans les parcs et même dans les montagnes. Asmodeus ne prenait que quelques bouchées de celui ou celle qu'il avait transpercé de ses griffes puis laissait tomber le corps sur le sol, où ses serviteurs venaient s'en régaler.

Le Shesha avait toujours joui d'une bonne association avec les Naas, plus malléables que les Cécrops. Un seul, cependant, échappait à sa domination. C'était un jeune sujet qui avait été surpris à l'espionner. Sa sentinelle n'avait pas réussi à le tuer. Cela ne voulait dire qu'une chose : Ahriman le cherchait. Puisqu'il commençait à se lasser de la facilité avec laquelle il terrorisait les humains, Asmodeus décida donc d'aller au-devant de son rival. Une fois qu'il aurait éliminé le bras droit de Satan, grâce aux pouvoirs qu'il lui déroberait, il irait régler leur compte aux Témoins de Dieu.

Il enviait les Naas qui pouvaient se déplacer dans le ciel grâce à leurs ailes. S'il arrivait à s'approprier les facultés surnaturelles de puissants démons, il ne pouvait pas, par contre, leur arracher des membres pour se les greffer. Il adopta donc sa forme reptilienne qui lui permettait de grimper et s'en alla traquer le Faux Prophète. Il le trouva finalement devant un hôpital qui n'arrivait plus à satisfaire à la demande de soins des blessés. Ces derniers étaient alignés sur des lits de camp dans la rue. Ahriman se promenait entre eux en accomplissant des miracles.

« Quelle matinée splendide pour l'écraser », songea le Shesha en reprenant sa forme humaine de jeune punk. Asmodeus n'avait de considération pour personne. Il ne savait pas parler aux gens et lorsqu'il ouvrait la bouche, le plus souvent, c'était pour les agresser. Toute sa vie était centrée sur sa petite personne et ses propres besoins. Malheureusement pour lui, l'univers ne supportait pas ce genre d'égotisme.

En posant un regard amusé sur les visages souffrants des blessés, Asmodeus s'approcha peu à peu d'Ahriman, sans qu'il s'en rende compte. Il s'arrêta à quelques lits de sa victime et l'observa un moment avant de se décider à l'attaquer.

– Te voilà enfin, constata le Faux Prophète en se redressant.

– Tu es le dernier démon à qui je n'ai pas arraché ses pouvoirs.

– Dans ce cas, tu n'as pas cherché très loin, car j'en ai trouvé d'autres.

Asmodeus fronça les sourcils, incertain du sens de cette parole.

– Je voulais aussi te remercier, poursuivit Ahriman, car, grâce à toi, il ne reste plus que des idiots sans défense en enfer.

– Mais ce ne sera pas toi qui régneras sur eux.

– On dirait que tu oublies que nous avons un maître commun, qui n'aime pas les usurpateurs.

– Je n'oublie rien du tout. Ce maître, ce sera moi.

Ahriman lança sur lui la boule de feu qu'il avait sournoisement fait apparaître dans sa main tandis qu'ils parlaient. Le Shesha esquiva juste à temps le projectile enflammé qui poursuivit sa route jusque sur le mur de l'hôpital où il explosa, semant la terreur parmi les patients qui attendaient pour voir un médecin.

– C'est tout ce que tu sais faire, Orphis ? s'exclama Asmodeus en riant.

D'un geste vif, le Shesha fit lever un vent violent qui repoussa les lits plus loin, créant un grand espace pour qu'il puisse se mesurer à son adversaire. Nullement impressionné, Ahriman n'avait pas remué un cil. Comme un taureau, Asmodeus fonça sur lui, mais il se heurta à un mur invisible et tomba à la renverse. Furieux, il fit jaillir de ses mains une énergie brûlante qui fit fondre le bitume, mais n'affaiblit d'aucune manière le bouclier du Faux Prophète. Il changea alors son feu en glace, mais elle s'y cassa.

Voyant dans les yeux du Shesha qu'il s'apprêtait à battre en retraite, Ahriman les encercla tous les deux d'une muraille de feu par-dessus laquelle il ne pourrait pas sauter. Asmodeus recula en cherchant une façon d'utiliser cette enclave à son avantage. Avec un sourire cruel, son rival ouvrit entre eux un gouffre rond duquel s'échappaient les lamentations des damnés.

– Reconnais-tu cet endroit, démon ? lui demanda le Faux Prophète.

– Si quelqu'un doit y tomber, ce ne sera pas moi !

– Sais-tu pourquoi Satan m'a choisi pour le seconder ?

– Certainement pas pour ton intelligence !

– Tu as raison, cette qualité ne fait pas partie de celles qu'il recherche en ses alliés. Il préfère la perfidie, l'astuce et la méchanceté, mais il récompense toutefois la loyauté. Jamais tu ne pourrais prendre ma place auprès du maître, Asmodeus, car tu n'as aucune finesse. Tu ne penses qu'à satisfaire tes propres appétits et tu es incapable de voir plus loin que le bout de ton nez. Satan a besoin d'un lieutenant qui ait la même vision que lui.

– Ce n'est pas ta place que je convoite, mais la sienne !

– Alors, tu n'es qu'un fou qui ne mérite pas de respirer.

Ahriman tendit les mains devant lui, paumes vers le haut, et écarta les doigts. Asmodeus se sentit aussitôt saisir par la poitrine et tirer vers le trou. Utilisant tous ses pouvoirs, il parvint à s'arracher à cette emprise magique. Ahriman recommença, sachant fort bien que, chaque fois, le Shesha s'épuisait. Lorsqu'il le vit au bord de la panique, le Faux Prophète quitta l'arène en marchant au travers des flammes. Asmodeus voulut en faire autant, mais le feu lui brûla sauvagement la peau. Il se métamorphosa en reptilien, mais ses écailles ne le protégèrent pas davantage.

Le cercle de feu se mit alors à rétrécir très lentement, refoulant le Shesha vers le gouffre. Il émit aussitôt des grincements stridents, appelant ses serviteurs à son aide.

– Tu es si prévisible, mon pauvre ami, résonna la voix d'Ahriman autour de lui.

Des sifflements aigus parvinrent aux oreilles d'Asmodeus. D'un moment à l'autre, les Naas le hisseraient hors de sa prison embrasée. Il les vit tournoyer au-dessus de lui, analysant les lieux avant de s'y risquer. En se refermant de plus en plus, la muraille de feu ne leur permettait plus d'y descendre. Il ne restait plus que quelques centimètres…

– Adieu, Asmodeus.

Poussé par les flammes, le Shesha tomba dans l'abîme. D'un seul coup, le feu s'éteignit. Ahriman s'approcha du bord du grand trou.

– Ceux que tu as tués se feront un plaisir de te tailler en pièces, ajouta-t-il.

– Je survivrai, Arimanius, et c'est moi qui te démembrerai lorsque tu viendras me rejoindre !

– Blablabla…

Le Faux Prophète referma le gouffre d'un geste de la main, puis porta son regard sur la centaine de Naas qui voltigeaient au-dessus de lui. En utilisant des sphères incandescentes, il se mit à les descendre un à un, comme dans un jeu vidéo. Leurs cadavres calcinés s'abattirent dans la rue, sur les voitures et sur les lits de camp, terrorisant encore plus les malades et les passants.

– Maintenant, le monde est à moi ! lança Ahriman en se frottant les mains.

...033

Lorsque Cédric lui demanda d'aller acheter des vêtements de femmes en lui mentionnant les tailles recherchées, Mélissa ne cacha pas sa surprise. Toutefois, elle ne protesta pas, car elle avait envie de sortir de la base, où elle vivait en taupe depuis plusieurs semaines. La seule restriction que lui avait imposée son patron, c'était de ne pas revenir avec des ensembles gothiques comme elle aimait en porter elle-même. Il s'agissait donc d'une nouvelle aventure pour elle, car elle n'avait jamais mis les pieds dans une boutique dite « normale ».

Après avoir passé la matinée entière dans le centre commercial déserté depuis qu'on avait annoncé l'arrivée de l'astéroïde, elle n'eut qu'à se servir. Elle revint ensuite à pied à l'université construite près du métro, où l'ANGE avait aménagé un accès.

Cédric lui avait dit que les deux femmes avaient dormi dans le Dortoir. Pourtant, Mélissa n'avait rien remarqué d'inhabituel dans cette section où elle logeait, elle aussi. Elle sortit de l'ascenseur et se rendit à la salle de Formation. Elle déposa ses trouvailles sur une table et alla cogner à toutes les portes des chambres qu'elle savait libres avant l'arrivée des visiteuses.

Andromède fut la première à lui ouvrir, dans ses vêtements froissés de la veille.

– Bonjour, je suis Mélissa Collin. Monsieur Orléans m'a demandé de vous trouver des vêtements. Si vous aviez une petite minute, j'aimerais vous les montrer.

– Cette bonté s'adresse-t-elle aussi à ma fille ?

– J'imagine que oui, car il m'a demandé d'acheter des tenues de deux tailles différentes.

Andromède frappa à la porte de la chambre de sa fille et dut se faire insistante pour qu'elle finisse par lui répondre. Au lieu de les saluer, Mélissa et elle, Océane courut aux toilettes.

– Pourtant, moi, je n'ai jamais eu de nausées quand j'étais enceinte, se rappela Andromède.

– Elle est enceinte ! Quelle merveilleuse nouvelle ! s'exclama Mélissa.

– Je suis d'accord avec vous, mais ce n'est pas le moment de lui en parler.

Lorsque la future maman sortit enfin de la salle de bains, elle était pâle comme un fantôme. Gaie comme un pinson, Mélissa se présenta à elle.

– Je suis enchantée de faire votre connaissance, mademoiselle Collin. Je suis Océane Chevalier Orléans Ben-Adnah.

– La vraie Océane Chevalier ?

– Y en a-t-il une fausse ?

– Non ! Je veux dire que c'est bien vous la super agente qui a failli capturer le Faux Prophète à Montréal, qui s'est fait kidnapper par un médecin fou à Toronto et qui est partie en mission au Moyen-Orient ?

– Dans ce cas, oui, c'est moi.

– Je vous ai choisie comme modèle.

– Si j'ai un seul conseil à vous donner, c'est d'en trouver un autre.

Le ton aigri d'Océane fit comprendre à Mélissa que son interlocutrice venait sans doute de traverser des expériences traumatisantes. Elle s'empressa donc de lui montrer les ensembles qu'elle avait trouvés pour sa mère et elle.

– Ce n'est pas très coloré, mais ça ira, constata Andromède.

Océane, qui aimait porter du noir et du blanc, regarda d'un mauvais œil les chemisiers bleu, vert et jaune, mais les jupes et les pantalons gris n'étaient pas si mal. « Au moins, elle ne m'a pas acheté de vêtements de maternité », se consola-t-elle. Les sandales, elles, étaient parfaites.

– Allez-vous reprendre du service ? voulut savoir Mélissa.

– Si nous sommes encore vivantes dans quelques jours, posez-moi de nouveau cette question, répondit Océane. Pour l'instant, je veux juste me reposer.

– Oui, bien sûr. Je serai aux Renseignements stratégiques, si vous avez besoin de moi.

– Merci, Mélissa, lui dit Andromède.

Lorsque la jeune femme eut quitté la salle de Formation, elle reprocha à sa fille son manque de manières.

– Il est un peu tard pour m'éduquer, maman.

Océane ramassa ses vêtements et retourna s'enfermer dans sa petite chambre. Une heure plus tard, on frappait encore à sa porte. Au moins, cette fois-ci, elle était décente. Elle alla ouvrir, pensant trouver Mélissa ou sa mère, mais se retrouva nez à nez avec une belle femme blonde au visage sérieux.

– Bonjour, mademoiselle Chevalier, enfin madame Ben-Adnah. Je suis le docteur Lawson. Votre père m'a demandé de vous examiner.

– Il ne perd pas de temps, dites donc.

– Si vous voulez bien me suivre.

L'ex-agente se rappelait l'emplacement de toutes les salles et elle aurait fort bien pu se rendre seule à l'infirmerie, mais elle la suivit sans faire d'histoires. En mettant le pied dans la salle de Formation, elle vit qu'Andromède était en train de manger avec Mélissa et Vincent.

– Océane ! s'écria l'informaticien en bondissant de sa chaise.

Il se précipita vers son ancienne collègue, la souleva dans ses bras et lui fit faire un tour complet dans les airs.

– Vincent, ce n'est pas une bonne idée ! protesta-t-elle.

Lorsqu'il la déposa à terre, elle courut à la salle de bains.

– Mais qu'est-ce que j'ai fait ? s'attrista Vincent.

– Certaines femmes ont des nausées lorsqu'elles sont enceintes, lui expliqua Mélissa.

– Ne me dites pas que la Bible avait raison et que cet enfant est celui de Ben-Adnah...

– Ce n'est pas celui d'Antinous, en tout cas, commenta Andromède.

– Qui ?

– C'est une longue histoire, mais je suis certaine que ma fille vous la racontera elle-même.

Océane réapparut quelques minutes plus tard en se tenant loin de Vincent.

– Vous bavarderez plus tard, les avisa Athénaïs.

La femme médecin prit doucement sa nouvelle patiente par le bras et l'emmena jusqu'à la section médicale.

– Quand ces nausées ont-elles commencé ?

– Ce matin.

Elle procéda à un examen complet, puis la fit passer dans son bureau.

– Votre enfant naîtra autour du 5 février. Vous êtes en parfaite santé, mais visiblement épuisée. Si vous voulez avoir un beau bébé bien portant, il vous faudra vous ménager.

– Je n'ai pas l'intention de le garder...

– Vous avez quelques semaines pour prendre votre décision. Après, il sera trop tard.

– Merci, docteur.

Océane quitta l'infirmerie en traînant les pieds. Au lieu de se diriger vers la section qu'on lui avait assignée, elle alla jeter un coup d'œil aux Laboratoires. Il n'y avait personne. En tournant les talons, cependant, elle aperçut son père dans une pièce vitrée, en compagnie d'une femme rousse. Elle crut d'abord qu'il s'agissait d'une recrue, jusqu'à ce qu'elle voie cette dernière caresser la nuque de Cédric du bout des ongles.

– Le petit cachottier… murmura Océane pour elle-même.

Trop curieuse pour en rester là, l'ex-agente marcha résolument jusqu'au petit bureau privé et frappa quelques coups sur la vitre. Cédric fit pivoter sa chaise, mais ce fut Alexa qui alla lui ouvrir.

– Bonjour ! Je m'appelle Alexa Mackenzie.

« Elle est plus jeune que moi », remarqua Océane.

– Enchantée de faire votre connaissance. Je ne vous dérange pas, j'espère ?

Le regard noir que lui jeta Cédric plut énormément à l'ex-agente.

– Je suis venue féliciter mon père pour sa nouvelle nomination.

– Je vous en prie, entrez, la convia Alexa. Je reviendrai plus tard.

– Non, restez. J'aimerais qu'on mette tout de suite certaines choses au clair.

Océane s'assit sur l'un des fauteuils à roulettes, comme on en trouvait dans tous les laboratoires de l'ANGE.

– Tu ne dis rien, papa ?

Cédric l'avait déjà avertie de ne pas l'appeler ainsi, mais il domina son irritation et ne fit aucun commentaire. En revanche, Océane était sur le pied de guerre.

– J'imagine que tu as déjà deviné ce qu'Alexa représente pour moi, laissa tomber Cédric.

– Oui et c'est ce qui m'étonne, puisque je te croyais incapable d'éprouver une seule émotion, sauf la colère, bien sûr.

– Océane, même si tu ne fais plus partie de cette agence, je ne tolérerai pas tes insultes.

– Je m'adresse à toi comme une fille à son père, Cédric. Tu peux faire tout ce que tu veux avec mademoiselle Mackenzie, je m'en moque éperdument. Je voulais juste que tu saches, même si ça te laisse complètement indifférent, que je trouve injuste que tu ne m'aies jamais manifesté un centime de l'affection que tu lui portes.

Des larmes se mirent à couler sur les joues d'Océane. « Ce sont sûrement mes hormones en folie qui me rendent aussi sensible », songea-t-elle. Trop fière pour montrer sa faiblesse à son père reptilien, elle quitta le bureau sans regarder derrière elle.

– Je suis vraiment désolée d'être à la source de ce conflit, s'excusa Alexa.

– Cette altercation n'a rien à voir avec toi. Nous nous disputions bien avant que tu entres dans ma vie. Je crois qu'il y a des hommes qui sont faits pour être père et d'autres non.

– Le fait qu'elle soit enceinte la rend sans doute plus fragile.

– Plus intraitable, tu veux dire.

– Les Brasskins, à part Iarek, sont de bons médiateurs, tu sais. Je pourrais vous réconcilier tous les deux.

– Commençons par assurer notre propre survie, si tu le veux bien.

– Je veux tout ce que tu veux.

Elle l'embrassa et reprit sa place près de lui pour lire les derniers rapports qu'ils venaient de recevoir sur la trajectoire de l'astéroïde. Vincent et Christopher Shanks étaient en constante communication et passaient leur temps à revérifier leurs calculs. Ils lui transmettaient régulièrement des mises à jour.

– Je vais aller te chercher du café, annonça Alexa.

Elle quitta le bureau et se rendit à la salle de Formation, espérant y rencontrer Océane et échanger avec elle, loin des oreilles de son père. Elle trouva cette dernière assise en boule sur un sofa, tout au fond de la pièce, à siroter un thé glacé.

– Puis-je vous parler, Océane ? demanda Alexa en s'approchant.

– C'est mon père qui vous envoie ?

– Pas du tout.

La jeune femme traîna une chaise jusqu'au sofa.

– Repartons du début, si vous le voulez bien.

Alexa posa la main sur celle d'Océane, qui lui jeta d'abord un coup d'œil inquiet, puis qui sursauta lorsqu'elle vit cette main se couvrir de petites écailles dorées. Elle se cala davantage dans le sofa pour éviter son contact.

– Ne craignez rien, l'apaisa Alexa. Je suis dans votre camp.

– Vous pensez que je vais avaler ça après qu'un Brasskins m'a fait des menaces de mort à Jérusalem ?

– Je suis traitée en paria par les miens depuis que j'ai pris la défense de Cédric à plusieurs reprises. Les Brasskins ne savent plus comment protéger la Terre et, dans leur énervement, ils multiplient les bêtises.

– Pourquoi ne pensez-vous pas comme eux ?

– C'est difficile à expliquer… Il y a quelque temps, votre père a lancé un appel à Montréal demandant des renseignements sur les Brasskins et j'y ai répondu. Je l'ai rencontré dans un parc pour l'avertir de ne plus chercher à s'informer sur notre compte, mais j'en ai été incapable. Il a posé son regard sur moi et j'ai ressenti une émotion que je ne connaissais pas.

– Ça s'appelle un coup de foudre… murmura Océane en pensant à Thierry.

– Je suis consciente que les Brasskins ne sont pas censés éprouver de l'attirance pour les reptiliens d'autres races, mais c'était plus fort que moi.

– Je pourrais vous parler longtemps de ce qui ne devrait pas arriver.

– Par la suite, je me suis portée à son secours après qu'il a été attaqué par un prince Dracos et ses acolytes, puis par l'un des dirigeants de mon clan. Les Brasskins ont très mal réagi à mes interventions.

– Alors, vous êtes une petite orpheline, maintenant ? C'est bien ça ?

– Les Brasskins ne forment pas de couples ni de noyaux familiaux. Les hommes et les femmes s'accouplent tous les quatre ou cinq ans et s'ils ont des enfants, ce qui n'arrive pas souvent, les petits sont laissés aux soins des Anciens qui les éduquent.

– Et je suppose que nous sommes au beau milieu de la saison des amours ?

– Eh bien non. Ce que j'éprouve pour Cédric n'est pas strictement sexuel. Je me sens bien avec lui. J'ai l'impression d'exister pour la première fois. Et je sais qu'il ressent la même chose que moi.

– Vous avez dû être obligée de le deviner, parce qu'il n'est pas très porté sur les épanchements.

– Il a du mal à se confier, c'est vrai, mais il finit par se livrer.

« Je voudrais tellement la détester, mais elle a l'air sincère », songea Océane.

– Je n'ai aucune intention de vous voler l'amour de votre père, poursuivit Alexa.

– Il n'y a rien à voler, je vous assure. Je ne suis pour lui qu'une épine dans le pied.

– Comme tous les enfants de la royauté reptilienne, Cédric a appris à coups de bâtons à refouler ses émotions. On lui a enseigné qu'il mourrait très jeune s'il osait ressentir quoi que ce soit dans son cœur. C'est justement parce que je connais bien ce monde froid et cruel que je fais preuve de beaucoup de patience envers lui. Une fois rassuré, il est capable de se montrer très tendre.

– Il n'est pas nécessaire d'entrer dans les détails, vous savez.

– J'essaie de vous amener sur un autre sujet qui me tient beaucoup à cœur, soit celui de votre grossesse.

– Vous venez à peine de faire ma connaissance et vous vous intéressez à mon bébé ? C'est plutôt curieux, non ?

– Laissez-moi vous révéler ce que je sais, puis vous ferez ce que vous voudrez.

Océane cessa de répliquer.

– Cédric m'a dit que vous n'étiez qu'en partie Anantas et que vous ne vous étiez jamais métamorphosée.

– Ce n'est pas parce que je n'ai pas essayé…

– Eh bien, les choses pourraient changer si vous accouchez.

– Vraiment ?

– L'enfantement opère de grandes transformations dans le système hormonal des femmes qui sont en partie reptiliennes.

– Faut-il que le père soit de la même race ?

– En général, non, mais les Anantas sont un cas à part.

– Pourquoi est-ce que je fais toujours partie des exceptions ? se désespéra l'ex-agente.

– Personne ne choisit ses parents, Océane.

– Dites-moi ce que je risque.

– Mettre cet enfant au monde ne sera pas difficile, puisqu'il arrivera dans un œuf que vous devrez casser sans délai.

– Je vais pondre un œuf ? s'horrifia Océane.

– Tous les reptiliens naissent ainsi. Chez la plupart des races, les femelles produisent un ou deux œufs. Il n'y a que la reine des Dracos qui peut en avoir des milliers.

– Doux Jésus…

– Le véritable problème ne sera pas non plus l'éducation de cet enfant, car, en général, les petits reptiliens sont dociles s'ils sont bien nourris. Sa première transformation se produira entre l'âge de sept et douze ans. Il faudra lui apprendre à maîtriser le processus de la métamorphose et lui faire absorber régulièrement de la poudre d'or.

– Cessez de tourner autour du pot et dites-moi à quel danger je m'expose.

– En devenant une femelle Anantas, vous provoquerez la colère de la reine Anantas, car il ne peut y en avoir qu'une seule sur chaque planète.

– Mais c'est ma grand-mère !

– Cette femme n'a même pas gardé ses enfants auprès d'elle, car elle n'a aucune émotion. Imaginez ce qu'elle pensera de ses petits-enfants.

– Elle tentera de nous tuer, l'enfant et moi, c'est ça ?

– Pas si c'est un garçon. Une fille n'aura aucune chance. Et si vous arriviez à triompher de cette femme, vous deviendriez l'ennemie jurée de la reine des Dracos.

– Et moi qui croyais que le monde des humains était compliqué…

– Alors, voilà. C'est ce que ma conscience me poussait à vous dire. Maintenant que vous êtes pleinement informée, la décision vous appartient.

– Merci, Alexa… et je suis désolée de m'être comportée de façon déraisonnable dans le bureau de Cédric, tout à l'heure.

– Je le lui ferai savoir.

La Brasskins s'éloigna de sa démarche féline. C'était vraiment une très belle femme. « Il a du goût… songea Océane. S'il l'avait rencontrée avant Andromède, j'aurais des écailles bleu et or. » Elle caressa doucement son ventre, incapable d'imaginer qu'il s'y formait un œuf.

...034

Athénaïs était plus nerveuse depuis qu'elle se savait entourée de reptiliens, surtout qu'ils avaient tous la faculté de se déguiser en humains. Elle s'était faite à l'idée que Damalis était une créature différente et même fascinante, car il ne se comportait pas comme une bête. Au contraire, il était courtois et faisait preuve d'une grande délicatesse dans ses propos.

Même si elle ne voulait pas l'admettre, la femme médecin éprouvait de tendres sentiments pour lui.

La guérison du Naga tenait du miracle, mais peut-être était-ce normal dans son monde. Athénaïs ne se posait plus de questions. Elle était restée debout pendant de longues heures à tenter de comprendre comment il avait pu extraire lui-même les vis de ses genoux. Il lui avait juré n'en avoir rien fait et elle était tentée de le croire, puisqu'il n'y avait aucune incision dans sa peau. C'était finalement en visionnant l'ascension de Mithri qu'elle avait envisagé ce qui s'était probablement passé. Damalis avait recommencé à marcher seul après la visite de Mithri à l'infirmerie. Était-ce un miracle ? Il y avait bien des choses que la médecine ne pouvait pas expliquer.

Il était impossible de faire tenir Damalis tranquille depuis que ses jambes étaient rétablies. Il s'était lié d'amitié avec Aodhan Loup Blanc, le nouveau directeur de la base de Montréal, et il passait beaucoup de temps en sa compagnie. Il aimait aussi analyser l'information que transmettaient tous les écrans des Renseignements stratégiques et semblait mener à bien un projet personnel à l'aide d'un ordinateur qu'on lui avait prêté. La seule façon de le retracer dans la base, c'était bien souvent de passer par Cassiopée.

Athénaïs était dans son petit bureau en train de remplir son rapport sur la grossesse de l'ex-agente Chevalier lorsque Cassiopée jugea important de la déranger.

– DOCTEUR LAWSON, SANS VOULOIR COMMETTRE D'INDISCRÉTION, J'AIMERAIS VOUS AVERTIR QUE VOTRE PATIENT A DEMANDÉ LA PERMISSION À MONSIEUR LOUP BLANC DE QUITTER LA BASE.

– Quoi ? s'exclama Athénaïs, en colère. Où est ce reptilien irréfléchi ?

– AUX LABORATOIRES AVEC MONSIEUR MCLEOD.

– Merci, Cassiopée.

La femme médecin abandonna le rapport sur sa table de travail et fonça vers les Laboratoires. Damalis était en effet debout derrière l'informaticien et surveillait son travail à l'ordinateur. Ses cheveux, qui repoussaient sur son crâne, étaient blonds comme les blés.

– Monsieur Martell, j'aimerais vous parler en privé, laissa-t-elle tomber, faisant sursauter les deux hommes.

– Qu'est-ce que j'ai fait ?

Elle lui fit signe de la suivre, ce qu'il fit sans discuter. Lorsqu'il vit qu'elle le ramenait à la section médicale, il ralentit le pas.

– Je n'ai plus besoin d'examens, gémit-il.

Athénaïs fit volte-face comme s'il l'avait insultée.

– Vous êtes en train de préparer votre départ sans me consulter, lui reprocha-t-elle.

– Parce que vous m'avez affirmé que j'étais parfaitement remis…

– Je suis le médecin de cette base et c'est moi qui décide quand et comment mes patients peuvent mettre fin à leurs soins.

– Mais pourquoi êtes-vous si fâchée ?

– Parce que…

Elle s'étrangla dans ses sanglots. Il fit un pas vers elle, mais elle recula.

– Parce que nous sommes tous sur le point de mourir et que je ne veux pas que vous soyez loin de moi…

Elle tourna les talons et s'enfuit en courant jusqu'à l'infirmerie. Damalis ne comprenait pas ce qui se passait, mais Athénaïs s'était si bien occupée de lui qu'il se sentit obligé de lui rendre la pareille. Il la trouva debout, face à un coin de la salle des soins intensifs, le visage caché dans ses mains.

– Athénaïs, dites-moi ce qui ne va pas.

– Laissez-moi tranquille…

– Vous venez me chercher aux Laboratoires pour me parler et pendant que je vous suis, vous me dites de partir ?

La femme médecin se retourna brusquement, se jeta dans ses bras et l'embrassa. Damalis, qui ne s'était intéressé qu'à la guerre toute sa vie, ne sut pas quoi faire. Il resta là, les mains en l'air, comme un cambrioleur qu'on venait de surprendre. Puis, à son grand étonnement, elle le repoussa et courut s'enfermer dans son bureau.

– Athénaïs !

Il la poursuivit, mais trouva la porte verrouillée.

– Athénaïs, ouvrez-moi !

Il pouvait l'entendre pleurer à l'intérieur. Les Nagas ne craignaient pas la mort, mais les humains avaient apparemment une attitude différente.

– Je ne suis pas une experte en la matière, monsieur Martell, mais vous n'avez pas été très habile avec elle.

– Savez-vous ce qu'elle a ?

– Elle est amoureuse de vous, c'est évident.

– Évident ? répéta le Spartiate, dérouté.

– Et comme elle est très intelligente, elle sait très bien que si vous quittez Longueuil, vous ne reviendrez jamais.

– Je ne lui ai même pas parlé de mes plans.

– Il semblerait que les femmes possèdent un sixième sens.

– Merci, Cassiopée. Cela m'éclaire beaucoup, enfin, je pense…

Il frappa quelques coups sur la porte, mais la femme médecin ne lui ouvrit pas. Il soupira et la pupille de ses yeux s'étira jusqu'à devenir verticale, puis il traversa le métal sans aucune difficulté. Athénaïs était assise, les bras croisés sur sa table de travail, le front appuyé sur un poignet et ses épaules tremblaient.

– Athénaïs, la dernière chose que je veux, c'est vous faire de la peine.

– Partez, si c'est ce que vous voulez ! Ça m'est égal !

Il s'accroupit près d'elle, mais ne la toucha pas.

– Écoutez-moi d'abord.

Elle tourna légèrement la tête pour le regarder, mais ne cessa pas pour autant de pleurer.

– J'éprouve aussi des sentiments pour vous, mais je ne suis pas humain. Pis encore, je suis un Naga qui s'est entraîné tout seul et qui représente une cible de choix pour des Dracos.

– Vous avez un cœur quand même… hoqueta-t-elle.

– Je pense que oui. J'ai vraiment su que j'étais capable d'aimer lorsque mes frères sont morts. Je ne veux pas vous faire de mal, Athénaïs. Vous méritez bien mieux que moi.

– Si vous ne m'aimez pas, alors disparaissez de ma vue.

– Est-ce vraiment ce que vous voulez ?

– Non… mais vous vous moquez de mes sentiments, comme tous les autres…

– Je n'ai pourtant rien fait pour vous donner cette impression ni pour entretenir de faux espoirs.

– Vous n'aviez rien à faire pour être merveilleux.

Il la cueillit dans ses bras et la serra contre sa poitrine, incapable d'arrêter ses larmes.

– Essayez de comprendre que j'ai un important compte à régler et que tant que ce ne sera pas fait, je ne pourrai jamais m'arrêter. Aodhan et moi avons réussi à retracer l'origine du message lancé par Perfidia et nous savons où elle se trouve.

– Laissez-moi y aller avec vous.

– Quoi ? Non !

– Ma vie n'aura plus aucun sens si vous partez, Damalis.

– Je suis certain que vous trouverez d'autres reptiliens à soigner.

– Ils ne seront pas comme vous.

– Je reviendrai peut-être en petits morceaux une deuxième fois.

– Vous êtes aussi stupide que tous les autres hommes ! Allez-vous-en !

Elle le repoussa violemment. « Si elle avait été une Naga, elle m'aurait fait passer au travers du mur », songea Damalis, surpris par sa force physique.

– Partez ! hurla-t-elle de tous ses poumons.

Vaincu, il recula et passa au travers de la porte. La tête basse, il retourna aux Laboratoires, où Vincent lui avait imprimé les coordonnées exactes de la station où se cachait Perfidia. Le savant remarqua aussitôt sa tristesse.

– Tu t'es fait sermonner, Damalis ?

– C'est plus compliqué que ça…

– LE DOCTEUR LAWSON VIENT DE LUI AVOUER SON AMOUR, MAIS IL PRÉFÈRE ALLER ABATTRE LA REINE DES DRACOS QUI L'ENVERRA FORT PROBABLEMENT DANS LA TOMBE.

– Cassiopée, on ne révèle pas ce genre de secret à tout le monde, lui reprocha Vincent.

– Elle a raison, par contre. Il y a une rage en moi que je dois calmer une bonne fois pour toutes.

– NOUS AVONS DES INSTALLATIONS SPORTIVES OÙ VOUS POURRIEZ VOUS DÉFOULER.

– Cassiopée, un mot de plus et je débranche certains de tes modules.

L'ordinateur se tut.

– As-tu déjà été amoureux ? demanda Vincent au Spartiate.

– J'ai passé mon temps à préparer et à exécuter des missions périlleuses pour des gouvernements que je ne nommerai pas. Il n'y a jamais eu de place pour l'amour dans ma vie.

– Moi, j'ai passé le mien derrière des ordinateurs à m'imaginer que c'était ça, la vie. Tout comme toi, je viens à peine de trouver quelqu'un qui se soucie de moi et qui me comble de bonheur, et je te jure que ça vaut tout l'or du monde.

Damalis ramassa les papiers que lui avait préparés Vincent et alla s'asseoir plus loin pour les étudier, mais devant les mots et les nombres apparaissait constamment le visage en larmes d'Athénaïs Lawson. Il estima le temps qu'il mettrait pour se rendre dans le Grand Nord. Si l'ANGE n'arrivait pas à faire dévier la trajectoire de l'astéroïde, il serait tué avant d'avoir atteint le repaire de Perfidia. Il mourrait sans même avoir pu accomplir sa mission.

Il quitta les Laboratoires en triturant les feuilles entre ses doigts. Tandis qu'il déambulait dans le long corridor, il assista à un débat entre son cœur et sa raison. Que lui auraient conseillé ses frères ? Il prit une profonde inspiration et fit irruption dans l'infirmerie. Athénaïs ne pleurait plus. Elle était debout devant la longue table et nettoyait ses instruments de chirurgie. Elle regarda qui venait d'entrer et poursuivit son travail.

– J'ai mis vos affaires dans un sac.

Damalis déposa ses papiers sur son lit, marcha jusqu'à la femme médecin, la fit pivoter vers lui et l'embrassa. Athénaïs commença par résister, puis quand elle comprit que ses baisers étaient tendres et non contraints, elle s'y abandonna complètement.

– Les portes de la section médicale se verrouillent-elles ? chuchota-t-il.

– C'est illégal, mais oui…

– JE M'EN OCCUPE !

Athénaïs plaqua ses lèvres sur celles du Naga pour l'empêcher de répliquer.

...035

À leur grande surprise, lorsque Thierry et Cindy arrivèrent à Jérusalem, ils ne furent plus du tout importunés par les soldats. Ils conservèrent tout de même leur grand capuchon sur leur tête, pour ne pas s'attirer d'ennuis.

– Qu'as-tu l'intention de faire, maintenant ? lança le Naga à sa compagne.

Cindy n'en savait rien, mais elle n'allait certainement pas l'avouer à cet homme toujours si sûr de lui. Pourtant, son ami, le prophète, lui avait demandé de ne plus jamais mentir.

– Je vais trouver un gîte et travailler jusqu'à ce que Cael vienne me chercher.

– Et s'il ne revient jamais par ici ?

– Pourquoi es-tu toujours aussi pessimiste ?

– Je suis réaliste, Cindy. Parles-tu suffisamment la langue pour te débrouiller toute seule ?

– Je parle le français et l'anglais. Je pourrais être guide touristique.

– Que sais-tu de l'histoire de ce pays ? Pourrais-tu nommer les grands monuments et expliquer leur importance biblique ?

– Je vais demander l'aide de l'ambassade canadienne.

– C'est déjà une meilleure idée.

– Toi, qu'est-ce que tu me suggérerais ?

En scandant des phrases à tue-tête, un homme passa au milieu de la rue dont les réparations avaient été interrompues. Thierry le suivit du regard sans cacher son étonnement, puis leva les yeux vers le ciel.

– Qu'est-ce qui lui arrive ? s'inquiéta la jeune femme.

– Un objet va bientôt tomber du ciel…

Le Naga se hâta vers le kiosque d'un marchand de journaux. Il s'empara d'un quotidien et ne put manquer le titre en lettres majuscules.

– Ne me dis pas que tu lis l'hébreu en plus de le parler ? le piqua Cindy.

– L'envie n'a pas sa place en ce monde, murmura-t-il.

– C'est ce que dit le journal ?

Il secoua la tête pour dire non. Exaspérée, la jeune femme demanda au vendeur s'il avait un journal en français. Il lui répondit en hébreu.

– Quoi ?

– Il dit qu'il ne comprend rien de ce que tu lui racontes, traduisit le Naga.

– As-tu vraiment besoin de m'humilier pour me prouver que tu as raison ?

– Je n'ai rien fait de tel.

Thierry redéposa le journal et s'adressa au marchand dans sa langue, irritant davantage Cindy. Les deux hommes conversèrent pendant un moment, puis le Naga soupira avec découragement.

– Une météorite va frapper la Terre, lui apprit-il finalement.

– Je ne veux pas mourir…

– Le peuple non plus. Il est à la recherche des deux Témoins.

– Ils ne les tiennent pas responsables de ce phénomène astronomique, au moins ?

– Non. Les gens espèrent qu'ils les protégeront.

– Si nous faisions la même chose ?

Ils commencèrent par suivre la marée humaine qui remontait la rue. Beaucoup de personnes pleuraient, d'autres priaient. Elles demandaient à Dieu pourquoi il les mettait ainsi à l'épreuve. La ville était en grande partie détruite et la nourriture commençait à manquer. On finissait à peine d'enterrer les morts qu'on annonçait un autre fléau.

– C'est mentionné dans l'Apocalypse, se souvint alors Cindy.

Thierry fouilla dans la mémoire de Silvère qui avait lu un grand nombre de textes sacrés.

– Une étoile nommé Absinthe…

– Oui, c'est ça !

– Elle tombera sur la Terre et empoisonnera les fleuves et les rivières, ajouta Thierry.

– Et peu importe où elle frappera, le choc sera ressenti partout…

– Peut-être pas. L'Apocalypse dit que seul un tiers du monde sera touché.

– Il ne faut pas que ce soit ici.

Thierry questionna les gens qui les entouraient pour savoir où ils se rendaient.

– Nous allons dans la bonne direction, confirma-t-il à Cindy.

Ils sortirent de la ville et arrivèrent au pied d'une colline où s'étaient rassemblés des milliers de fidèles. Des flambeaux plantés sur le flanc éclairaient deux hommes vêtus comme au temps de Jésus.

– Ils sont là, se réjouit Cindy.

Képhas leva les bras vers le ciel et le silence se fit dans l'assemblée.

– Je sais pourquoi vous êtes ici, dit-il.

Sans qu'il utilise le moindre micro, sa voix porta jusqu'aux derniers auditeurs.

– Pourquoi parle-t-il français à toutes ces personnes qui ne comprennent pas cette langue ? s'étonna Cindy.

– Moi, je l'entends en italien, précisa Thierry.

– Et moi, en hébreu, fit un jeune homme qui portait de petites lunettes rondes. Cela fait partie des pouvoirs que leur a accordés Dieu et prouve qu'ils sont vraiment ses Témoins.

Les gens s'installèrent sur le sol, devinant qu'ils passeraient toute la nuit à cet endroit. Cindy ne fut pas fâchée de reposer un peu ses jambes. Assis en tailleur, Thierry se tenait encore très droit. « Comment fait-il pour être toujours frais et dispos, même après des kilomètres de marche ? » se demanda-t-elle.

– Les prophètes vous ont pourtant annoncé tous ces événements, poursuivit Képhas d'une voix calme. Pourquoi êtes-vous surpris ?

– Depuis combien de temps n'avez-vous pas mangé ? leur demanda Yahuda.

Le son de sa voix réchauffa le cœur de Cindy. « J'aurais dû rester avec lui, au lieu de suivre Cael », se reprocha-t-elle. Une pluie de petits pains blancs se mit à tomber sur eux comme de la douce grêle. Une grande clameur s'éleva de la foule qui remerciait les apôtres. Ceux-ci attendirent qu'elle se soit rassasiée avant de lui parler.

– Pour l'eau, ce sera un peu plus compliqué, leur dit Képhas, mais rien n'est impossible à Dieu.

Les fidèles poussèrent des cris de stupeur lorsque sortirent de terre devant chacun d'eux des cratères d'argent. Cindy toucha le sien du bout du doigt pour s'assurer qu'elle n'était pas victime d'une hallucination, tandis que Thierry tenait déjà sa coupe dans la main.

– Mais comment… s'étrangla-t-il, plongé dans une douce béatitude.

Ses yeux se remplirent de larmes de joie alors que pour la première fois de sa vie, il avait la preuve qu'une puissance supérieure veillait sur les êtres vivants et même sur le Naga qu'il était. L'eau se mit à monter dans les précieux récipients, comme si on la pompait à partir du sol. Beaucoup de gens, dont Cindy, regardèrent sous leurs coupes, mais il n'y avait rien.

Les Témoins laissèrent les croyants boire à satiété. Chaque fois qu'ils vidaient les cratères, ils se remplissaient de nouveau.

– Peut-être préféreriez-vous du vin, suggéra Yahuda.

L'eau dans les coupes tourna au rouge, arrachant un cri d'admiration à la foule.

– Souvenez-vous des paroles de Jeshua, continua-t-il. Quiconque boira de l'eau que je lui donnerai n'aura plus jamais soif. Cette eau deviendra en lui une source qui jaillira en vie éternelle.

– Nous ne faisons pas ces miracles pour vous jeter de la poudre aux yeux, expliqua Képhas. Nous voulons seulement vous prouver que Dieu entend vos prières. Vous lui avez demandé pardon pour toutes vos fautes et il vous a entendus. Il vous protégera aussi longtemps que vous croirez en lui.

– Au milieu de toutes vos épreuves, la Bête surgira, mais vous ne devrez pas accepter sa marque. Fuyez plutôt que vous soumettre à la volonté de Satan. Nous ne pouvons pas repousser les souffrances que se sont attirées les humains. Nous pouvons seulement vous recommander de garder la foi.

– Bientôt, la terre tremblera une fois de plus, mais ailleurs ce sera plus terrible encore. Remerciez le ciel d'être rassemblés ici où sa main vous protège.

L'assemblée se mit spontanément à prier. Cindy se laissa bercer par les voix apaisantes des fidèles tout en observant Yahuda, qui se tenait aussi droit que Képhas. Il ne ressentait donc plus la honte de la mauvaise réputation que lui avait fabriquée l'Église. Il était et avait toujours été le confident de Jeshua et s'il l'avait trahi, jadis, c'était à la demande de ce dernier.

Puisqu'ils n'avaient plus de foyers, les croyants dormirent à la belle étoile, serrés les uns contre les autres. Il n'y avait pas que des chrétiens parmi eux, mais aussi des gens de toutes les religions qui avaient enfin compris qu'il n'existait qu'un seul Dieu, peu importe le nom qu'on lui donnait.

Lorsqu'elle se réveilla, le lendemain, Cindy s'aperçut que Thierry était parti. Elle scruta la multitude sans le voir nulle part. Il n'était pas non plus au sommet du mont avec les Témoins qu'il connaissait pourtant très bien. « Il m'a laissée », fut-elle forcée de constater. Elle lui avait si souvent répété qu'elle pouvait se débrouiller sans lui qu'il l'avait finalement crue. Cindy se rappela alors les paroles de Cael. On ne devait jamais mentir aux autres, même par orgueil. Elle regretta soudain de ne pas avoir avoué au Naga qu'elle était morte de peur à l'idée de se retrouver seule dans ce pays où aurait lieu la plus grande bataille de tous les temps.

Dissimulant son katana sous son manteau, elle versa le vin sur le sol en espérant que sa coupe se remplisse plutôt d'eau. Son vœu fut aussitôt exaucé et elle se désaltéra avant d'entreprendre l'ascension de la colline, entre tous ces gens qui dormaient encore. Elle glissa le cratère dans sa ceinture et se mit à grimper. Quand elle arriva enfin à la hauteur des Témoins, Yahuda la reconnut, bien qu'elle ne portât plus de rose. Il alla à sa rencontre et lui prit les mains.

– Tu as beaucoup vieilli, remarqua-t-il.

– Est-ce un compliment ou une critique ?

– Je parlais de ton âme.

– Oh…

Il l'emmena à l'écart et aperçut son arme tandis qu'elle s'asseyait.

– Celui qui vit par l'épée périra par l'épée, Cindy.

– C'est seulement pour me défendre.

– Cherches-tu ton salut, comme tous ces gens ?

– Je suis arrivée à Jérusalem avec Thierry Morin. Puisque tout le monde quittait la ville, nous avons suivi la foule. C'était très beau, ce que Yannick et toi nous avez dit hier soir.

– De tous ceux qui sont ici, celle pour qui je m'inquiète le plus, c'est toi, car tu n'as pas encore appris à vivre selon tes propres convictions. Tu es comme une feuille d'arbre qui change d'opinion selon la direction du vent. Aujourd'hui, tu dis avoir la foi, mais demain pourras-tu prétendre la même chose ?

– C'est vrai que je suis comme une girouette, admit-elle.

– Tu dois apprendre à penser par toi-même.

– On m'a déjà donné ce conseil, mais c'est plus facile à dire qu'à faire…

– Es-tu venue vers moi pour que je te transporte dans un autre pays ?

Cindy aurait bien aimé rejoindre Cael, mais elle ne pouvait pas le demander à son ancien amant.

– Avec ce que j'ai appris hier au sujet de l'astéroïde, je ne sais pas vraiment où aller.

– Montréal est suffisamment loin de la côte pour éviter le pire.

– Y a-t-il autant de destruction qu'ici ?

– Le tremblement de terre a fait des dégâts le long du fleuve, mais très peu ailleurs.

La jeune femme se mordit les lèvres avec hésitation.

– Je ne te dirai pas quoi faire, Cindy, mais si tu es revenue ici pour être avec moi, tu perds ton temps. C'est au ciel que nous nous retrouverons. Ma mission doit passer avant toi. Quant à Cael, le moment est presque arrivé pour lui de commencer la sienne.

Il savait donc qu'elle pensait encore à lui… Cindy se demandait où aller. Après ce qu'elle avait fait à son frère, elle avait bien trop honte pour frapper à sa porte en quête d'un asile. Océane se trouvait quelque part à Jérusalem, elle aussi, mais la laisserait-on s'approcher de l'homme politique le plus important du moment ? Yannick, qui l'avait déjà hébergée, était en train de méditer un peu plus loin. Tout comme Océlus, il avait une tâche à accomplir. La nouvelle base de Montréal serait-elle disposée à la recueillir jusqu'à ce que le danger soit passé ?

– Je ne sais plus vers qui me tourner… avoua-t-elle.

– Et tu sais pourquoi ?

– Parce que j'ai agi en égoïste ?

– Tu as pris tout ce que les autres pouvaient te donner, puis tu les as tous quittés sans te préoccuper de la peine que tu leur causais. C'est pour cette raison que tu n'es pas partie avec les autres, lors du Ravissement.

– Que dois-je faire pour me faire pardonner ?

– Faire amende honorable à ceux que tu as offensés.

– Alors, je vais commencer par toi. Je m'excuse sincèrement pour tout le mal que je t'ai fait.

Yahuda l'attira dans ses bras et la serra avec affection.

– Je te pardonne. Maintenant, que décides-tu ?

– C'est certain que j'aimerais rester avec vous, mais je crois que je serai davantage en sécurité à Montréal. Peut-être pourrais-je aussi demander à Cédric de me reprendre comme agente ?

– C'est une très bonne idée, approuva Yahuda en la repoussant gentiment. Pour trouver sa véritable place dans la vie, il faut questionner son cœur. Il sait souvent mieux que nous ce qui nous convient le mieux.

Gardant ses mains dans les siennes, il la transporta dans l'Éther et se matérialisa avec elle dans la salle de Formation, à Longueuil. Il l'embrassa sur les lèvres, lui sourit et disparut avant qu'elle tente de le retenir. Cindy pivota lentement sur elle-même, ressentant un immense réconfort de se retrouver dans une base de l'ANGE. « Ma première idée, c'était de devenir agente, se rappela-t-elle. Peut-être que c'est ici que j'aurais dû rester. »

Océane venait de quitter le Dortoir pour aller se chercher un café lorsqu'elle s'arrêta net devant la femme basanée, aux cheveux attachés sur la nuque, vêtue d'une tunique beige et d'un long manteau brun et qui portait un sabre à la ceinture.

– Cindy ? s'étonna-t-elle.

– Océane ?

– Es-tu devenue un Jedi ?

– Quoi ?

– C'est quoi, ces vêtements ?

– Oh ! Il a fallu nous habiller en caravaniers pour passer inaperçus dans le désert.

– En tout cas, ici, tu produis plutôt l'effet contraire. Je suis vraiment contente de te revoir.

Les deux amies s'étreignirent, provoquant un nuage de poussière au milieu de la salle.

– Je pense que tu as besoin de prendre une douche, toi, constata Océane.

– J'en rêve depuis des jours !

– Viens, je vais te donner tout ce qu'il faut.

Elle l'entraîna vers le couloir duquel elle était sortie.

– Pourquoi portes-tu une arme ?

– Parce que je suis une Naga, évidemment.

– Quoi ?

Cindy lui raconta son aventure, jusqu'à ce qu'Océane finisse par la pousser dans la salle de bains.

...036

Une fois que les deux jeunes Israéliens eurent conduit Cael dans une famille qui le cacherait pendant deux jours, Adielle décida qu'il était temps pour elle de retourner à sa base.

Les soldats possédaient sûrement son signalement depuis qu'ils l'avaient poursuivie dans le quartier où elle habitait. Alors, pour ne courir aucun risque, elle marcha sur la route qui menait à Jérusalem, portant par-dessus ses vêtements civils un long manteau brun. L'effort ne lui faisait pas peur et elle profita du trajet pour réfléchir aux récents événements.

Connaissant l'ANGE, son nouveau directeur international était certainement en train de s'informer auprès de tous les pays de leur capacité à détruire l'astéroïde. Certaines bases de l'Agence possédaient aussi leurs propres silos, dont Alert Bay. Elle se rappela les avoir vus lorsqu'elle étudiait en Colombie-Britannique.

En approchant de la ville sainte, Adielle fut à même de constater que le séisme ne l'avait pas épargnée non plus. Ce qui l'étonna encore plus fut de trouver l'agglomération presque déserte. Même les soldats avaient cessé d'y patrouiller. De toute façon, les rues étaient pour la plupart impraticables en voiture. Il était beaucoup plus facile pour une personne à pied d'éviter les crevasses et les débris.

Elle retrouva le restaurant derrière lequel l'ANGE avait installé un point d'accès. L'établissement avait été démoli par les secousses sismiques, mais, miraculeusement, sa cuisine était encore debout. Adielle s'assura que personne ne l'observait et entra dans un réduit tout au fond. Elle remarqua que des poutres et des pierres avaient été déplacées, probablement par son équipe d'urgence. Elle contourna le rideau de toile et arriva devant une porte métallique qui ressemblait à celle d'une chambre froide.

Adielle appuya le cadran de sa montre sur le cercle à la hauteur de sa poitrine. La porte glissa dans un grincement, révélant une autre porte. La directrice l'ouvrit de la même façon et pénétra avec un grand soulagement dans l'ascenseur qui l'emporta vers les profondeurs de la Terre. Lorsqu'elle arriva finalement à l'étage du long couloir et que les portes se furent ouvertes, elle trouva devant elle Noâm Eisik ainsi que son chef de la sécurité.

– Bienvenue chez vous, madame Tobias, l'accueillit ce dernier.

– Nous avons plusieurs urgences, enchaîna Eisik.

Adielle s'empressa de le suivre jusqu'aux Renseignements stratégiques.

– De quoi s'agit-il ?

– Tout d'abord, il y a un volcan qui s'est morcelé et dont une partie a plongé dans l'océan, ce qui est sur le point de provoquer des ravages sur les côtes de l'Amérique, de l'Afrique et de l'Europe.

– Montre-moi.

Adielle analysa rapidement les images et les données que le jeune homme fit apparaître devant elle et comprit qu'Israël ne risquait rien.

– Autre chose ?

Il lui fit part des dommages qu'avait subis la planète entière lors du séisme et afficha à l'écran mural les derniers graphiques transmis par la base de Montréal sur le parcours de l'astéroïde.

– Monsieur Orléans nous assure qu'il travaille de concert avec Alert Bay et qu'ils ont la situation bien en main, affirma le jeune homme.

– De toute façon, ni l'armée israélienne ni notre base ne possèdent les moyens d'intervenir, ajouta le chef de la sécurité.

– Il y a encore deux choses sur lesquelles je voudrais attirer votre attention, poursuivit Eisik. Un très grand nombre de personnes importantes ont été retrouvées décapitées. Il y en a vraiment trop pour que ce soit une coïncidence. Et aussi, le président de l'Union eurasiatique va donner une conférence de presse sur la situation dans le monde, ce soir.

Adielle fit un calcul mental.

– Quand l'astéroïde doit-il théoriquement être intercepté par nos missiles ? demanda-t-elle.

– Demain soir.

– Voulez-vous parier que Ben-Adnah va mettre à son crédit la destruction de celui-ci ?

– Cette éventualité nous a effleuré l'esprit.

– La conférence sera-t-elle télévisée ?

– Partout dans le monde. Voulez-vous que j'établisse le relais dans votre bureau ?

– Non, Eisik. J'y assisterai avec vous tous aux Renseignements stratégiques. Ce sera tout, messieurs.

Adielle fila à son bureau, s'enferma dans sa salle de bains privée et fit rapidement sa toilette. Elle enfila ensuite des vêtements propres et alla se chercher un sandwich et un café à la salle de Formation.

– Ordinateur, mettez-moi en contact avec Cédric Orléans.

– TOUT DE SUITE, MADAME TOBIAS.

Le visage du nouveau directeur international apparut à l'écran.

– Je sais que tu as déjà reçu un message de la part de la base de Jérusalem, mais je tenais à t'adresser personnellement mes félicitations, Cédric.

– Merci, Adielle.

– Je comprends que vous êtes aux prises avec un tsunami, alors nous nous reparlerons plus tard, en espérant que vous ne serez pas en train de flotter sur un radeau.

– Nous le saurons très bientôt, car il devrait atteindre les premières côtes dans la prochaine heure.

– Es-tu au courant que monsieur Ben-Adnah donne une conférence de presse dans quelques heures ?

– Oui. Nos agents vont l'enregistrer et l'analyser. Ce qui retient mon attention, en ce moment, ce sont surtout les catastrophes naturelles. Nous avons des missiles à lancer dans exactement une heure et trente-trois minutes.

– Dans ce cas, on se reparle plus tard. Communication terminée.

Adielle pensa que si Alert Bay avait eu une fusée en trop, ça aurait été une bonne idée de la diriger sur l'auditorium où l'Antéchrist allait s'adresser aux médias.

En s'effondrant dans l'océan, le volcan des îles Canaries avait créé une immense vague de fond concentrique, un peu comme lorsqu'un caillou est lancé dans un étang.

Cette lame venait à peine de se former qu'au-dessus de l'eau apparut une vision digne de celles de la Bible. Flottant dans la brise, tel un goéland, une personne vêtue de blanc observait l'éruption volcanique. Avec une infinie douceur, elle ouvrit les bras et calma la fureur de l'onde, puis disparut comme un mirage.

Une heure plus tard, lorsque le tsunami atteignit les côtes de l'Afrique, il ne pénétra que de quelques kilomètres à l'intérieur des terres et à une vitesse beaucoup moins grande que l'avaient prévu les experts. Vincent McLeod informa aussitôt Cédric et Aodhan de ce fait inexplicable.

– Il arrive parfois que ce genre de vagues perde de l'intensité sur un long parcours, leur apprit l'informaticien. Mais ce que je n'arrive pas à m'expliquer, c'est ce que je viens de trouver sur Internet.

Sur l'un des écrans, Vincent fit passer un petit bout de film réalisé par un habitant d'une île voisine de celle du volcan. On y voyait une femme suspendue au-dessus de l'océan. Dès qu'elle avait ouvert les bras, les vagues avaient perdu la moitié de leur force.

– Est-ce un trucage ? demanda Aodhan.

– Non, assura Vincent. Cet événement a été capté par une personne dans tous ses états. C'est pour ça que le film tremble autant.

– Peux-tu faire un gros plan sur cette femme ? s'enquit Cédric en fronçant les sourcils.

– Je veux bien essayer, mais la qualité du film laisse beaucoup à désirer.

Le zoom effectué leur révéla qu'il s'agissait d'une dame âgée, aux cheveux blancs.

– Es-tu capable de figer l'image ?

Vincent s'exécuta et la nettoya autant qu'il le put.

– C'est Mithri, la reconnut Cédric, stupéfait.

Les trois hommes restèrent un long moment à contempler l'étrange tableau.

– Maintenant, on sait où elle est allée, laissa finalement tomber Vincent.

Au même moment, à Jérusalem, Noâm Eisik écoutait, sur l'écran géant des Renseignements stratégiques, l'allocution du président de l'Union eurasiatique. Adielle Tobias se tenait debout derrière lui, ainsi que tout le personnel de sa base.

– Mes amis, commença Ben-Adnah sous une pluie de flashs. J'ai dû m'isoler pour réfléchir à tous ces fléaux qui nous assaillent. Mais pendant mon absence, des loups se sont attaqués à mes bergeries. Des hommes de valeur ont été lâchement assassinés dans leur maison et même dans la rue. Des mercenaires ont voulu renverser les gouvernements que j'ai établis. Je veux que vous sachiez que ces actions seront sévèrement punies, car, à compter de midi demain, j'aurai à mon service la plus grande armée jamais levée par un seul homme.

Des murmures de protestation s'élevèrent dans la base de Jérusalem, forçant Eisik à augmenter le volume pour qu'ils puissent entendre la suite des plans du futur tyran. Pour sa part, Adielle remarqua un étrange changement sur le visage du futur Antéchrist. Lors de toutes ses conférences de presse précédentes, il avait été souriant et charismatique. Aujourd'hui, il semblait affligé. « Où est Océane ? » se demanda-t-elle. Elle se pencha et souffla la question à l'oreille de son second, qui se mit à taper sur son clavier.

– Je suis en deuil, poursuivit Asgad. En rentrant à Jérusalem, j'ai perdu ma femme dans un tragique accident en mer… C'est donc le cœur meurtri que je vous parle, ce soir. Néanmoins, tout comme elle l'aurait voulu, je m'engage à protéger ceux qui se sont joints à mon union. Rien ni personne ne vous enlèvera ce qui vous appartient, et surtout pas un morceau de roche surgi du néant.

« Et voilà… » soupira intérieurement Adielle.

– Je ne quitterai plus Jérusalem, car je sais qu'elle ne tombera pas. Demain, je regarderai le ciel à partir de la terrasse du nouveau temple, où je vous invite tous à venir me rejoindre. Merci.

Les protestations fusèrent parmi les membres de la base pendant que la directrice se penchait pour entendre ce que Eisik avait appris.

– Silence, je vous prie ! exigea Adielle en se redressant. Sachez premièrement qu'Océane Chevalier n'est pas morte, comme le prétend son tendre mari. Elle s'est enfuie et elle est actuellement saine et sauve à Montréal. Deuxièmement, ce n'est pas Asgad Ben-Adnah qui nous défendra de l'astéroïde, mais notre base de Colombie-Britannique, au Canada. En ce qui concerne cette soi-disant armée, je vous demanderai de tous retourner à vos postes et de faire des recherches. Je veux savoir s'il nous ment.

Le personnel se dispersa en toute hâte.

– À mon avis, il dit vrai, lui dit Eisik. Il n'est pas difficile de réunir des hommes lorsque tout va mal, et il ne faut pas oublier non plus qu'il dirige plusieurs pays, pas seulement Israël.

– Je pense la même chose que toi, mais vérifions le tout, d'accord ?

– Oui, bien sûr, madame Tobias. Lorsque vous serez à votre bureau, regardez le petit film que nous avons reçu de la base de Montréal et qui montre une dame lumineuse debout sur un nuage.

Intriguée, Adielle s'empressa de s'y rendre.

...037

Toute l'équipe de la base d'Aodhan Loup Blanc était réunie dans la salle des Renseignements stratégiques, les yeux rivés sur l'écran principal, tandis que Vincent McLeod effectuait les derniers calculs qui indiqueraient leur cible aux deux missiles d'Alert Bay. Cédric était juste derrière lui, les bras croisés. Il n'était pas sans savoir qu'il essuierait les critiques de la plupart des gouvernements pour avoir lancé des projectiles aussi puissants sans les prévenir, même si c'était pour sauver la planète. Le directeur international considérait que c'était une mesure d'urgence qui ne devait pas être analysée par des dizaines de comités. Était-ce pour son indépendance d'esprit que Mithri l'avait choisi ?

– Tout se passe bien, annonça la voix de Christopher Shanks. Les systèmes de guidage continuent de bien répondre.

Sans que personne s'en aperçoive, Océane et Cindy se glissèrent dans la pièce, après avoir persuadé Cassiopée que si elles étaient en train de vivre leurs dernières heures, elles ne voulaient pas être seules. Les deux femmes demeurèrent à l'écart, derrière les membres de la sécurité et les nouveaux agents. Glenn Hudson les aperçut alors du coin de l'œil. Sans alarmer personne, il se faufila entre ses hommes pour aller à leur rencontre.

– Seuls les membres de l'Agence sont admis ici, leur dit-il à voix basse.

– Les agents fantômes en font partie, que je sache, riposta Océane.

– Seriez-vous insensible au point de nous laisser nous morfondre dans le corridor ? ajouta Cindy.

Hudson allait répondre par l'affirmative, lorsqu'il capta le geste de Cédric lui demandant de laisser tomber. Obéissant, le chef de la sécurité reprit son poste au milieu de son groupe.

– Ça ne veut pas dire qu'on a le droit de faire la fête, chuchota Océane à Cindy.

– La fête, ce n'est pas après une victoire, habituellement ?

– Chut…

– Plus que cinq minutes, indiqua Vincent, profondément concentré sur son travail.

– J'ai déjà arrêté de respirer il y a vingt minutes, avoua Shanks.

– Nous avons tout vérifié cent fois. Tout ira très bien. J'enclenche le compte à rebours.

Les chiffres géants qui apparurent sur un petit écran au-dessus du plus grand commencèrent à égrener les secondes. Tous étaient nerveux, mais tâchaient de ne pas le montrer. Ils gardaient un silence respectueux pour ne pas distraire Vincent. Même les jeunes recrues n'avaient pas envie de faire de plaisanteries.

– Le satellite est prêt à filmer l'impact, signala Sigtryg.

– C'est à cela qu'il doit servir, monsieur Loup Blanc, lui fit remarquer Cédric sans détacher son regard de l'écran.

L'Amérindien demeura muet. Il pensait à tous les disciples de Cael réunis à Saint-Bruno, qui priaient depuis plusieurs heures déjà. C'est au milieu d'eux qu'il aurait dû se trouver, pas derrière une foule d'ordinateurs dans une base souterraine.

Cassiopée n'avait pas émis un seul son depuis le début de cette opération, à la demande de Vincent, mais elle demeurait aux aguets, prête à intervenir au moindre problème. Par mesure de prudence, l'informaticien lui avait ordonné de procéder de son côté aux calculs des coordonnées qu'ils avaient programmées dans l'ordinateur de bord des missiles. Plus rapide que les humains, elle pourrait intervenir en cas de pépin.

– Nous avons un visuel, indiqua Pascalina.

– À l'écran, ordonna Cédric.

Le satellite leur montra pour la première fois le visage de leur ennemi : un énorme rocher qui avançait en tournant très lentement sur lui-même. C'était justement cette rotation qui risquait de leur donner du fil à retordre.

– On dirait une grosse cacahuète, remarqua Shane.

Mélissa, qui avait participé à l'opération d'urgence, était toute crispée sur sa chaise, à côté d'Alexa. Elle avait choisi de s'asseoir le plus loin possible de Vincent pour ne pas lui communiquer sa nervosité. Même en refaisant sans cesse les calculs jusqu'au lancement, il y avait toujours une mince possibilité que quelque chose dans l'espace vienne perturber la course de l'astéroïde.

Vincent se mit à compter à rebours sans se rendre compte qu'il créait encore plus de tension dans la grande salle.

– Dix… neuf… huit… sept… six… cinq… quatre… trois… deux… un…

Cindy sauta dans les bras d'Océane.

– Les moteurs du premier étage sont allumés, confirma Shanks.

Tout le monde retenait son souffle.

– Ils décollent, déclara Shanks. Notre base entière en tremble. Je vous envoie les images des caméras extérieures.

Tandis qu'à la gauche de l'écran principal, ils pouvaient voir l'approche de l'astéroïde, à sa droite, ils virent sortir de terre les deux missiles qui représentaient leur seule chance de ne pas être anéantis. Après une minute, alors qu'ils étaient déjà dans la thermosphère, ils éjectèrent une première section, désormais inutile, car vidée de son propergol. Au moment d'entrer dans l'exosphère, une minute plus tard, une deuxième section se détacha, puis une troisième.

Cédric vit les épaules de Vincent redescendre de quelques centimètres, ce qui lui confirma que tout se passait comme prévu.

– Les missiles ont atteint la vitesse de huit kilomètres à la seconde, indiqua l'informaticien. La dernière section contient les charges. Il n'y a plus rien pour ralentir les fusées, puisque les collisions de particules sont très rares à cette altitude. Pour ceux que ça intéresse, nous avons calculé la trajectoire des missiles de façon à passer entre les centaines de satellites en orbite autour de la Terre.

– Dans combien de temps feront-ils exploser l'astéroïde ? voulut savoir Cindy.

Ne reconnaissant pas sa voix, tous se retournèrent vers elle.

– Quoi ? se défendit-elle. Ce n'est pas une bonne question ?

– Mais qu'est-ce que tu fais ici ? s'étonna l'informaticien.

– J'ai demandé à Océlus de me ramener auprès des gens qui comptent vraiment dans ma vie.

– Réponds à sa question, Vincent, le pressa Shane.

– L'impact aura lieu dans approximativement quinze heures.

– Quinze heures ! s'exclamèrent en chœur les membres de la sécurité et les agents de l'ANGE.

– Vous vouliez peut-être que nous attendions qu'il soit presque sur nous pour le réduire en miettes ?

– Moi, j'ai une question, s'en mêla Océane. Si j'ai bien suivi vos calculs, les missiles frapperont cet objet céleste alors qu'il n'aura pas encore atteint le voisinage de la Lune ?

– C'est la distance minimale pour le faire dévier sans danger, assura Vincent.

– Qu'arrivera-t-il s'il percute la Lune ?

– Nous avons intégré cette problématique dans nos calculs et *Absinthium* ne la touchera pas. Vous pouvez tous aller vous reposer et revenir demain matin.

– Et toi ?

– Moi, je veille au grain, évidemment.

Les Renseignements stratégiques se vidèrent petit à petit, jusqu'à ce qu'il ne reste plus que les deux techniciens, Vincent et Mélissa.

– Est-ce que tu as peur ? lui demanda la jeune femme.

– Juste un peu, affirma Vincent. Il peut se passer bien des choses en quinze heures.

Cindy aurait voulu rester pour bavarder avec le jeune savant, mais Océane l'avait poussée dans le couloir avec les autres. Sans se consulter, les directeurs et les agents se dirigèrent vers la salle de Formation, où Andromède était en train de danser. Ils s'immobilisèrent tous à l'entrée, intrigués.

– Maman, qu'est-ce que tu fais ? la questionna Océane.

– Ne vous inquiétez pas, ce n'est pas pour faire tomber la pluie, affirma l'excentrique millionnaire.

– C'est pour te détendre ou est-ce que ces simagrées ont un sens ?

– J'ai appris ce rituel auprès d'un grand eubage. Il servait à assurer la victoire des armées sur leurs ennemis.

– Il s'agit d'un astéroïde.

– C'est pareil, ma chérie. Nous avons besoin de toute l'aide qu'on peut trouver.

– Va la rejoindre, si tu veux, fit Océane à Aodhan, avec un air taquin. Ça ressemble aux danses de ton peuple.

– Je vois que tu n'as pas perdu ton sens de l'humour après tout ce temps à Jérusalem, répliqua l'Amérindien.

– On appelle ça du cynisme, le corrigea Andromède en continuant d'exécuter ses pirouettes. Elle tient cette tendance de moi.

Cédric ignora les cabrioles de son ancienne maîtresse et alla plutôt s'entretenir avec la nouvelle venue. Cindy le regarda s'approcher sans appréhension.

– Je suis contente de te revoir, Cédric, déclara-t-elle en le regardant dans les yeux. Est-ce que je pourrais ravoir ma lettre de démission ? J'aimerais la déchirer.

– Parce que tu crois que c'est aussi facile que ça ?

– Quand on veut, on peut.

– Il y a une période de probation pour les agents qui veulent réintégrer les rangs de l'ANGE après avoir quitté l'organisation pour des raisons personnelles.

– Et pour ceux qui ont accepté des missions à l'étranger ? voulut savoir Océane.

– C'est exactement la même chose. Pendant six mois, vous serez considérées comme des recrues et le moindre faux pas entraînera votre expulsion.

– Moi, ça me va, affirma Cindy.

Océane n'avait pas vraiment envie de perdre ses dix ans d'ancienneté, mais si elle voulait poursuivre sa carrière d'espionne, elle n'avait pas vraiment le choix.

– Elle accepte, déclara Aodhan.

L'Amérindien poursuivit sa route jusqu'à la cafetière, Océane derrière lui.

– Qui t'a donné le droit de répondre à ma place ? se fâcha-t-elle.

– Ce n'est plus ton père qui dirige cette base, c'est moi.

– Je pourrais fort bien le suivre à Genève, tu sais.

– Sauf que moi, j'ai besoin de toi ici.

Il lui tendit une tasse de café, qu'elle fut contrainte d'accepter.

– Tu n'as aucune idée de ce que j'endure avec l'équipage de la patrouille du cosmos, ajouta-t-il en la faisant sourire. En fait, si on ne me donne pas bientôt au moins un bon agent, je vais démissionner, moi aussi.

– C'est sérieux ?

Il hocha doucement la tête pour dire oui.

– Merci, Aodhan…

Un peu plus loin, Shane et Jonah avaient attendu que Cédric s'assoie à une table avec Alexa pour pouvoir s'approcher de Cindy, qui portait les vêtements noir et blanc trop grands qu'Océane lui avait prêtés.

– Nous voulions te dire que nous sommes vraiment désolés d'avoir été grossiers envers toi lors de notre rencontre à l'hôtel, quand tu étais avec Cael, s'excusa Jonah.

– Je n'y pensais même plus, les rassura Cindy.

– Nous aimerions seulement être certains que notre bévue n'aura pas d'incidences sur nos futures relations de travail.

– Je serai gentille avec vous, mais nos relations n'iront pas plus loin.

Cindy poursuivit sa route et alla s'installer à la même table que Cédric et sa nouvelle maîtresse.

– Je ne sais pas qui vous êtes, fit-elle à l'intention d'Alexa, mais je voulais vous dire que je vous trouve vraiment très belle.

– Comme c'est gentil, s'attendrit la Brasskins.

– Êtes-vous une agente ou une directrice de l'ANGE ?

– Alexa est une collaboratrice et elle m'accompagnera à Genève, lorsque ce sera possible.

– C'est un très joli prénom.

Cédric regarda Alexa dans les yeux.

– Avant que tu me le demandes, la réponse est non, lui dit-il. Nous ne pouvons pas l'emmener en Suisse.

Les deux femmes rirent de bon cœur, mais le visage de Cédric demeura sérieux.

– Cassiopée, où sont le docteur Lawson et Damalis ? s'inquiéta-t-il soudain.

– ILS SONT À LA SECTION MÉDICALE.

– Demandez à monsieur Hudson d'aller s'assurer qu'ils vont bien.

– CE NE SERA PAS NÉCESSAIRE, MONSIEUR ORLÉANS. JE PEUX VOUS AFFIRMER QU'ILS NE RISQUENT RIEN.

– Dans ce cas, je vais y aller moi-même.

Alexa agrippa le directeur par le bras et le força à rester assis.

– Lis entre les lignes, murmura-t-elle à son oreille.

Cindy promena son regard sur tous ces gens qui lui avaient beaucoup manqué. Océlus avait raison : il était important d'écouter son cœur au lieu de se laisser influencer par tout le monde.

...038

Installé devant les contrôles des Renseignements stratégiques, Vincent grignotait un morceau de fromage en promenant son regard d'un écran à l'autre. Il aurait préféré du chocolat, mais Mélissa avait décidé d'équilibrer son alimentation. Sur la chaise à côté de lui, elle avait déposé un plateau de crudités, des noix et des amandes en plus d'une bouteille de jus de pomme. Vincent l'avait remerciée et lui avait demandé d'aller dormir jusqu'au feu d'artifice. Ils s'étaient embrassés un long moment, puis elle l'avait laissé seul avec Sigtryg. Le jeune savant était loin de se douter que les forces du Mal avaient l'intention de saboter tous ses efforts.

Au sommet du Kilimandjaro, le Faux Prophète observait le ciel, attendant avec impatience d'y apercevoir l'astéroïde qu'il voulait diriger loin de l'homme qui donnerait son corps à Satan.

Les Orphis possédaient le pouvoir d'influencer la nature. Cette grosse roche se soumettrait à sa volonté. Il était persuadé que les humains ne pourraient jamais arrêter à temps cette immense masse, car la plupart des installations militaires avaient été sérieusement endommagées. Soudain, il perçut le passage des deux missiles dans l'espace.

– Voyons voir qui est le plus fort...

Ahriman ferma les yeux, tendit la main vers le ciel et se mit à réciter des incantations dans la langue des anges déchus, puisant de plus en plus de force dans les entrailles même de l'enfer. Lorsqu'il sentit que l'astéroïde lui avait obéi, le démon baissa le bras. Il avait un important rendez-vous dans un temple à Jérusalem où les soldats qu'il avait recrutés commençaient à se rassembler.

L'impact en Amérique serait sans doute perçu un peu partout sur la planète, mais il ne détruirait qu'un seul continent…

Au milieu de la nuit, Vincent commença à lutter contre le sommeil. « Je vieillis, se dit-il. Autrefois, je pouvais faire plusieurs nuits blanches d'affilée. »

Il ne restait que six heures avant la destruction d'*Absinthium* et, à cette distance, les habitants de la Terre ne verraient qu'une pluie d'étoiles filantes qui durerait des semaines.

– VINCENT, LA VITESSE DE L'ASTÉROÏDE A CHANGÉ !

La mauvaise nouvelle lui rendit sa vigilance. Il demanda aussitôt l'affichage des données à l'écran.

– Un corps céleste sur son inertie n'accélère pas sans raison. S'est-il produit un phénomène astronomique important pendant la dernière heure ?

– LA STATION ORBITALE NE SIGNALE RIEN ET LES CAMÉRAS DE NOTRE SATELLITE NE CAPTENT RIEN NON PLUS.

– À moins que cet objet ne soit pas du tout un astéroïde…

– NOUS NE POSSÉDONS PAS ENCORE LA TECHNOLOGIE QUI NOUS PERMETTRAIT DE DÉTECTER LA PRÉSENCE DE MOTEURS.

– Arrêtons de conjecturer sur le phénomène et voyons plutôt s'il a changé de trajectoire en même temps qu'il a accéléré sa vitesse.

– AVANT CETTE SOUDAINE IMPULSION, IL S'ORIENTAIT VERS L'OCÉAN ATLANTIQUE. IL A DÉVIÉ DE QUELQUES DEGRÉS ET IL SE DIRIGE MAINTENANT VERS LES ÉTATS-UNIS.

– Il faut corriger la course des missiles et ça presse.

– PUIS-JE AVOIR ACCÈS AUX ORDINATEURS À LEUR BORD ?

– Vas-y, Cass.

– LES RÈGLEMENTS M'OBLIGENT AUSSI À AVERTIR LE DIRECTEUR DE LA BASE DE LA SITUATION D'URGENCE.

– J'allais justement te le demander.

Quelques minutes plus tard, Cédric et Aodhan déboulaient aux Renseignements stratégiques dans des habits froissés. Ils avaient donc décidé de dormir à la base.

– Que se passe-t-il, Vincent ? demanda l'Amérindien.

– L'astéroïde a accéléré et je ne comprends pas comment c'est possible. Cassiopée est en train de modifier le parcours de nos missiles pour l'intercepter, mais il sera beaucoup trop près de la Terre.

– Quel est le pire scénario que nous devons envisager ? voulut savoir Cédric.

– Les missiles pourraient le briser en morceaux qui frapperont la planète à plusieurs endroits.

– S'ils sont plus petits, seront-ils tout aussi meurtriers ? s'enquit Aodhan.

– Localement, oui.

– J'AI MODIFIÉ LE PARCOURS DES MISSILES ET JE CONSERVE LES COMMANDES DU SYSTÈME DE GUIDAGE.

– C'est parfait. Peux-tu aussi me montrer où aura lieu le nouvel impact ?

– CELA NÉCESSITERA QUELQUES MINUTES.

– Prends ton temps, nous n'allons nulle part.

Ils attendirent, les poings serrés que la modélisation sur l'écran géant s'ajuste aux nouvelles données qui venaient de s'afficher juste en dessous. Le bond que fit *Absinthium* sur la courbe de projection porta un grand coup au jeune savant.

– C'est impossible… s'étrangla-t-il.

– Explique-toi, exigea Cédric, qui faisait de gros efforts pour conserver son calme reptilien.

– Les missiles vont frapper l'astéroïde dans dix-neuf minutes…

– Réussiront-ils à le catapulter plus loin dans l'espace ?

Vincent se contenta de hocher la tête négativement.

– Donc, ils vont le briser en plusieurs morceaux.

– J'ai dirigé les missiles sur des parties différentes de l'astéroïde afin de le diviser en trois ou en quatre fragments, plutôt qu'en deux. S'il conserve sa vitesse présente, la plupart des morceaux s'abîmeront dans l'océan Atlantique.

– Et provoqueront des raz de marée, comprit Aodhan.

– À moins que Mithri n'intervienne une seconde fois, leur fit remarquer Vincent.

– Nous ne savons pas jusqu'où s'étendent ses nouveaux pouvoirs, leur rappela Cédric.

Sur la carte du monde, qui apparaissait au-dessus du gros écran, une partie des côtes se colorèrent en rouge.

– Cassiopée, lancez une nouvelle alerte au tsunami à Hervé Montreynaud en France, Luis Padilla en Espagne, Antonio de Azevedo au Portugal, Matthew Fox en Angleterre, Callum McClary en Irlande, Aneesa Davies en Afrique, Kevin Lucas au Canada, Dennis Keel aux États-Unis et Francisco Paz au Mexique.

– Tout de suite, monsieur le directeur.

– Et par prudence, ajoutez aussi Friedrich Müller en Suisse, Nicola Bertoni en Italie, Martina Klein en Allemagne et Lieve Hartig aux Pays-Bas. Avertissez toutes les autres bases de ce qui se passe.

– Impact dans quatorze minutes. L'alerte a été reçue par tous les destinataires, monsieur Orléans.

– C'est très bien.

– Monsieur Shanks désire vous parler.

– Communication acceptée.
– Que s'est-il passé ? demanda Christopher.
– Pour une raison qu'on ignore, l'objet a modifié sa vitesse, répondit Vincent.
– Que puis-je faire pour t'aider ?
– Je n'en sais rien…
Les quatre hommes, comme bien d'autres dans la communauté scientifique et les agences chargées de la protection du public, assistèrent, impuissants, à la collision entre *Absinthium* et les deux missiles. Devant leurs yeux étonnés, la masse se scinda en trois blocs, et deux d'entre eux furent repoussés dans l'espace. Un seul, toujours énorme, poursuivit sa course vers la Terre.
– Cass, calcule le point d'impact ! s'écria Vincent.
– DANS L'ATLANTIQUE, ENTRE LA FRANCE ET L'ESPAGNE.
– Alors ceux qui ont été épargnés la première fois, lorsque la montagne de feu s'est écroulée dans l'océan, ne le seront pas cette fois-ci.
– Ça s'appelle le karma, expliqua Aodhan. On peut tenter d'y échapper, mais il nous rattrape toujours, à un moment ou un autre. Que Dieu nous protège.

...039

En entrant dans l'atmosphère, l'imposant morceau de roche stellaire s'enflamma et les petits fragments qui s'en détachèrent se mirent à tomber comme une grêle de feu sur la partie occidentale de l'Afrique et de l'Europe. Le noyau, animé du Mal qu'Ahriman lui avait insufflé, s'écrasa dans l'océan créant une onde terrifiante qui déferla dans tous les sens avec une fureur inégalée. Les vagues titanesques pénétrèrent sur les continents qui bordaient l'Atlantique, noyant des millions de personnes et rasant tout sur leur passage. Les îles furent submergées, les rivières se gonflèrent jusqu'à devenir des torrents. Traversant de part en part l'Amérique centrale, le gigantesque tsunami poursuivit sa route et s'arrêta dans le Pacifique.

Vers l'est, le détroit de Gibraltar parvint à ralentir quelque peu le raz de marée, si bien que les pays de la Méditerranée subirent moins de dommages. Miraculeusement, Israël fut épargné, alors que les pays voisins furent en partie inondés.

Scellées hermétiquement, les bases de l'ANGE survécurent toutes au désastre, mais leur personnel ne pourrait pas en ressortir avant que l'eau se soit retirée des terres. La plupart de leurs antennes extérieures avaient été détruites, mais les récepteurs internes pouvaient encore capter les images des satellites qui n'avaient pas été pulvérisés lors de l'explosion des missiles.

– Dieu ne peut pas avoir voulu ça, murmura Vincent en examinant les photos qu'il recevait en provenance de l'espace.

– MONSIEUR ORLÉANS, VOUS AVEZ UNE COMMUNICATION PRIVÉE.

Le directeur international se demanda à quoi il servait, au point où ils en étaient, de parler à quelqu'un en secret. Il se dirigea tout de même vers son bureau vitré et en referma la porte. Alexa était restée dans la salle de Formation.

– Vous pouvez me la passer, Cassiopée.

– IL S'AGIT D'UN MESSAGE DE MADAME ZACHARIAH, ENREGISTRÉ LE MOIS DERNIER, QUI NE DEVAIT VOUS ÊTRE ACHEMINÉ QU'AUJOURD'HUI.

Cédric haussa les sourcils avec surprise. Le visage aimable de Mithri apparut sur l'écran de l'ordinateur.

– Bonjour Cédric, si tu es en train d'écouter mes propos, c'est que l'étoile bleue s'est écrasée sur la Terre et que tu es heureusement en vie. Comme tu t'en doutes, le directeur de la division internationale est le seul à posséder certains renseignements. Puisque je n'aurai pas eu le temps de te préparer à tes nouvelles responsabilités, je t'envoie de l'information privilégiée dans un dossier encrypté que tu pourras ouvrir lorsque tu le pourras. Essentiellement, tu dois savoir que l'ANGE possède une vaste base sous-marine dans l'archipel d'Hawaï. C'est là que tu devras te rendre si jamais l'eau déplacée par le tsunami ne se retire pas. Les renseignements contenus dans mes documents confidentiels te diront comment. Je m'attriste à la pensée que les humains n'ont pas su se repentir et que l'univers s'est vu contraint de nettoyer la planète. Avec beaucoup d'amour et de compassion, tout aurait pu être évité. Je te souhaite bonne chance et longue vie.

Cédric ne put s'empêcher de se demander pourquoi il faisait partie des survivants. Il sauvegarda les précieux fichiers dans son ordinateur personnel. Toutefois, il n'était pas encore prêt à les consulter. Ce qui pressait, c'était d'évaluer la situation mondiale et de prendre les mesures qui s'imposaient pour aider les survivants.

Il retourna aux Renseignements stratégiques et se posta près d'Aodhan, comme si de rien n'était. Vincent avait réussi à obtenir des images plus rapprochées des régions touchées. À certains endroits, des villes entières avaient disparu…

– C'est comme si on revenait à la case départ, fit remarquer Vincent. Il faudra tout rebâtir.

– Sur de meilleures bases, espérons-le, ajouta Aodhan.

– Sommes-nous submergés ? demanda Cédric.

Vincent fit se déplacer la caméra du satellite de l'ANGE, tandis que Damalis entrait aux Renseignements stratégiques.

– Pour le moment, tout l'est du Canada et des États-Unis est sous l'eau, répondit Vincent. L'ouest s'en tire mieux.

– Sous combien de mètres d'eau se trouve la sortie de la base ? s'enquit Cédric.

– Nos instruments de mesure à l'extérieur ont été emportés par la première vague.

– Je pourrais aller voir, offrit Damalis.

– Que feras-tu si nous sommes sous des mètres d'eau ? s'inquiéta Aodhan.

– Les Nagas sont de puissants nageurs, mais mon but ne serait pas de m'éloigner de cette base, seulement d'évaluer la situation.

– Nous possédons un sas pour notre petit sous-marin, leur apprit Cédric.

– LES PORTES SE SONT BLOQUÉES DURANT LE SÉISME, MONSIEUR ORLÉANS, ET PERSONNE NE LES A RÉPARÉES.

– Êtes-vous suffisamment rétabli pour effectuer cette petite expédition ? demanda Cédric à Damalis.

– Le docteur Lawson est d'avis que oui, affirma le Naga avec un sourire évocateur. Mais je préférerais que vous ne lui en parliez pas.

Aodhan accompagna alors Damalis jusqu'au garage de l'ANGE. Les mécaniciens posèrent aussitôt un regard troublé sur les deux hommes.

– Vous ne voulez pas un transport, tout de même ! éclata leur chef.

– Non, ce ne sera pas nécessaire, assura le nouveau directeur.

Il choisit un recoin où les hommes ne les verraient pas.

– À cet endroit se dresse le mur est de l'université. Tu n'as qu'à le suivre pour revenir à ton point de départ. Je t'attends ici. Ne sois pas long.

Damalis se métamorphosa en reptilien sous le regard émerveillé d'Aodhan et pénétra dans le mur de béton comme dans du beurre. Il se mit à grimper et flaira la présence de l'eau avant même de sortir des fondations du garage. Elle était froide, mais revigorante pour un Naga. En gardant la main sur le mur, Damalis remonta vers la surface. En émergeant enfin, il utilisa ses griffes et continua d'escalader l'édifice. C'est ainsi qu'il constata que l'eau s'élevait jusqu'au tablier du pont Jacques-Cartier, sur lequel s'étaient réfugiées des centaines de personnes. Il y en avait aussi sur les toits des plus hautes structures des environs. Il entendit le vrombissement des moteurs de gros hélicoptères. Les soldats canadiens, stationnés dans l'ouest du pays, venaient à la rescousse des sinistrés.

En se tournant vers la fenêtre de l'université, le reptilien aperçut d'autres rescapés qui l'observaient avec des yeux horrifiés. Il se laissa donc glisser dans l'eau et plongea pour revenir à son point de départ. En sortant tous les jours de la base, il serait en mesure d'évaluer la vitesse de retrait des eaux.

Au même moment, au-dessus de la Méditerranée, un combat se préparait. Sur une plate-forme dorée, qui se maintenait dans les airs comme par enchantement, se tenaient deux des trois anges dont parlait la Bible. Ils étaient complètement vêtus de blanc. L'un avait les cheveux blonds et l'autre, blancs.

– Où est-il ? demanda Mithri.

– Il sera là bientôt, répondit Reiyel.

Devant eux, sur une autre plate-forme qui semblait avoir été taillée dans de l'hématite, quatre anges déchus aux longues ailes noires les observaient.

– Il nous faudra déployer toute notre énergie pour déjouer leurs plans.

– Si nous voulons qu'il reste des humains pour repeupler cette planète, Reiyel, nous n'avons pas le choix.

Le troisième ange se matérialisa enfin à la droite de Mithri.

– Je suis désolé d'être en retard, s'excusa Cael.

Le tonnerre se mit alors à gronder, tandis qu'un orage approchait derrière les suppôts de Satan.

À découvrir dans le tome 8...

Periculum

Lorsqu'il rentra finalement à Jérusalem, Asgad Ben-Adnah était un homme brisé. Son visage habituellement souriant s'était transformé en un masque de tristesse depuis la disparition de sa femme en mer au cours de leur voyage de noces. Océane lui manquait beaucoup, malgré son caractère irascible et son émotivité à fleur de peau. Sur le yacht de plaisance qui avait permis au jeune couple et à leurs invités d'échapper aux premières calamités qui avaient secoué le monde, Asgad avait déjà commencé à s'isoler. Même la douce présence d'Antinous ne le réconfortait plus.

Bien que Jérusalem n'ait pas été touchée par les tsunamis provoqués par l'impact du noyau d'astéroïde dans l'océan Atlantique, la villa de l'homme politique n'avait pas encore été réparée à la suite du violent tremblement de terre survenu le jour de son mariage. Et ainsi, il avait dû s'installer une fois de plus à la base militaire. Assis dans un petit bureau, au mobilier beaucoup plus sobre que ce à quoi il était habitué, Asgad réfléchissait à ce qui venait de bouleverser sa vie et à ce qu'il devait maintenant faire pour assurer la survie de l'Union eurasiatique.

Des siècles plus tôt, alors qu'il était l'empereur romain Hadrien, il avait veillé avec bonté sur toutes les provinces qu'il avait conquises. Celles-ci étaient devenues des pays et portaient maintenant d'autres noms. Depuis, leurs mœurs avaient bien changé, mais l'exercice du pouvoir politique demeurait le même. Grâce aux formidables inventions que représentaient la radio, la télévision et Internet, Hadrien, dans le corps d'Asgad, n'avait plus à se déplacer sur des kilomètres pendant des mois pour se faire entendre de tous ses sujets. Un seul micro lui permettait de s'adresser à la planète entière. Mieux encore, il n'avait plus à prendre de nouveaux territoires par la force. Un nombre croissant de chefs d'État se ralliait à lui. Il était redevenu un puissant dirigeant.

Cependant, tout ce pouvoir ne lui apportait pas le bonheur auquel il aspirait depuis son réveil dans cette deuxième vie, car il avait perdu celle qui faisait vibrer tout son être. Ces dernières semaines, Asgad n'arrêtait pas de penser à elle. La seule façon qu'il avait trouvé de combler ce grand vide, c'était d'aider non seulement Jérusalem à traverser les récentes épreuves aux répercussions mondiales, mais aussi toutes les nations qui se tourneraient vers lui. Il avait déjà fait une apparition à la télévision afin de rassurer les victimes du séisme et des tsunamis au Moyen-Orient. Maintenant, il s'apprêtait à étendre davantage son influence. Son très polyvalent médecin, le docteur Wolff, qui était également astrologue, mage et nécromant, était devenu son adjoint politique, et il était d'une efficacité hors du commun.

Ce matin-là, un jeune soldat vint avertir Asgad que son hélicoptère était prêt à partir. Même si c'était l'aube, il faisait aussi noir qu'en pleine nuit, car la fumée et les cendres du volcan de La Palma continuaient de se déplacer vers l'est. Aussi, le choc thermique de l'entrée des roches célestes dans l'atmosphère avait engendré de terribles pluies acides qui avaient contaminé les cours d'eau. Asgad suivit le jeune militaire en regardant le ciel assombri. Puisque le cœur de l'homme politique souffrait trop, ce fut sa raison qui prit les commandes de son esprit. Il devait faire quelque chose pour sauver ceux qui s'aimaient.

Ce ne fut qu'une fois attaché au siège de l'hélicoptère qu'Asgad remarqua l'absence de ses deux protégés.

– Où sont Antinous et Benhayil ? demanda-t-il à l'officier le plus près de lui.

– Nous n'avons reçu aucun ordre à leur sujet, Excellence. Désirez-vous les faire venir ?

Asgad prit le temps de réfléchir avant de lui répondre. Ce qu'il avait à dire à la population ne plairait pas à tout le monde. Chaque fois qu'il passait du temps avec le jeune Grec et son secrétaire, ces derniers le harcelaient pour qu'il laisse tomber l'idée d'agresser les nations qui s'opposeraient à ses plans de paix. Asgad leur avait répondu qu'il ne levait une grande armée que pour sauver la planète, envers et contre tous. Antinous lui avait aussitôt fait remarquer que ce type de rassemblement militaire avait toujours été mal vu par les autres peuples, jadis.

– Non, décida finalement le politicien. Je les verrai à mon retour.

– Très bien, monsieur.

La grosse libellule de métal s'éleva à la verticale dans un assourdissant bruit d'hélices et de moteur. Tandis qu'il filait vers l'endroit où Ahriman avait cantonné tous les nouveaux soldats de l'Union, Asgad recommença à penser à Océane. L'aurait-elle appuyé dans ses projets ? Elle l'avait bien aidé à reconstruire le Temple de Salomon…

– Il est parti sans nous, déplora le jeune Grec.

– Tu ferais mieux de t'y habituer, mon pauvre ami. Nous avons cessé d'exister à ses yeux le jour où Océane a disparu.

– Que va-t-il nous arriver, maintenant ?

– Je n'en sais rien.

– Va-t-il te renvoyer ?

– Je ne le crois pas. Je suis un employé si dévoué que je suis en train de vérifier qu'Asgad n'est pas ruiné. Le problème, c'est que plusieurs réseaux ne fonctionnent plus du tout, mais ce n'est pas étonnant avec tous ces désastres planétaires.

– Pourquoi les dieux nous frappent-ils ainsi ?

Benhayil qui, de toute façon, n'arrivait pas à accéder aux comptes bancaires de son patron, mit fin à ses recherches et se tourna vers Antinous.

– Il n'y a qu'un seul Dieu, lui dit-il. C'est notre père à tous.

– Et Jupiter, alors ?

– Il a été inventé par les hommes, comme bien d'autres divinités, pour leur permettre de dominer leurs semblables. À bien y penser, nous méritons ce qui nous arrive, Antinous. Dieu nous a donné une planète pour que nous en prenions soin et que nous apprenions à y vivre en paix. Et qu'avons-nous fait ?

Le jeune Grec haussa naïvement les épaules.

– Dès le début de l'histoire, l'homme a inventé des armes pour assaillir ceux qui faisaient les choses différemment. La guerre est aussi vieille que le monde et c'est à cause d'elle que nous sommes en si mauvaise posture aujourd'hui.

– Comment sommes-nous censés réagir quand on nous attaque pour envahir notre province, alors ?

– Ces agressions ne devraient même pas avoir lieu.

Benhayil se leva et marcha jusqu'au mur tout gris, où il aurait bien aimé trouver une fenêtre, mais ils avaient été mis à l'abri dans les installations souterraines de l'armée.

– Je ne possède plus rien, Antinous, soupira-t-il. Mon appartement et tous mes souvenirs ont été détruits dans le tremblement de terre. Il ne me reste que les vêtements que nous avons achetés avant de partir en mer. Cette croisière était une erreur monumentale de la part d'Asgad, si tu veux mon avis.

– La lune de miel de mon seigneur n'est qu'une catastrophe parmi tant d'autres. Moi non plus, je ne possède plus rien, Pallas. J'ai perdu tout ce que j'avais dans l'effondrement de la villa de mon maître.

– Je ne sais pas ce qui nous arrivera le jour où Asgad n'aura plus besoin de nous.

– Jamais il ne nous fera de mal.

– Je n'en suis pas aussi certain que toi, Antinous. Il n'est plus l'homme pour qui j'ai travaillé toutes ces années.

– Si toutes les images que tu m'as montrées sur ton ordinateur sont vraies, alors il n'y a plus d'endroits où nous pourrons nous réfugier.

Benhayil demeura songeur un instant.

– Les Témoins nous recommandent de fuir vers les montagnes lorsque le Prince des Ténèbres tentera de nous asservir…

– Est-ce pour repousser cet homme que mon seigneur lève une armée ?

– C'est possible, mais il est si secret depuis notre retour à Jérusalem. Nous allons devoir nous-mêmes prendre notre destin en main, Antinous, sinon nous serons tués dans cette guerre.

– J'ai rêvé à Andromède, la nuit dernière. Crois-tu qu'elle puisse être encore vivante ?

– Non, avoua-t-il en baissant tristement la tête.

Le secrétaire n'osa pas ajouter que si Océane et sa mère ne s'étaient pas noyées, elles avaient certainement été mangées par les requins.

– Moi, je pense qu'elle n'est pas morte, s'obstina Antinous. Un autre bateau les a sûrement repêchées, elle et sa fille.

– Si tel était le cas, on nous les aurait déjà rendues.

– Peut-être qu'elles se cachent, parce qu'Océane ne voulait plus être l'épouse de mon seigneur.

– Il est inutile d'ajouter à notre malheur en ressassant ces vieilles histoires. Ce qui devrait désormais nous préoccuper, c'est notre avenir et, en ce moment, il n'est pas très reluisant.

– Mais comment sortir d'ici ?

– Je vais y penser. Cette base grouille de soldats. Il nous faudra attendre le bon moment pour fausser compagnie à Asgad.

– Pour nous réfugier dans les montagnes, nous aussi ?

– Exactement.

– Ne devrions-nous pas commencer à rassembler des vivres ?

– Non, mon ami. Dieu nous donnera tout ce dont nous avons besoin.

– Je partirai avec toi, Pallas, car je ne veux pas mourir une deuxième fois. Malgré tout l'amour que j'éprouve pour mon empereur bien-aimé, je me souviens maintenant que c'est lui qui a demandé aux prêtres de me faire périr par noyade en Égypte.

– Je suis vraiment désolé de l'apprendre, Antinous.

Composition et mise en pages
Nord Compo à Villeneuve-d'Ascq

Imprimé en Espagne
Dépôt légal : novembre 2017
ISBN : 979-10-224-0248-4
POC 0164